EL
SILENCIO
DE LAS
FLORES

El silencio de las flores

© 2021 Judit Fernández

© de esta edición: Libros de Seda, S.L.
Estación de Chamartín s/n, 1ª planta
28036 Madrid
www.librosdeseda.com
www.facebook.com/librosdesedaeditorial
@librosdeseda
info@librosdeseda.com

Diseño de cubierta: Gema Martínez Viura
Maquetación: Rasgo Audaz

Imágenes de cubierta: © Abigail Miles/Arcangel Images (pareja que se da
la mano); ©Peter Turner Photography/Shutterstock (jardín de fondo)

Primera edición: junio de 2022

Depósito legal: M-15987-2022
ISBN: 978-84-17626-81-5

Impreso en España – Printed in Spain

JUDIT FERNÁNDEZ

EL
SILENCIO
DE LAS
FLORES

LIBROS de
seda

A Cristian, por haberme ayudado
a sacar adelante esta historia.

Prólogo

Ducado de Cloverfield, Inglaterra.
Primavera, 1861

El aire olía a dulce, cargado de diferentes aromas florales y un eco de brisa de sauce. La tarde estaba en su máximo esplendor y el cielo exponía sus colores como en un lienzo de arreboles rosas, violetas y anaranjados. Sin embargo, este idílico paraíso se presentaba como un infierno para aquel hombre asomado a la balconada de mármol. Tenía los nudillos blancos debido a la fuerza con la que se sujetaba a la barandilla y una expresión inmutable. No podía soportar estar en ese lugar ni un momento más. Todo lo que miraba le recordaba a ella.

Maldita fuera. Maldita fuera mil veces por haber aplastado su corazón como una fruta madura. Lo mordió, lo disfrutó y lo apartó como se desecha la basura; a él, que se lo había dado todo y la había amado sin reservas. Maldita fuera por hacerse amar. Incapaz de soportar aquellos pensamientos, se dio la vuelta bruscamente y salió de la terraza. Su habitación era perfecta, justo como a ella le gustaba: pomposa y elegante. Furioso, cruzó la sala en cuatro largas zancadas y se plantó frente a la chimenea, donde se sirvió una copa del *whisky* escocés que había sobre la repisa para luego clavar su mirada en las llamas.

Como si el destino quisiese burlarse de él, oyó el paso alegre de unos tacones en el pasillo y la dueña de sus pensamientos abrió la puerta un instante después. Elisabeth Ann Whitehall estaba preciosa, exquisita y elegante como una reina, como siempre. La joven pasó la mirada de su esposo a la copa que tenía en la mano y, de esta, a la cama, donde un fajo de cartas abiertas descansaba sobre el colchón. Su expresión, hasta ese momento feliz, se enturbió y se acercó a él con cautela. Cuando posó su delicada mano sobre la camisa arrugada del hombre, él se zafó con un brusco ademán que la dejó perpleja.

—¿Qué te ocurre, Aiden? —se atrevió a preguntar.

—¿Todavía te atreves a plantear esa cuestión? —resopló él—. ¡Ah, cielo, que cínica eres! Te lo reconozco, eres una actriz de manual, nos engañaste a todos como a idiotas.

—No sé de qué hablas, amor, pero me duelen tus palabras —le acusó Elisabeth—. Es obvio que estás enfadado, así que dime qué es lo que ha sucedido para que pueda ponerle remedio.

—Lo sé todo, Elisabeth. No te molestes en seguir fingiendo, no tiene sentido.

La joven volvió a mirar las cartas que había sobre la cama y luego posó los ojos de azul celeste sobre el hombre con el que estaba casada. Entonces, su expresión mutó de tal forma que incluso él tuvo que admitir su sorpresa. Su rostro angelical y armonioso pasó a ser frívolo en apenas un instante y alzó una ceja formando un arco perfecto. Una sonrisa burlona se instaló en sus suaves labios y Aiden se tensó.

—Bien, me alegro de que, al fin, haya ocurrido, no te soporto más —dijo Elisabeth—. Otra semana fingiendo esta aburrida vida y me habría convertido en piedra. Vosotros, los ¡oh! «perfectos duques Wadlington», muy regios, estirados y señoriales, no reconoceríais la diversión ni aunque os la presentaran en bandeja de plata. El único talento que tienes está entre las piernas, esposo mío, y para alguien con ambiciones, el lecho no lo es todo.

—Vaya, querida, esto sí que no lo esperaba —comentó Aiden en tono jocoso—. ¿Ni siquiera vas a intentar negarlo? ¿No vas a tratar de justificarte?

—¿Para qué? Es obvio que has leído las cartas —contestó ella.

—Cierto, cierto, las he leído, y no soy tan imbécil como piensas. Te informo de que tu jueguecito se ha ido al traste, mi amor, pues no has pensado en un detalle.

Elisabeth resopló y miró a Aiden con condescendencia, como si fuese un insecto.

—¿Y qué detalle podría ser ese? —se burló.

—No hemos bautizado aún al niño. Tu «Eddie» no lleva mi apellido —contestó Aiden con una sonrisa—. Ni tú ni él heredaréis nada, así que tendrás que cargar tú sola con ese bastardo que planeabas endosarme. Deliras si crees que voy a reconocer como mío al hijo de tu amante.

A la joven le cambió la cara en ese mismo momento y la sonrisa que adornaba su rostro se esfumó, sustituida por un sudor frío que comenzó a envolverle la piel. Tragó saliva ante la insolente mirada de su marido, que se sabía vencedor de aquella contienda.

—N-no lo harás, te conozco, Aiden —balbuceó Elisabeth—. Sería un escándalo, los Wadlington estaríais en boca de todos si no lo haces. ¡Tu padre no lo per...!

—¡Al infierno con mi padre, mujer, me importan un comino las consecuencias! —exclamó él—. ¡Tú y tu maldito hijo podéis pudriros lejos de mí, de mi casa y de mi familia, pues desde este mismo momento, anulo nuestro matrimonio!

—¿Me expulsas de Cloverfield? —repitió ella atónita.

—Eso he dicho —asintió Aiden, al tiempo que vaciaba su copa de un trago—. No te apures, cielo, seguro que tu amante, ese tal «R», se hará cargo de vosotros. Puedes ir y alojarte con él.

—Aiden...

El hombre rompió a reír. Le dolía el pecho de rabia, angustia y dolor. Había encontrado cierta ironía en todo aquello y que ahora ella pareciese afligida le divertía sobremanera. No se apiadó un ápice de Elisabeth cuando se acercó a él con las mejillas rojas, no sabía con exactitud si de ira, vergüenza o qué. La realidad es que no conocía para nada a esa mujer. La dulce flor a la que había amado, su querida Lizzie, no existía; solo veía ante él a una arpía. Su voz alterada lo sacó de sus pensamientos e hizo que la mirase.

—Aiden, por favor, deja que me explique —le rogó Elisabeth—. Edwin es un bebé inocente, creí que hacer esto sería lo mejor para él, para su futuro. Aiden, por favor...

—¿Adjudicarme el hijo de otro mientras tú te revuelcas con el padre era lo mejor? —preguntó airado—. Por Dios, Elisabeth, deja de hacer el ridículo y lárgate de mi casa.

—Aiden, te lo ruego...

—¡Que te largues de mi casa! ¡No quiero volver a verte!

La joven frunció los labios y salió de la habitación con paso tan raudo como con el que había entrado, pero el heredero de Cloverfield no se movió del sitio. Tomó la botella y dio un trago sin molestarse en servir el licor en una copa. Después, se dejó resbalar por la pared, junto a la chimenea, hasta quedar sentado sobre la alfombra, con toda la intención de sumergirse en ese *whisky* caro para intentar ahogar las penas. Lo que acababa de pasar dolía como una herida sangrante. Elisabeth, su Lizzie, había salido de su vida para siempre, ella misma había matado su amor con su traición.

El corazón dejó de latirle por un momento. El alma se le transformó en cenizas.

Con ella se llevaba su corazón, su espíritu y su pasión. Con ella nacía la promesa de jamás entregar su amor a otra mujer. Desde ese día, lo juraba: lord Aiden Wadlington se convertiría en la fachada que todos esperaban ver, el despreocupado vividor que había sido antes de conocerla a ella.

Capítulo 1

LIRIO DE LOS VALLES

Cloverfield, Inglaterra.
Primavera, 1863

El traqueteo del carruaje era constante sobre los adoquines de piedra del camino salpicado de flores y la brisa fresca entraba por la abertura de la puerta, cuya cortina de terciopelo verde musgo estaba firmemente sujeta por una delicada mano. Cuando una pareja de petirrojos azules pasó volando delante de sus ojos, la joven sonrió sin poder evitarlo.

—¿Quieres recordarme por qué tenemos que ir a esa fiesta cuando hay tanto por descubrir en este lugar, tía Frances? —preguntó—. No había esperado que Cloverfield me gustase más que York, pero admito que estaba en un error. ¡Es maravilloso!

—Te lo he dicho cien veces, Eleanor, porque la fiesta de primavera de los duques de Cloverfield es una tradición del lugar. Además, a tu madre le hará bien el aire puro de la

15

campiña —contestó Frances—. ¡Y cierra ya esa cortina, se va a colar un bicho!

Eleanor se rio al imaginar a su tía peleando con un escarabajo de brillantes colores en la pequeña cabina del carruaje. Irónico, al tratarse de una mujer que se había criado en el campo.

—No sé por qué le das tanta importancia a los Wadlington —dijo la joven.

—¿Quieres que te haga una lista de motivos, sobrina?

—No te burles, tía Frances. ¿Acaso no te acuerdas de lo que dice siempre tío Miles? «El sarcasmo es de idiotas, solo ellos buscarían aparentar ser más listos de lo que son» —resopló Eleanor, al tiempo que su sonrisa se hacía más amplia—. Hazme caso, es mejor no ir. En lugar de eso, quizá podamos visitar el jardín botánico mañana, seguro que a madre le hace ilusión la idea.

—Basta ya, Ellie, no insistas —le interrumpió Frances—. Una invitación de la duquesa de Cloverfield no se puede rechazar sin sacrificar la propia reputación en sociedad. Por Dios, ¡eres joven, chiquilla, deberías estar deseando ir a cazar marido, como hacen todas!

«Seguro, pero yo no soy como ellas», pensó Eleanor, y puso los ojos en blanco.

—Lo que tú digas, tía Frances —dijo al fin la joven.

Ninguna de las dos quiso replicar más. Ambas siguieron el camino sumidas en sus pensamientos. La joven, exasperada por la insistencia de su tía, que parecía decidida a buscarle un marido rico entre uno de esos herederos, cuando lo que ella quería era ir a dar una vuelta por el campo y buscar plantas.

Tener un gran jardín era su sueño, y en York le había resultado muy duro hacer gala de su pasión, con la civilización y la industria cada vez más cerca del corazón de la ciudad. Las altas chimeneas le daban al cielo un tono gris como el carbón; pero aquí, en la campiña del sur, las cosas serían distintas. Eleanor lucharía por cumplir sus ilusiones se opusiera quien se opusiese.

De todas formas, no necesitaba el dinero de un marido para subsistir. Desde la muerte de su padre, era muy rica, ya que el hombre le había legado toda su fortuna, pues era su única hija. Su madre había enfermado de tisis meses antes de quedarse viuda y, aunque había superado la enfermedad, los pulmones se le quedaron debilitados. Por eso, aquella estancia en la campiña sería un buen remedio para su salud. Eleanor estaba contenta, pues, a pesar de todo, tenía confianza en el futuro.

Frances, sin embargo, pensaba de otra manera. Para ella, que su sobrina se casara con un noble era un asunto de prioridad máxima. Primero, porque, aunque eran ricos, no tenían acceso al dinero familiar. El padre de Eleanor, esposo de su hermana Margaret, le había legado su fortuna a su hija con la condición de que se casase antes de un año. Sin embargo, la joven era tan terca y necia que se negaba en rotundo a esa posibilidad. «Quiero alcanzar mis sueños por mí misma», esgrimía la muy inocente.

En segundo lugar, porque su esposo, el barón Miles Asforth, había dilapidado su fortuna. No podía culparlo: ambos amaban el nivel de vida que llevaban y no habían reparado en nada. Por eso, su apellido era una máscara perfecta para que su sobrina atrapase a uno de esos jóvenes duques o condes casaderos. Solo había que azuzar un poco a Eleanor. Que le echase el lazo a uno supondría la salvación de su familia.

Sin embargo, no volvió a sacar el asunto a colación, sabedora de que solo la predispondría en contra de esa idea. En lugar de eso, se limitó a mirar por la ventanilla. Ya no faltaba mucho para llegar a la casa de campo de los Hallbrooke, la familia del padre de Eleanor, donde se alojarían esas semanas de verano hasta que la salud de Margaret mejorase. Unos minutos más tarde, el cochero se detuvo frente a la propiedad y ambas la miraron con asombro. La mansión era maravillosa, constituía una estampa deliciosa.

De altos muros blancos, la fachada principal estaba cubierta por amplios ventanales sembrados de enredaderas y rosales y el tejado de tejas grises quedaba semioculto por dos grandes árboles. Estaba construida en piedra de color gris claro y tenía varias terrazas. Parecía un pequeño palacete medieval, en comparación con la arquitectura neoclásica de York.

Cuando llegaron frente a la puerta, tras cruzar el jardín, Eleanor bajó de un salto y giró sobre sí misma, contenta de estar en su nuevo hogar de verano. Estaba segura de que aquella sería una estancia fascinante. Frances bajó con elegancia y miró a su sobrina con una pequeña sonrisa. A pesar de su cuestionable comportamiento, la quería mucho.

—¿Quieres entrar a ver a tu madre ahora o vas a seguir embobada con el jardín? —inquirió sin perder la sonrisa.

—Oh, sí, sí, lo siento, tía Frances —se disculpó Eleanor—. Subiré ahora mismo, solo quería ver el lugar. ¡Hay tantas cosas que quiero hacer por aquí! ¿Te has fijado en la cantidad de flores que crecen sin que nadie las cuide? Ah, tía, este lugar tiene infinitas posibilidades...

—Sí, sí, sea como fuere, compórtate como una señorita y entra en casa. No olvides que eres la heredera del apellido Hallbrooke, Ellie, no una cabrera de pueblo.

La joven asintió y ahogó una risa, y así, juntas, tía y sobrina, entraron en su nuevo hogar.

Era la primera vez que Eleanor visitaba esa casa desde que tenía seis años. Su familia solía veranear allí cuando era niña, pero tras la muerte de sus abuelos paternos, no había vuelto. El palacio traía malos recuerdos a Ernest y Margaret. Sin embargo, la casa estaba exactamente igual que como la joven la recordaba. Los cuadros de sus antepasados decoraban las paredes, las caras alfombras afganas cubrían los suelos de brillante roble pulido y las cortinas doradas vestían los altos ventanales. El lugar olía a fresco, a flores recién cortadas y Eleanor supo que los criados habían hecho su trabajo para recibir a su madre como merecía.

Margaret había llegado la semana anterior para darle tiempo a su hija de poner las cosas en orden en su casa de York, pero ahora que todo estaba zanjado, la familia se reunía en Cloverfield para pasar el verano y Eleanor no podía estar más contenta. Cruzó el vestíbulo a grandes zancadas y subió las escaleras en dirección al dormitorio principal, donde se alojaba su madre. Tocó un par de veces sobre la puerta de nogal y, cuando oyó un leve «adelante», entró. Un mar de recuerdos la invadió nada más posar los ojos sobre la estancia.

Estaba igual que cuando su padre aún vivía y una sonrisa triste adornó su rostro mientras caminaba hacia su madre, sentada en una mecedora junto a la ventana. Llevaba su largo y brillante cabello rubio oscuro, como la miel tostada, recogido en una trenza sembrada de perlas y un vestido lila de satén medio cubierto por una mantilla de lana. Eleanor se arrodilló junto a ella y le tomó las manos para besárselas. Entonces, reparó en la pequeña florecilla que su madre tenía entre los dedos, un lirio del valle. Elevó las comisuras de los labios al comprender lo que significaba aquella flor: esperanza y fe en el futuro.

—Me agrada verte contenta, Ellie —comentó Margaret—. ¿Te alegras de haber venido a esta casa o preferirías estar celebrando la temporada social de York? No me gustaría nada que mi salud te hubiese alejado de tus sueños, hija.

—Qué cosas dices, madre. Sabes bien que odio esas reuniones sociales que tanto le gustan a tía Frances —contestó la joven—. Además, no recordaba que el jardín de esta casa fuese tan grande. Creo que podré cultivar muchísimas plantas para llevarlas de vuelta a York y dar comienzo a mi pequeño proyecto.

—Imaginaba que dirías eso. Sin embargo, hoy he de romper una lanza en favor de Frannie, Eleanor. Hace un par de días llegó una carta invitándote al baile de primavera de los duques de Cloverfield y creo que, por una vez, deberías dejar tus remilgos de lado y asistir.

Eleanor puso los ojos en blanco y trató de alejarse, pero Margaret la detuvo.

—No puedo creerlo, madre, ¿tú también? —se quejó la joven—. No esperaba que te unieses a la caza de marido que pretende tía Frances. ¿Qué soy yo, el cebo para que esos chacales con piel de oro se entretengan?

—No eres el cebo para nadie, solo una jovencita obstinada e ingenua que no conoce la vida ni el amor —respondió Margaret tosiendo—. Sabes que, en otras circunstancias, no te obligaría, Eleanor, pero aceptemos la realidad... Me estoy muriendo.

—Madre, no digas eso, el médico dijo que el aire puro te haría bien.

—El médico dice muchas cosas, pero yo sé lo que siento y no quiero dejarte a merced de tu tío Miles. No me malinterpretes, hija, es un buen hombre y te adora, pero si no encuentras a alguien a quien amar que cuide de ti y con quien puedas formar una familia, tus tíos malgastarán tu dinero y te quedarás desamparada. No quiero eso para ti.

—¿Y esperas que encuentre el amor de mi vida en esa fiesta? —resopló Eleanor—. Madre, no seas ingenua, los que van a esas reuniones sociales no buscan vivir un cuento de hadas.

—Nunca lo sabrás si no asistes, Ellie —dijo entremezclando sus palabras entre toses.

Margaret soltó las manos de su hija en ese momento y la joven se alejó, deteniéndose junto a la ventana para mirar afuera. El sol brillaba y entonces supo que no podía decepcionar a su madre. «¿Y si esa fuera su última voluntad?», pensó. No tendría más remedio que complacerla.

—Está bien, madre, vosotras ganáis, iré a esa condenada fiesta —suspiró antes de volverse hacia ella emulando una sonrisa divertida—. Sin embargo, estoy en tus manos, no tengo ni idea de qué voy a ponerme...

—Bien, vamos a ver tu vestidor. No será tan difícil —contestó su madre más animada.

Ambas mujeres rompieron a reír y se encaminaron a la habitación de Eleanor dispuestas a encontrar un vestido que dejase a todos los nobles con la boca abierta.

El ajetreo en el ducado de Cloverfield era considerable. Las flores adornaban cada rincón del palacio, desde el recibidor, las escaleras y el salón hasta la fachada principal. Todo debía ser perfecto para el gran baile y, dado que la celebración de la primavera era una tradición ancestral de los Wadlington, la duquesa, *lady* Adeline, no había escatimado en nada. Ese año, la fiesta consistiría en un baile de disfraces de época para celebrar el centésimo aniversario de la construcción del palacio de Cloverfield. Todos los invitados llevarían peluca blanca, antifaz y grandes vestidos de estilo rococó, igual que sus abuelos en la época de fundación, 1763. La duquesa estaba absolutamente entusiasmada con esa ocurrencia.

Para reconocerse, los invitados llevarían una flor en la solapa. De esa forma, rendían un doble homenaje: a la primavera y a sus antepasados. Por eso, el aspecto del lugar debía hacer gala a su idea. Incluso había convencido a sus dos hijos para que acudieran a la fiesta. Desde el nombramiento de Avery como abad mayor por el obispado, Aiden y él no habían vuelto a cruzar palabra, y *lady* Adeline esperaba cambiar eso aquella noche.

Cuando el menor de sus hijos apareció por las escaleras, sonrió.

—¡Aiden, estás magnífico! —dijo—. ¿Has elegido ya tu flor para esta noche?

—Sí, madre, puedes quedarte tranquila —dijo y se señaló la solapa de la casaca—. Ni siquiera tú podrás encontrar una queja sobre mi comportamiento esta noche. Te di mi palabra y ya sabes que cumplo lo que prometo.

Lady Adeline se fijó en la flor que el joven señalaba y alzó las cejas con sorpresa.

—¿Una gardenia blanca? Hijo, qué adecuado, es perfecta para ti.

Aiden hizo un gesto de fastidio y sonrió de medio lado. Sabía lo que su madre esperaba, que encontrase una mujer a la que volver a amar después de lo que le había pasado. Él no tenía la menor intención de someterse a sus deseos, pero tampoco quería ofenderla no acudiendo a la fiesta. Para *lady* Adeline, el baile de primavera era muy importante y no perdía nada por complacerla.

—Si me disculpas, madre, tengo que salir —dijo—. He quedado con Tim, Fred y Byron para ir al sastre a recoger nuestras pelucas. Volveré a tiempo para la fiesta.

—¿No vas a esperar a tu hermano? —preguntó ella.

—No. Dudo que «su ilustrísima» se rebaje a ponerse un disfraz como los demás mortales —se burló Aiden—. Además, sabes bien que no soporta a mis amigos.

—Sí, lo sé, pero había esperado que os dieseis una oportunidad.

—Se la daré cuando la merezca, madre —espetó Aiden—. Ahora debo irme.

—Claro, hijo mío, nos vemos esta noche —suspiró *lady* Adeline.

Aiden asintió y besó la mejilla empolvada de la duquesa antes de cruzar el vestíbulo y salir del palacio de Cloverfield en dirección a las caballerizas. Dale, el mozo de cuadras, ya había ensillado a *Caballero,* el ejemplar de purasangre negro, y una vez sobre la silla, el heredero del ducado lo espoleó y echó a cabalgar sin mirar atrás.

Capítulo 2

Gardenia blanca

La noche llegó más rápidamente de lo que Eleanor esperaba. Nerviosa como estaba por acudir a la fiesta, no dejaba de caminar de un lado para otro de la habitación mientras Helen, su doncella y dama de compañía, corría detrás de ella con los lazos del vestido en la mano peleando por atárselo a la espalda. Cuando la joven rubia se tropezó con una de las cintas de seda, Eleanor se detuvo en seco y se volvió con las cejas en alto.

—Lo siento, señorita Eleanor, no volverá a suceder —se disculpó Helen—. Pero, por el amor de Dios, ¿podría estarse quieta un momento? No puedo atarle el vestido si sigue moviéndose de un lado para otro como una peonza.

—Oh, sí, sí, discúlpame, Helen, es solo que estoy nerviosa —contestó ella—. Ya sabes que no suelo ir a estas celebraciones y temo dejar en ridículo a la familia si digo o hago algo indebido. Mi madre se disgustaría y lo que menos quiero es preocuparla.

Entonces llegó el turno de la doncella de mostrar su sorpresa, si bien aprovechó la repentina pausa de su ama para tirar de los lazos y atarlos tan prietos como un corsé. La joven parecía embutida entre capas de seda y organza, delicada como una sílfide, hermosa como las damas de los cuadros que adornaban los pasillos de la mansión. Solo cuando estuvo satisfecha con las lazadas, Helen tomó a la joven de la mano y la hizo girar.

—No se preocupe, señorita Eleanor, es imposible que haga nada que perjudique al apellido Hallbrooke. ¡Si es usted un encanto! —la animó—. Tan solo evite hablar de asuntos polémicos y muéstrese encantadora con los caballeros. Beba un poco de licor, baile, cotorree con las otras señoritas... Eso es lo que se hace en esos bailes ¿no?

—¡Pues qué consuelo, Helen! —resopló Eleanor—. ¿Me pides que finja ser una idiota sin conversación, que ponga verdes a los demás invitados mientras dejo que alguno de esos nobles me mire el escote al bailar? Maravilloso, mi idea de una velada perfecta.

—Qué melodramática se pone a veces, señorita —se rio Helen.

La joven puso los ojos en blanco mientras la sirvienta se acercaba al tocador para sacar una peluca de la enorme caja de terciopelo rosa en la que estaba guardada. Cuando se la hubo colocado en la cabeza, no pudo evitar romper a reír. Estaba absolutamente ridícula. Su vestido blanco, surcado de ramilletes de flores rosas y hojas verdes, encajaba a la perfección con esa enorme peluca sembrada de lazos. Pesaba bastante y la joven temió que se le inclinara la cabeza hacia los lados al bailar. Sin duda, sería un buen tema de conversación para las jóvenes que acudían allí a criticar a las demás.

Un suspiro alegre salió de sus labios mientras se acercaba al tocador, donde había dejado la flor elegida para ponerse en el escote: una gardenia blanca. Expresaba amor secreto, así que, tal vez, disuadiese a algún invitado de intentar algo. Podía ser que hubiese aceptado ir a la fiesta para complacer a su madre y acallar la insistencia de su tía, pero de ahí a coquetear y galantear como quería Frances había todo un trecho. La gardenia cerraría bocas, o esa era su intención al elegirla. Sonrió para sí mientras se la colocaba entre el corsé y el vestido y, una vez lista, dio un par de vueltas sobre sí misma.

—Está preciosa, señorita Eleanor. No habrá ninguna joven en esa fiesta que logre hacerle sombra, no me cabe la menor duda —dijo Helen.

—¿De veras lo crees? —dudó Eleanor—. Entonces, deja que me despida de mi madre y bajaré al recibidor. Avisa a John de que acerque el carruaje, ¿de acuerdo?

—Por supuesto, señorita.

Dicho aquello, la joven doncella salió a paso raudo de la habitación y Eleanor la siguió antes de desviarse por el pasillo hacia el dormitorio de sus padres. Al llegar frente a la puerta, llamó un par de veces y, cuando oyó el conocido «adelante», entró. Margaret estaba acostada con un libro entre las manos, pero, al ver a su hija, lo dejó sobre las rodillas y sonrió. Eleanor devolvió la sonrisa y se acercó para sentarse a su lado.

—Estás maravillosa, hija mía, ojalá tu padre pudiese verte hoy —exclamó Margaret—. Ven y dame un beso antes de irte. No temas, no te estropearé el maquillaje.

—No te apures, madre, solo son polvos de arroz —dijo Eleanor.

La joven se agachó junto a su madre para darle un beso en la mejilla y notó que Margaret estaba más caliente de lo que creía normal. Tal vez tenía un poco de fiebre, pensó Eleanor preocupada. Sin embargo, decidió guardar silencio, sabiendo que si le decía algo al respecto, la alteraría. En vez de eso, sonrió y se echó hacia atrás, dispuesta a levantarse.

—Antes de que te vayas, debes prometerme una cosa, hija —solicitó Margaret.

—Lo que sea, madre.

—Prométeme que tendrás la mente abierta esta noche, por favor. No todos van a ser unos tunantes, hija mía, también habrá hombres buenos en esa fiesta. Solo dales una oportunidad, ¿de acuerdo?

—Lo haré por ti, si eso te hace feliz.

Margaret asintió con una débil sonrisa, que la joven le devolvió, y tras una última caricia, se puso en pie y se alisó las arrugas de su voluminosa falda de seda floreada. Lo había prometido y, por una noche, sería una señorita perfecta, lo que todos esperaban de ella. Como si leyese su mente, su madre señaló la puerta con un ademán y tomó su libro.

—Vamos, vete ya, no llegues tarde por mi culpa —dijo—. Hay que impresionar a los Wadlington o no volverán a invitarte a sus fiestas. Recuerda tu promesa, ¿de acuerdo?

—Lo haré, madre. Que pases una buena noche.

La mujer asintió y, tragando saliva, como si se dirigiese al matadero, Eleanor se volvió dispuesta a fingir una fachada perfecta. Lo había prometido y lo cumpliría.

＊＊＊

El trayecto hasta el palacio de Cloverfield fue breve, pues, para sorpresa de Eleanor, la mansión Hallbrooke, aunque no lindaba con las tierras de los Wadlington, sí estaba muy cerca. Apenas un bosquecillo y un camino de piedra de tiempos romanos separaban ambas propiedades. Eleanor se sorprendió por no haber reparado antes en ello. Cloverfield era el ejemplo de propiedad que no habría olvidado con el paso de los años.

Eran las siete de la tarde y la luz ya era tenue y azulada, casi había anochecido. Los faroles de cristal que colgaban de los árboles iluminaban el camino a la mansión y la joven los observó atenta. Se respiraba cierto aire mágico, como si, en cualquier momento, las luciérnagas fuesen a rodear el carruaje para guiarlo hasta la puerta.

Una vez cruzados los muros de la propiedad de los Wadlington, John detuvo el carruaje y ayudó a Eleanor a bajar. La joven estrechó su mano con delicadeza y comenzó a caminar hacia la entrada. «Que empiece la fiesta», se dijo, y elevó los labios en una sonrisa mientras le ofrecía al lacayo de la puerta principal el sobre con la invitación. El hombre la leyó un instante antes de inclinarse con una reverencia.

—Disfrute de la velada, señorita Hallbrooke —dijo.

—Lo haré, muchas gracias —contestó ella.

El interior del palacio era como un sueño de cristal y mármol. El lujo y la fortuna se veían en cada rincón, en cada detalle, desde los elegantes suelos de piedra jaspeada a las arañas de cristal del techo. Había flores por todas partes: rosas rojas, lirios blancos, azucenas celestes, dalias amarillas, violetas... El interior del palacio estaba sembrado de colores, como un campo florido, y una sonrisa se instaló en los labios de Eleanor sin poder evitarlo. En ese momento, supo que tenía algo en común con la duquesa después de todo. Tal vez su madre tenía razón y no había sido tan mala idea asistir a la fiesta.

Tan distraída estaba que, cuando alguien le rozó el hombro y la empujó al pasar, se quedó perpleja, cuando, en otras circunstancias, se hubiese enfadado. El caballero se volvió para mirarla con una ceja en alto y una sonrisa en los labios.

—Disculpe, señorita, no la había visto. Un error imperdonable que pienso reparar en este mismo momento —dijo, al tiempo que tomó su mano para besarla—. ¿A qué nombre responde la bella dama que tengo ante mí?

—Eleanor Hallbrooke —contestó ella.

—¿Hallbrooke? ¿Como la hija de Ernest Hallbrooke de York? —inquirió él.

Eleanor asintió y reparó en la flor elegida por el caballero, una amapola amarilla. ¡Menudo engreído! No solo la trataba como si a ella le pudiese interesar, sino que alardeaba de su «éxito» con una de las flores más presuntuosas que existían. Sintió el impulso de desviar la mirada, pero se contuvo y le sonrió. El hombre tenía los ojos azules, de un color profundo como el océano, pero no pudo ver el de su cabello, oculto por la peluca blanca que llevaba. El tono de diversión en su voz masculina la devolvió a la realidad.

—Dado que le ha comido la lengua el gato, creo que debería intentar recuperarla con una copa —dijo—. ¿Se une a mí, señorita Hallbrooke?

—No acostumbro a beber con desconocidos, caballero —negó Eleanor.

—Ah, cierto, qué descortesía la mía. Soy Timothy, también conocido como conde de Armfield —se presentó—. En realidad, para disipar sus temores, le diré que no somos desconocidos, ¿lo sabía, *lady* Hallbrooke? Conocí a su padre cuando usted no era más que una cría de cuatro o cinco años. Nuestros padres eran amigos desde hace mucho.

—¿De veras? —se sorprendió ella.

Timothy asintió y Eleanor bajó un poco la guardia. No conocía a ninguno de los amigos de su padre y debía admitir que sentía curiosidad.

—En tal caso, creo que aceptaré esa copa, lord Armfield —dijo.

—Tim para usted, querida —le corrigió.

Eleanor se encogió de hombros con una ligera sonrisa y caminaron juntos hacia el centro del salón, donde las parejas bailaban sobre la pista mientras otros se dedicaban a charlar, comer y beber en mesitas de cristal dispuestas alrededor de los ventanales. Cuando llegaron hasta ellas, Timothy le ofreció una copa y ella probó el contenido con curiosidad. Para su sorpresa, le gustó. Era dulce y suave; ron, si no estaba equivocada. Al alzar la mirada, encontró al conde contemplándola y un leve rubor encendió sus mejillas. Odiaba saberse observada, hacía que se sintiera como un pez fuera del agua.

—¿Ocurre algo? —le interpeló.

—No, solo me estaba preguntando cuánto tiempo me llevará convencerla de que acepte un baile —contestó él—. Le aviso de que soy un hombre impaciente, querida.

—Ya somos dos, Tim, tampoco me atraen los rodeos innecesarios —dijo ella.

—¿Se anima entonces? Ambos saldríamos ganando, créame, soy el mejor bailarín del salón.

«Sin duda, y menudo ego, eso también», pensó Eleanor.

—Claro, no veo por qué no —contestó.

Timothy sonrió y tomó su mano para conducirla a la pista de baile; sin embargo, antes de que llegasen a dar dos pasos, un tintineo inconfundible de cristal recorrió la sala. La música se detuvo y todos los presentes se volvieron para atender a los anfitriones que se situaban sobre una pequeña tarima. Parecía que iban a dar un discurso. Eleanor los observó atenta. El duque de Cloverfield, lord Albert Wadlington, vestía un traje de casaca verde esmeralda y medias blancas, a juego con su túnica, fajín y peluca; mientras que la duquesa lucía un sedoso vestido azul medianoche a juego con los lazos que adornaban su peinado. Era ella quien sostenía la copa y el tenedor, risueña como una chiquilla.

—¡Atención, atención, presten atención, queridos invitados! —exclamó la duquesa—. De todos los aquí presentes es bien conocida la antigua tradición del ducado de Cloverfield. Celebramos la primavera y, por ello, soltamos a un ganso en nuestro jardín, para rememorar la llegada de las aves del sur. ¡El de este año lucirá un lazo a rayas!

—Por si hay algún nuevo invitado que no conoce el juego, lo explicaré rápidamente —continuó su esposo—. Nos reunimos en el laberinto de setos del jardín y la duquesa y yo soltamos a un ganso con el escudo del ducado sujeto al cuello por un lazo. ¡Aquel afortunado que logre atraparlo será coronado rey o reina de la primavera!

Los aplausos no se hicieron esperar y la multitud comenzó a hablar en emocionados susurros. Todo el mundo quería tener el honor de ser coronado, pues la tiara de rey o reina era valiosa y podían llevársela con ellos como premio, al igual que el ganso. Eleanor sonrió sin dar crédito a lo que oía. Aquella idea le pareció adorable y divertida. Un grupo de nobles corriendo detrás de un ganso indefenso, vivir para ver. Al volver la cabeza hacia su acompañante, lo encontró mirándola con una sonrisa divertida y el sonrojo en sus mejillas se intensificó.

—¿Le atrae la idea de ser reina de primavera? —inquirió Timothy.

—Nadie podría resistirse a eso, ¿no? —se rio Eleanor.

—Entonces, le conseguiré esa tiara, no tenga la menor duda.

—Eso si no atrapo yo al ganso primero, lord Armfield.

—Que gane el mejor entonces —asintió Timothy y le ofreció su mano.

Eleanor la estrechó en un apretón amistoso, como si aquello fuera un pacto sellado, y ambos siguieron a la multitud hacia el exterior del palacio. La noche estaba bien avanzada y la oscuridad era total. Mientras caminaba apretujada entre la gente, Eleanor observó que los jardines estaban iluminados por pequeños farolillos. El laberinto era más grande de lo que había imaginado y sus enrevesadas formas estaban salpicadas de flores. No sería tarea sencilla encontrar a ese ganso entre tanto seto.

Cuando los invitados llegaron a las puertas del laberinto, los duques levantaron la sábana que cubría una jaula que había en el suelo y todos los presentes pudieron ver al ganso. Era pequeño, blanco y de cuello largo. El lazo de rayas rojas y verdes destacaba sobre sus plumas claras y el pequeño escudo dorado del ducado de Cloverfield colgaba reluciente en espera a ser desatado. El duque se adelantó y abrió la jaula antes de tomar al ave con cuidado para liberarla entre los setos.

—¡Que dé comienzo la caza y que el merecedor de la corona haga honor a la tradición del ducado y encuentre al ganso! —anunció—. ¡Ánimo a todos!

Nada más terminar su arenga, los presentes echaron a correr por el laberinto, Eleanor incluida. No podía creerlo, pero aquella fiesta le estaba gustando más de lo pensaba, ya que no se trataba de un estúpido baile. Sintió la adrenalina recorriéndole el cuerpo a medida que se alejaba entre las topiarias de arbustos. Ni siquiera se dio cuenta de en qué momento se había quedado sola hasta que sintió una gota de agua sobre la mejilla. La joven elevó la mirada al cielo y las nubes negras la saludaron amenazantes. Iba a llover y no había nadie allí para ayudarla a encontrar la salida. Resignada, miró a su alrededor, pero las voces de la gente se oían amortiguadas y muy lejanas.

Eleanor olvidó al ganso por un momento, demasiado preocupada por su propia situación. Se había perdido en el laberinto, estaba sola y la lluvia era inminente. Todos sabían cómo eran las tormentas de primavera: fugaces pero fuertes. En un minuto, podía tener un océano en forma de cortinas de agua sobre ella si no se daba prisa en salir del lugar. Sin pensarlo más, se volvió y comenzó a desandar el camino que había recorrido, pero, para su desgracia, no le resultaba familiar. Alarmada, giró hacia otro lado, pero se topó con un muro de hiedras. Comenzaron a caer más gotas y echó a correr sin prestar atención hacia dónde se dirigía: todos los setos se le antojaban iguales.

Un deje de pánico comenzó a invadirla y estaba a punto de gritar para pedir ayuda cuando chocó contra una figura que apareció de forma repentina por un lateral. La enorme peluca mojada que llevaba cayó al suelo; sin embargo, antes de que ella llegase a caer también, un par de manos cálidas y fuertes la sujetaron de la cintura y lo evitaron. Entonces oyó cómo se rasgaba la tela. Sin dar crédito a lo que sucedía, bajó la mirada hacia su escote y descubrió horrorizada que los lazos del vestido se habían enganchado en los botones de la casaca de aquel desconocido y, cuando el impulso del golpe la lanzó hacia atrás, el vestido se rasgó por delante.

Sintió el rubor en las mejillas y comenzó a forcejear para soltarse.

—Cálmese, tranquila, si sigue tirando, será peor —dijo el hombre.

—¿Cómo quiere que me calme? Se me ha rasgado el vestido y está lloviendo a mares —señaló Eleanor—. ¿Puede ayudarme a desengancharlo?

—Claro, deme un minuto.

La joven asintió mientras observaba al desconocido luchando por desatar la lazada que los unía. Era un hombre joven, alto y de buen porte. Vestía una casaca plateada y pantalones azul celeste, el mismo color que brillaba en sus ojos, los ojos más intensos que Eleanor había visto nunca. Parecían un cielo despejado, incluso en medio de aquella oscuridad lluviosa. Algún mechón suelto se le escapaba por debajo de la peluca blanca empapada y se dió cuenta de que era de un intenso castaño oscuro, al igual que el de la barba.

Dejó de observarle cuando notó un tirón sobre el escote y, al bajar los ojos hacia él, vió que su vestido se había rasgado por completo. El corsé y la enagua habían quedado al descubierto y se estaban comenzando a empapar con la lluvia, con lo que se le marcaban los pezones. Sin poder evitarlo, se llevó las manos a los pechos en un intento por cubrirse de la vista de aquel hombre, que tenía en un puño el lazo que hasta entonces había adornado su escote. Cuando alzó la mirada y se encontró con sus ojos, él le hizo un gesto divertido.

—Problema resuelto, ya es usted libre —dijo entregándole el lazo.

—Gracias por lo que ha hecho, de no haber intervenido... —comenzó Eleanor—. Aun así, si no le importa, señor, todavía tengo que pedirle un último favor.

—La escucho.

—Vera, yo... le parecerá ridículo en un jardín, pero lo cierto es que me he perdido —admitió Eleanor—. Estaba buscando la salida cuando choqué contra usted.

—¿No buscaba al ganso de los Wadlington?

—Sí, antes de perderme, lo hacía —asintió, sorprendida al notar la confianza con que se dirigía a ella—. ¿No estaba usted haciendo lo mismo?

—No, esas cosas no me interesan.

Eleanor guardó silencio, sin saber qué decir, y volvieron a mirarse. El hombre observó sus claros ojos azul grisáceo y frunció los labios con un asentimiento, como si hubiese tomado alguna decisión. Después, comenzó a desabrocharse la casaca y se la ofreció. Eleanor trasladó la mirada de la prenda al hombre sin moverse. Al ver que no hacía ademán alguno por tocar la casaca, él sonrió.

—Póngasela, no le va a morder —dijo en tono divertido—. Es obvio que está helada y, si sigue cubriéndose a sí misma con las manos, se va a congelar. Llegados a este punto, creo que podemos dejar de lado las cortesías. Se ha restregado contra mí y yo le he visto las enaguas, algo atrevido para un primer encuentro, ¿no cree?

—Visto de esa manera, no tiene mucho sentido —contestó Eleanor con una sonrisa.

El rubor que le coloreaba las mejillas le llegó hasta las orejas y, sin perder la leve sonrisa que le adornaba los labios, liberó una mano para tomar la prenda que él le ofrecía. Se pasó la casaca por los brazos para cubrirse el pecho empapado y, una vez abrochados los botones, se sintió más segura. Él amplió la sonrisa al verla y ella se fijó en los hoyuelos que le adornaban las mejillas. En ellos estaba pensando cuando la interrumpió.

—Vamos, la llevaré a la casa. No es bueno pasar la noche bajo la lluvia.

—¿Conoce el lugar? —preguntó Eleanor.

—Así es, pasé muchas horas jugando aquí cuando era niño.

La respuesta la sorprendió y estaba a punto de preguntar a qué se refería cuando, de pronto, reparó en lo que el hombre tenía en las manos. Dos gardenias blancas. Una era la suya propia, la que había lucido en el escote. La otra debía de pertenecerle a él y el detalle la dejó sin palabras. La gardenia blanca simbolizaba amor, amor puro y limpio, secreto, y no había esperado que un varón tuviera tal sutileza. Tan sorprendida estaba que no se había dado cuenta de que él había comenzado a avanzar hasta que oyó el sonido de guijarros bajo sus botas de cuero lustrado.

Al ver que no lo seguía, él se detuvo y la miró levantando una ceja.

—¿No viene? —inquirió.

—Sí, lo siento, me había distraído —se disculpó Eleanor y comenzó a andar.

Caminaron en silencio bajo la lluvia y el hombre la condujo a través del laberinto de altos setos sin titubear. Las preguntas se le agolpaban en los labios pugnando por salir; sin embargo, no encontraba el valor para formularlas. ¿Por qué la ayudaba? ¿De qué conocía el lugar? ¿Por qué había elegido una gardenia blanca? ¿Conocía acaso su significado?

¿Quién era ese hombre en realidad? No tuvo tiempo de seguir pensando, pues para cuando quiso darse cuenta, habían salido del laberinto y se encontraban frente a las escaleras traseras del palacio de Cloverfield.

Una vez allí, el hombre se volvió hacia ella con una media sonrisa.

—Ya hemos llegado, la he sacado del laberinto como prometí —dijo—. Puedo ordenar que le traigan algo seco para que se lo ponga, si quiere; de lo contrario, se armará un escándalo. No es que a mí me importe demasiado, pero estoy abierto a escuchar lo que tenga que decir.

—Sí, por favor. No puedo volver a casa con este aspecto o mi tía me matará.

El hombre asintió y extendió la mano para ofrecerle la flor, que Eleanor sostuvo sin dejar de observarlo. Ambos se miraron, gris contra azul, y él sonrió.

—Una gardenia blanca, curiosa elección. Tal vez tengamos más en común de lo que podría parecer a simple vista —comentó—. ¿Cuál es su nombre?

—Eleanor, Eleanor Hallbrooke —contestó ella—. ¿Y el suyo?

Su pregunta pareció tomarlo por sorpresa y elevó las cejas sin esperarlo.

—¿No me conoce?

—No, no sé quién es —dijo—. ¿Acaso debería?

—Teniendo en cuenta que ha venido a esta fiesta, sí, debería —contestó él—. Soy Aiden Wadlington, heredero del ducado de Cloverfield. Es un placer conocerla, señorita Eleanor Hallbrooke.

Así que era el heredero de Cloverfield, hijo de los duques. Aquello lo explicaba todo, excepto su inusual comportamiento. Eleanor asintió y, por primera vez desde que había llegado, sintió que podía haber alguna verdad en las palabras que le dijo su madre. No todos los hombres tenían por qué ser unos aprovechados. El mismo dueño del lugar la había ayudado sin saber quién era y sin pedir nada a cambio.

La voz de Aiden la sacó de sus pensamientos y la devolvió a la realidad.

—¿Viene o no? Está completamente empapada —señaló.

—Oh, sí, ya voy.

Nada más terminar de hablar, se apresuró a seguir al hombre escaleras arriba hacia el interior del palacio. Aquella había sido, sin lugar a dudas, la fiesta más inusual en la que había estado. Y, por alguna razón que ni ella misma acababa de entender, no se arrepentía lo más mínimo de haber asistido. Solo cuando estuvo seca y a salvo en su carruaje, con John conduciéndola de regreso a casa, se permitió una ligera sonrisa mientras olía la flor que tenía en la mano. Parecía que lord Aiden Wadlington era alguien a quien no olvidaría.

Capítulo 3

Tulipán negro

La lluvia continuó cayendo durante el resto de la noche; sin embargo, el amanecer se levantó claro y despejado. Una pequeña bruma de rocío envolvía la campiña y el trino de las golondrinas que anidaban en los árboles aledaños al palacio despertó al dueño y señor del lugar. En esas horas tempranas, lord Albert Wadlington sentía que algo no iba bien. La fiesta había sido un éxito, los invitados habían disfrutado y la caza del ganso fue un acierto a pesar de la lluvia. Había saludado a amigos que hacía tiempo que no veía y el príncipe había comentado lo excelentes que eran siempre sus cenas y había alabado a su cocinera. Estaba muy satisfecho con la velada.

Sin embargo, se sentía tan cansado como si hubiese pasado la noche corriendo bajo la tormenta, a pesar de estar tendido entre mullidos almohadones; solo quería beber toda el agua que su cuerpo admitiese. Rendido, el duque se sentó sobre el colchón y se inclinó hacia la mesilla para llenar un vaso. El repentino gesto alertó a su esposa, que se volvió a mirarlo con el ceño fruncido, aún medio adormilada.

—Por Dios, Albert, es muy temprano —se quejó—. ¿Qué haces despierto?

—Nada, querida, me sentí fatigado y quería un poco de agua. Vuelve a dormirte.

Aquellas palabras hicieron que el sueño de la duquesa se desvaneciera por completo. La mujer se incorporó bruscamente y alzó una mano hacia la frente de su esposo. Al notar la temperatura, sus labios se abrieron con asombro. Tenía la piel ardiendo como una marmita al fuego.

—Voy a mandar a buscar a *sir* Charles ahora mismo, estás ardiendo, amor —dijo.

—No, no te molestes, querida, estoy bien —negó él.

—¡Y un demonio! Necesitas un médico, Albert —sentenció la duquesa.

El duque se resignó, sabiendo que no podría convencer a su esposa, que ya se había enfundado en una bata para ir a buscar a los criados. Una hora más tarde, cuando el reloj de cuco del pasillo marcaba las ocho y media de la mañana, la duquesa esperaba a la puerta de su alcoba mientras el respetado médico, *sir* Charles Hemingood, examinaba a su marido en el interior de la habitación. Estaba más asustada de lo que quería admitir y, solo cuando la puerta del fondo del pasillo se abrió para dar paso a su primogénito vestido con su eclesiástico atuendo habitual, la mujer desvió la mirada de la lámina de madera tallada para posarla en él.

El clérigo se acercó despacio mientras su madre se cubría la boca con la mano.

—Ah, Avery, me alegro de verte, hijo —dijo—. ¡Estoy tan preocupada!

—¿Qué ocurre, madre? —preguntó él—. ¿Por qué estás aquí sola tan temprano?

—Es tu padre, estaba ardiendo de fiebre esta mañana y se sentía muy fatigado —le explicó—. Espero que no sea nada serio, pero he mandado llamar a *sir* Charles. Lo está examinando ahora mismo, ya no puede tardar mucho.

—Seguro que no es nada, madre, hemos de tener confianza. Dios lo ayudará.

—Que así sea, hijo, ojalá.

Apenas hubo terminado de decir aquella frase, la puerta del dormitorio se abrió. El doctor los miró con rostro serio y adusto, y la duquesa temió lo peor. De no ser por su hijo, que la agarraba por los hombros, habría caído al suelo presa del pánico.

—*Sir* Charles, al fin sale —exclamó—. Dígame, ¿Albert se encuentra bien?

—Me temo que no, duquesa —contestó él—. Creo que es mejor que sea su esposo quien se lo diga, no quiero interferir en asuntos de familia. De todas formas, el deber me reclama, pero no duden en llamarme si la situación del duque empeora.

—¿De qué está hablando? ¿Qué le ocurre a mi padre? —inquirió Avery.

—Hable con él, por favor, reverendo.

Madre e hijo observaron en silencio al respetable médico mientras se alejaba escaleras abajo y un nudo se les instaló en el estómago. Cuando entraron en la habitación, el duque de Wadlington parecía muy tranquilo, casi resignado. Ambos se sentaron frente a él, en un lateral de la cama con dosel. Su voz sonó serena y mostró una leve sonrisa.

—Resulta que voy a vencerte en la carrera por conocer al Creador, hijo mío —dijo mirándole—. Me temo que elegiste un mal momento para seguir la llamada de Dios.

—¿Por qué dices eso, padre?

—Me estoy muriendo —contestó—. Tengo los pulmones tan cansados que el corazón se ha debilitado... Charles me ha dado seis meses, un año como mucho.

—¡Oh, no, Albert! —exclamó la duquesa.

Entonces, rompió a llorar y se lanzó a los brazos de su esposo, que la meció con cariño mientras ella desahogaba la angustia que le comprimía el pecho como una tenaza. El enfermo, sin embargo, parecía en paz con la situación y clavó de nuevo la mirada en su hijo mayor, que parecía consternado. El abad, en *shock,* alzó los ojos azules hacia su padre.

—¿Qué vamos a hacer? —murmuró.

—Comenzaré a poner mis asuntos en orden para que nada quede al azar cuando llegue mi momento —aclaró el duque—. Dado que elegiste la vida eclesiástica, no puedo dejarte el ducado, aunque seas mi primogénito, hijo mío. Espero que lo comprendas.

—¿Y qué piensas hacer, darle carta blanca y el título de duque a Aiden? —exclamó el clérigo visiblemente alterado—. No deberías, padre. Despilfarrará la fortuna y arrastrará el apellido Wadlington por el barro.

—Es mi hijo y tu hermano pequeño, Ave, no hables así de él —sollozó su madre.

El abad resopló y se puso en pie de golpe, recibiendo las miradas sorprendidas de sus padres. Avery Wadlington era un hombre tranquilo y pacífico al que costaba mucho ver enfadado, pero nombrar a su hermano siempre despertaba sus peores pasiones.

—¡No reconoceré como hermano mío a un hombre que hace caso omiso de un niño inocente tan solo porque no lleva su sangre! —exclamó—. ¡Me opongo a esta decisión!

—Te opongas o no, es lo que hay, Ave —contestó su padre—. Es cierto que Aiden no ha reconocido a Edwin, pero no puedo culparlo. Sigue siendo mi hijo y es mi heredero ante Dios y la ley de los hombres. No hay nada que puedas hacer para impedirlo.

—¿Y ya está, eso es todo? ¿Vas a permitir que Aiden ostente el título de duque de Cloverfield cuando va por ahí fornicando y desflorando a señoritas de buena casa mientras el hijo de su difunta esposa sigue viviendo bajo su techo sin bautizar?

Su padre suspiró y cerró los ojos. Sabía que Avery decía la verdad, pero no podía negarle la herencia a Aiden. Desde que *lady* Elisabeth murió y dejó a su bebé bastardo a cargo de su hijo menor, este no había vuelto al camino de la luz. Solo se preocupaba de sí mismo, pero seguía siendo su vástago y no podía negarle su derecho de nacimiento. Bastante había sufrido ya a una edad tan temprana.

La voz de su esposa lo sacó de sus pensamientos e hizo que ambos la miraran.

—Se me ocurre una solución, Albert —dijo mientras se limpiaba las lágrimas—. Avery está en lo cierto, pero estoy convencida de que aún podemos enderezar a Aiden. Sé que hay esperanza para él. Heredará su fortuna y el título, tal y como corresponde, pero su padre le impondrá una condición primero.

—¿Qué condición podría poner yo para que acepte, Adeline? —preguntó su esposo sorprendido.

—Inventaremos que hay una antigua ley de Cloverfield que dice que el heredero no podrá asumir el control del ducado si no está casado, algo así como que fue escrito para, de esa forma, asegurar un heredero que dé continuidad al linaje Wadlington. Si Aiden se niega, amenázalo con dejárselo todo a la reina Victoria, eso hará que actúe rápidamente.

—Madre, eso es... —comenzó el abad—. ¿Vas a forzarlo a casarse por interés?

—¿Quieres que deje de pecar y le dé una familia a Edwin? —inquirió la duquesa.

—Eso es lo que quiere Dios, pero tampoco es justo para Aiden casarse sin amor.

El duque resopló y rompió a reír nada más oírlo. Avery era clérigo y muy ingenuo si eso era lo que pensaba en realidad sobre su hermano. Sin duda, sus hijos eran el día y la noche.

—No sufras por él, hijo mío... Encontrará a una mujer que le interese sin problemas, Aiden no es como tú —contestó y se volvió hacia su esposa—. Está bien, Adeline, haré lo que dices. De hecho, iré a ver a la reina hoy mismo. Ella firmará la condición que inventemos.

—Por el futuro de Cloverfield y con el favor de Dios y la reina, que así sea.

Todos asintieron ante esta afirmación de la duquesa y, sin más dilación, se unieron en un abrazo. El futuro de Cloverfield y los Wadlington reposaba ahora en manos de Aiden.

El joven duque frunció los labios mientras ponía el cerrojo a su rifle en un movimiento que le era tan conocido que podía hacerlo por pura inercia. El bosque a su alrededor se exhibía fresco y lleno de vida. El aire olía a primavera, cargado de cientos de aromas, y las pelusas blancas de los árboles flotaban entre los rayos de sol como si fueran pequeños algodones. El joven contuvo el aliento y apoyó la culata del rifle sobre su hombro mientras se arrodillaba detrás de un tronco caído a la sombra de unos arbustos repletos de frutas verdes.

El zorrillo se detuvo un instante a olisquear el aire antes de recibir el impacto, limpio y certero, sobre el lomo. Cayó sin vida hacia un lado y Aiden se puso en pie para recoger su presa. No había llevado porteadores, pues su padre había insistido en que saliesen ellos dos solos, como hacían cuando era niño y los llevaba a su hermano y a él a cazar perdices a las praderas. Aceptó de buen grado. Hacía meses que no había visitado Cloverfield y pasar tiempo con su padre era algo que también había echado de menos.

Quería mucho a aquel hombre, era el palacio el lugar que no soportaba pisar, pues cada baldosa y cada muro de Cloverfield le parecían impregnados de ella. Aún le dolían los recuerdos, las vivencias que había tenido allí con Elisabeth, y huir a Londres había sido la única solución que había traído paz a su mente. Sin embargo, en ocasiones como aquella, en los inicios de la primavera y en Navidad, solía regresar al ducado para pasar tiempo con su familia.

—Buena captura, hijo mío, ha sido un disparo limpio y certero —le felicitó el duque a sus espaldas, lo que hizo que el joven se volviera a mirarlo—. Me alegra ver que no has perdido la práctica tras pasar tanto tiempo en los concurridos salones de Londres.

—Una cosa no quita la otra, padre. Cuando centro la vista en un objetivo, lo alcanzo.

—Sean jovencitas o presas de caza como ese zorrillo, ¿no?

—Sea el objetivo que sea —contestó el joven atándose el zorro al cinturón—. Pero no creas que no me he dado cuenta de que cazar no es lo que querías hacer cuando me has pedido que viniera esta mañana, padre, ya no tengo diez años. Vamos, dime qué pasa. ¿Te has metido en algún lío? ¿Es por madre?

El duque suspiró y dejó el rifle sobre la hierba para apoyar su peso sobre él, como si se tratase de un bastón. Su hijo no era ningún ingenuo y engañarlo no sería tarea fácil. Por esa razón, su visita a la reina Victoria había sido tan necesaria.

Los Wadlington podían presumir de ser amigos de los Hannover, la realeza de Inglaterra. Contaba al difunto príncipe Alberto entre sus amigos personales y sabía que la reina Victoria haría ese favor a su familia. Tan solo esperaba que su hijo mordiese el anzuelo o lo perdería para siempre. Nunca les perdonaría si averiguaba que estaban inventando leyes falsas para engatusarlo.

—Lo cierto, Aiden, es que tienes razón. Hay un asunto importante del que quiero hablarte —comenzó—. Un asunto de vida o muerte, a decir verdad.

—No seas melodramático, padre —resopló Aiden.

—No, hablo en serio. Me estoy muriendo, hijo mío.

Aiden frunció el ceño y sonrió de medio lado. Aquella era una broma un tanto de mal gusto para venir de su padre, aunque, al ver el semblante serio del hombre que le hablaba, su sonrisa se apagó y fue sustituida por una expresión de desconcierto. Clavó los ojos azul cielo en los de su padre, del mismo color, y un sentimiento extraño se instaló en su pecho. Miedo, tal vez.

—¿De qué estás hablando? —preguntó.

—Verás, Aiden, resulta que tengo el corazón muy débil y los médicos no saben cómo darle vigor. Un día no muy lejano se apagará como una vela —le explicó—. Charles me ha dado un año de vida, quizá menos, pues ya sufro de fatiga crónica.

—¿Y lo dices como si tal cosa? ¡Debiste hablar antes, padre! ¡Olvida a Charles, en Londres hay grandes cirujanos! Podemos llevarte a la Corte para que los médicos de la reina te...

—No tiene sentido, hijo mío, ya es tarde para eso.

—Nunca es tarde, padre, nunca es tarde para intentarlo —insistió Aiden.

De nuevo, el duque suspiró. Le enorgullecía el intento de su hijo por intentar salvarlo. Era tan distinto de su hermano... Avery había reaccionado con resignación y aceptación, pero Aiden pretendía luchar contra la realidad. Debía darle otra cosa en qué pensar. No quería que desperdiciase su tiempo llevándolo a médicos cuando podía pasar con él lo que le restaba de vida, disfrutando como lo habían hecho cuando era un chiquillo.

—Olvida eso ahora, hijo, tienes cosas más importantes en qué pensar —dijo.

—¿Más importantes que salvar la vida de mi padre?

—Sí, como ocuparte de tu propio futuro —contestó el duque—. Resulta que también estás incluido en esta carrera contra el tiempo, Aiden.

—¿A qué te refieres?

—Me refiero a que, si no te casas antes de un año, perderás todo derecho a heredar Cloverfield —dijo y continuó, al ver que Aiden iba a interrumpirle—. No sabía de esa ley hasta que he leído el estatuto del ducado al ordenar mis asuntos. Como yo me casé con tu madre mientras mi padre aún vivía, no hubo problema alguno, pero en tu caso, es totalmente diferente. Eres mi hijo menor y, en otras circunstancias, no te afectaría, pero dado que Avery ha elegido la senda de Dios, solo podrás heredar tú, Aiden.

Al fin, el joven comenzaba a entender de qué iba todo aquello y un deje de rabia le subió desde el pecho como una llamarada. No podía creer lo que estaba escuchando.

—¿Y si me niego? —espetó—. ¿Qué harás si no me caso, padre, dejarme sin nada?

—No, no intervendré. La reina Victoria obtendrá el ducado, que se anexionará a sus propiedades —le explicó—. Lo más probable es que lo herede uno de sus nietos.

—¡Me niego a aceptar eso! —exclamó Aiden—. ¡No permitiré que nos arrebate nuestro legado familiar! ¡Ni la reina ni Dios aunque bajara de los cielos!

—Entonces, ya sabes lo que debes hacer, hijo mío, lo único que te falta.

Casarse, casarse... Incluso la mera idea le irritaba. ¡Maldito destino! Bastante había maldecido la palabra como para volver a pensar en ella. Ya se casó una vez y todos sabían cómo había terminado aquello. Tras expulsar a Elisabeth de su vida, juró no volver a entregarse a otra mujer y ahora su padre le forzaba a considerarlo de nuevo.

—Aiden, sé lo que piensas, pero no todo ha de ser tan malo —comentó el duque—. Te enfrentas a una disyuntiva que solo tú puedes resolver: perder el dinero, tu legado y el hogar de la familia o firmar un documento insustancial. No parece tan complicado.

—¿Insustancial? —resopló su hijo—. Ya sabes lo que sucedió con Elisabeth, padre. No hay nada de «insustancial» en casarse. Me niego a hacerlo. ¿Es que no es bastante castigo cargar con ese bastardo que me recuerda, cada vez que lo veo, la traición de la única mujer que he amado? ¿Ahora debo casarme con una pazguata a la que ni conozco? ¿Por quién me tomas, acaso crees que entrego tan fácilmente mi corazón?

—Nadie ha dicho que tengas que amarla, hijo.

El joven tensó la mandíbula. Estaba tan enfadado que los dedos que tenía alrededor de la culata del rifle se le pusieron blancos, pero su padre continuó.

—¿No es de ti de quien se rumorea que ha yacido con la mitad de las debutantes que acudieron a la temporada social de Londres estos dos últimos años? —ironizó el duque—. No te será difícil embaucar a una de esas mujeres y casarte con ella. Piensa en el dinero, Aiden, en tu título. Y si no puedes olvidar el pasado, céntrate en disfrutar de los placeres terrenales. Podrás yacer con tu esposa cada noche y cada día, si te place. Podrás tener una mujer con la que charlar y a la que llevar a fiestas… Te olvidarás de los rumores, de las habladurías. Volverás a nacer si encuentras a la adecuada, puede que incluso te caiga bien y disfrutes de su compañía. Nadie dice que te enamores, pero sé inteligente y piensa en lo que más te conviene.

El joven tragó saliva y frunció los labios. Sabía que su padre tenía razón, pero odiaba tanto aquella idea, que le temblaban las manos. No tenía miedo a casarse. El acto en sí no era más que una pantomima, una fiesta igual que cualquier otra tras la firma de un contrato y un acto ridículo en la iglesia. No, lo que a él le aterraba era que volvieran a utilizarlo, a pisotear su amor propio, a reírse de él. Había entregado su corazón y lo habían aplastado, y la sola idea de que volviesen a intentarlo hacía que la sangre le hirviese de rabia.

¡Cómo estaría disfrutando su hermano con todo esto! Al parecer, sus deseos se iban a cumplir… Bueno, pues si tenía que casarse para poder conservar su legado familiar, lo haría, pero no les daría la satisfacción de manejar el asunto. Haría las cosas a su manera, jugaría a ese juego según sus propias reglas.

Con la decisión tomada, se volvió hacia el duque con una expresión amarga, como si la alegría se hubiese convertido en ceniza en su boca.

—Está bien, padre, si no hay otra solución, lo haré —sentenció—. Tengo tiempo, así que voy a hacer las cosas a mi manera. Volvamos a casa, quiero ver ese documento con mis propios ojos, a ver si encuentro una manera de librarme y solucionarlo.

—No lo harás, lleva el sello real —le aseguró.

—Eso ya lo veremos.

Sin decir una palabra más, el joven heredero se dio la vuelta y caminó de regreso al lugar donde había atado a *Caballero*. Su padre subió despacio a lomos de *Lancelot,* su alazán hannoveriano, antes de que echaran a cabalgar hacia el palacio de Cloverfield. Cuando cruzaron las puertas, encontraron un panorama tan bello como desolador. Habían decorado la entrada con flores de tulipán negro, a juego con la rabia y el dolor de su corazón.

Capítulo 4

FLOR DE CALÉNDULA

Cuando sintió aquel conocido, suave y peludo toque sobre la nariz, Eleanor sonrió mientras, poco a poco, se iba despertando. No se molestó en abrir los ojos, sabía que se trataba de *Jardinero*, el gato himalayo de su madre. El animal había sido el último regalo que su padre hizo a su esposa y *lady* Margaret lo llevaba con ella a todas partes. *Jardinero* era de carácter juguetón y Eleanor lo adoraba, pues solían pasar juntos mucho tiempo en el jardín de su casa de York. Por eso, lo había llamado así, porque, en una broma privada, encontraba al gato mejor jardinero que muchos hombres: cazaba ratones y topillos que entorpecían y estropeaban el crecimiento de sus plantas mientras ella las cuidaba. También le encantaba tomar el sol junto a él.

Al cabo de un rato, un estornudo se le atascó en la garganta, lo que provocó que levantase los párpados y volviese la cabeza para mirar al gato, que se había sentado a dormitar sobre el alféizar de la ventana. Las cortinas estaban entreabiertas y, al ver el sol, una amplia sonrisa se instaló en los labios de la joven, que se desperezó alegremente.

—Buenos días, *Jardinero,* hoy hace un día excelente, ¿no crees? —le saludó incorporándose hasta quedar sentada en el colchón—. Creo que iré al parque, me gustaría cortar algún esqueje de las acacias para plantarlo en una maceta.

El gato maulló como respuesta y Eleanor rompió a reír. Sabía que el animal no había entendido nada de lo que había dicho, pero le hacía feliz contarle sus planes. Le extrañó que Helen no hubiese venido todavía a descorrer las cortinas, pero al reparar en la hora, entendió el motivo. Apenas eran las nueve, una hora más temprano de lo habitual. Sin molestarse por ello, se levantó y se dirigió a su baúl para elegir un vestido que ponerse antes de bajar al comedor. Entonces, reparó en el que había llevado a la fiesta, que colgaba de una percha fuera del armario, cerca del calor de la chimenea. Habían pasado tres días desde aquel suceso, pero era una prenda tan pesada y voluminosa que necesitaría otros tantos para secarse por completo y que pudiesen coserla sin que se dañase la seda.

Al observar el escote desgarrado, los recuerdos de lo sucedido en el laberinto volvieron a ella y recordó el tacto de las manos de lord Aiden Wadlington, lo que hizo que el aliento se le paralizara en el pecho. Había sido muy amable, pero también muy atrevido. Le había roto el vestido y le había visto, por ende, los pechos empapados. Él había hecho caso omiso de aquel asunto cuando la condujo a través de los setos, pero ella no podía olvidarlo. Jamás un varón la había visto en enaguas y la sola idea hizo que se le arrebolaran las mejillas. Sin embargo, para el joven parecía ser algo normal, pues ni se inmutó cuando tomó su mano y dejó de hablarle con pleitesía. «Demasiado atrevido para un primer encuentro, ¿no cree?», había dicho.

Tenía razón, claro, ella apenas le conocía y no tenía por qué imaginar historias, así que intentó alejarlo de su mente. Decidida a hacerlo, se agachó frente al baúl y tomó un alegre vestido primaveral de tela azul celeste con pequeñas florecillas verdes y lilas. Uno de sus favoritos. Estaba enfundándose el corsé cuando la puerta se abrió para dejar paso a Helen, que cargaba una jarra de agua y la jofaina limpia. Al ver que Eleanor ya se estaba vistiendo, la doncella dejó los enseres y se acercó a toda prisa.

—¡Ay, señorita, debió haberme avisado! Habríamos tardado menos entre las dos —comentó la joven—. Veo que planea salir de paseo, no se habría puesto el vestido azul celeste de ser de otra manera.

—Así es, quiero ir al parque a cortar unos esquejes —contestó—. He pensado que podrías acompañarme, si no, tía Frances no me dejará ir sola. ¿Te apetece?

—Por supuesto, señorita, la ayudaré en lo que sea —asintió Helen—. Sin embargo, pienso que no debería ser tan crítica con su tía. En realidad, creo que tiene razón, no es sensato que una jovencita vaya sola a ningún sitio, y menos en el campo. Ya no estamos en York, aquí puede pasarle cualquier cosa... ¿Y si aparece un perro sin amo?

—Oh, será mejor que lleves una ristra de salchichas entonces —bromeó Eleanor.

Helen puso los ojos en blanco y, entonces, Eleanor rompió a reír. Consideraba a su dama de compañía casi una amiga, ya que ambas tenían más o menos la misma edad. Su mayor confidente era su madre, desde luego, aunque, desde que la salud de esta decayó, no le contaba tantas cosas por miedo a empeorarla. Por suerte, tenía a Helen para no sentirse sola. Cuando el corsé estuvo atado y la saya bien sujeta, la joven le puso el vestido y, en menos de un minuto, estuvo preparada. Luego, Helen le peinó el largo cabello color miel en un moño bajo que sujetó con un broche en forma de rosa y Eleanor se miró satisfecha en el espejo.

—Creo que estoy lista, no perdamos más tiempo aquí —dijo—. La mañana aún es joven y seguramente John tendrá más recados que hacer.

Helen asintió y juntas cruzaron la habitación con destino al recibidor.

El parque parecía bastante tranquilo a esa hora temprana y Aiden observó a *Caballero* pastar tranquilo entre los brotes de margaritas mientras jugaba con un tallo verde que tenía entre los dientes. Timothy fumaba relajadamente a su lado y, cuando el humo de su cigarro le golpeó en la cara, Aiden lo apartó con un ademán divertido. Estaba de un humor bastante bueno teniendo en cuenta las noticias nefastas que había recibido.

—¿Y estás decidido a hacerlo? —preguntó Timothy.

—¿Acaso tengo otra opción? —resopló con ironía, antes de cambiar de tema—. ¿Dónde está Fred, por cierto? A Byron no puedo culparlo, está recién casado y *lady* Emily no le suelta la correa, pero son casi las diez y Fred aún no ha llegado.

—Ya le conoces, se habrá distraído con cualquier tontería —se rio Timothy—. Una vez se perdió en la biblioteca de su propia casa...

—Lo que tú llamas tontería yo lo llamo galantería —le corrigió Aiden—. Seguro que lo que le distrae lleva falda y escote. Y aquí nos tienes, esperando como dos idiotas.

—Creo que podrás preguntárselo tú mismo, por ahí viene.

Aiden volvió la cabeza a tiempo para ver a su amigo cruzar el camino de adoquines del parque con una mano en alto a modo de saludo. Los dos hombres devolvieron el gesto y, un segundo después, el recién llegado se sentó a su lado sobre el pasto. Parecía agotado, como si hubiese venido corriendo, y al ver el desorden que los negros mechones habían dejado sobre su rostro, se apresuró a retirarlos con un ademán. Después, suspiró.

—No me miréis así, sé que llego tarde. Pero, ¡ah!, esta vez tengo una justificación, he hecho de buen samaritano —dijo.

—¿Y esa justificación tiene nombre? —se burló Aiden.

—¡Claro que lo tiene! Pero no es lo que piensas, Aiden, o bueno, no esta vez —se excusó—. De hecho, os la puedo presentar si queréis. Está aquí al lado, en el parque.

—¿De qué hablas, Fred? —preguntó Timothy.

—Callad y venid conmigo.

Los tres amigos cruzaron miradas antes de ponerse en pie. Timothy apagó la colilla de un pisotón antes de seguir a Aiden y Fred, que se habían adelantado, y tras caminar un par de minutos por el camino principal del parque, llegaron al estanque. El lugar era precioso, lleno de patos y otras aves, y cruzado por un pequeño puente de madera. El perímetro estaba rodeado de árboles y arbustos, y varias mesas de picnic y ajedrez aparecían salpicadas bajo las frondosas ramas. Entonces, Frederick alzó una mano para señalar un grupo de acacias y, bajo ellas, a dos figuras femeninas.

La primera, alta, angelical, de busto generoso. Cabello rubio dorado y uniforme de doncella azul índigo a rayas, con delantal blanco y cofia. La otra, de proporciones más sencillas, bajita y vestida con un amplio vestido celeste de flores. Llevaba el cabello color miel recogido en un moño bajo y algo en ella le resultó familiar. Cuando la joven se puso de puntillas para cortar una rama y el cabello se le soltó de la peineta para revelar una larga melena leonina y ondulada, los recuerdos de la fiesta volvieron a él.

—No puedo creerlo... —murmuró.

—¿No es un encanto? —suspiró Fred—. Creo que me he enamorado, amigos.

Aiden volvió la vista hacia él y clavó los ojos en los de su amigo, pero Frederick tenía la vista fija en las mujeres. Estaba poniendo cara de alelado y Aiden tragó saliva. No pensaba competir contra un amigo. Estaba a punto de preguntar al respecto cuando Timothy se adelantó y expresó lo que él mismo estaba pensando.

—¿A cuál de ellas te refieres, a la bajita de pelo ambarino? —inquirió.

—¡No, por Dios, claro que no! Me refiero a la otra, Helen, la bella y dulce Helen —contestó Frederick—. ¿No os parece preciosa? ¿Habéis visto cómo le brilla el sol en el pelo? Parece oro fundido. Ah, Señor, se te ha caído un ángel... ¡Qué gloriosa belleza!

«Es cierto, sí», pensó Aiden al recordar la tela mojada sobre un escote rasgado y aquellos pechos que subían y bajaban agitados por el nerviosismo. «Qué belleza».

—No os lo creeréis, pero conozco a esa mujer —dijo entonces.

—¿Conoces a Helen? —preguntó Frederick.

—No, a ella, no, a la otra —dijo Aiden sin mirarles—. Se llama Eleanor Hallbrooke y estuvo en la fiesta de primavera. En realidad, la conozco... bien.

—¿Eleanor Hallbrooke? Ahora que lo mencionas, sí que me suena, también hablé con ella en la fiesta —asintió Timothy—. Pero vamos, suelta la lengua, Aiden. ¿Por qué has dicho eso, acaso sucedió algo entre vosotros que no nos has dicho?

Aiden dudó, sopesando lo que podría contar y lo que no. Confiaba en sus amigos, pero tampoco había necesidad de que lo supiesen todo. Quería guardar ese pequeño recuerdo para él.

—Nada fuera de lo común. Se perdió en el laberinto y la ayudé a salir, eso es todo —dijo—. De hecho, ahora que la veo a la luz del día, creo que puede encajar en mi plan. Parece alegre e ingenua, no interesada como la mayoría de jóvenes. ¿Os habéis fijado que no lleva guantes, bolsito ni sombrero?

—Sí, qué inadecuado —asintió Frederick.

Timothy se rio, incapaz de contenerse, y Fred se volvió a mirarlo sin comprender. Aiden sonrió, enternecido por la ingenuidad de su amigo.

—Esa no es la palabra que yo usaría, Freddie, y creo que Aiden tampoco está pensando eso precisamente —aclaró Timothy—. Lo que él quiere decir es que no es una de esas que van detrás de las fortunas y los títulos como un sabueso que busca trufas. Parece una muchacha sencilla y corriente, casi como de otra clase social.

—Exacto, y por eso es por lo que voy a casarme con ella —declaró Aiden.

Ambos lo miraron con una expresión de sorpresa, por lo que el heredero de los Wadlington se resignó a ponerles al corriente de su situación. Timothy ya lo sabía, pero Frederick, no. Una vez terminó de contárselo, Aiden observó a las dos jóvenes salir del parque y clavó sus ojos azules en Eleanor. Tal vez no fuese mala idea proponerle matrimonio, después de todo.

❋ ❋ ❋

La joven sonrió satisfecha al ver su nueva creación. El pequeño centro de mesa que había realizado con las flores de acacias recogidas del parque encajaba perfectamente en el salón de su casa, así que, decidida a darle buena luz y aire, descorrió las cortinas y abrió las altas ventanas para que el calor y la brisa inundasen la estancia. En eso se encontraba cuando oyó el ruido de unos tacones acelerados que se acercaban. Un instante después, su tía Frances apareció en el umbral y cruzó el salón a paso rápido para detenerse junto a las ventanas. Eleanor la miró levantando una ceja y, al ver que la mujer fijaba su atención en algo que había en el jardín delantero, dirigió la vista hacia ese lugar.

Había un carruaje plantado frente a las puertas de la mansión y Frances emitió un gritito histérico antes de sujetarse al brazo de su sobrina con sorprendente fuerza. Sin embargo, no la miró, continuaba con la vista fija en el flamante carruaje.

—Ay, Dios, ¡qué emoción! —exclamó sin poder contenerse—. No sé qué fue lo que hiciste en esa fiesta de los Wadlington, pero, ¡bendita seas, sobrina!

—¿Por qué? —preguntó la joven—. ¿De qué estás hablando?

—¿Acaso no lo ves, chiquilla? Ese es el carruaje personal del hijo del duque de Cloverfield, mira el emblema de los Wadlington estampado en la parte de atrás. ¡Y viene de visita a nuestra casa!

Eleanor se fijó en el mencionado emblema. No conocía ese blasón, pero encontró hermoso el diseño: un escudo azul medianoche rodeado de laureles y una franja dorada en el centro sobre la cual había un grifo de perfil con las alas extendidas. Parecía antiguo, como si proviniese de muchas generaciones atrás. Si su tía estaba en lo cierto sobre los Wadlington, así era. Entonces, como si el destino quisiese darle la razón a Frances, lord Aiden bajó de un salto del carruaje y alzó la mirada hacia la casa.

Sus ojos de color azul celeste toparon con ellas y, al clavar la mirada en la gris de Eleanor, elevó las comisuras de los labios. La joven se retiró de la ventana al sentir que el pulso se le disparaba. ¿Qué demonios le ocurría? ¿Por qué reaccionaba así ante él?

—¿Te lo dije o no, Ellie? Ese de ahí es lord Aiden Wadlington, el hijo menor del duque —dijo Frances—. Ay, Señor, ¡dame fuerzas! Esta es nuestra oportunidad.

—¿Nuestra oportunidad de qué exactamente, tía Frances? —inquirió Eleanor.

—Oh, pues de acercarte a él, claro —contestó la mujer y evitó profundizar más—. Si entramos en el círculo de los duques de Cloverfield, se acabarán nuestros problemas.

—Si tú lo dices...

Frances asintió y, al momento, sonó la campanilla de la entrada. Helen se apresuró a abrir la puerta y Aiden cruzó el vestíbulo y entró en el salón. Eleanor y él cruzaron la mirada y la sonrisa del joven se mantuvo. Se le veía elegante, pensó ella sin poder evitarlo. Vestía con un *blazer* oscuro, al igual que los pantalones, camisa blanca y corbata. En general, todo el conjunto hacía resaltar su cabello castaño y sus ojos azules. Era un hombre muy atractivo, no podía negarlo, aunque jamás lo admitiría en voz alta.

Como si se supiera observado, Aiden carraspeó para ahogar una risilla y se inclinó de forma respetuosa ante Frances, que le devolvió la reverencia con elegancia.

—Asumo que es usted la señora Hallbrooke.

—Me temo que no, lord Wadlington. Soy la baronesa Frances Asforth, hermana de la señora Hallbrooke y tía de Eleanor —contestó ella—. Es un placer recibirle en nuestra casa de verano. ¿Le apetece tomar una limonada? Nuestra cocinera prepara una deliciosa.

—Claro, aunque antes me gustaría saludar a la señorita Eleanor y ofrecerle un presente.

Frances miró a Eleanor levantando las cejas y la joven clavó la mirada en la de Aiden, perpleja, si bien su sorpresa creció aún más cuando el hombre sacó del bolsillo un grueso sobre blanco y se lo entregó. Eleanor lo tomó y rompió el membrete con cuidado, pero antes de que llegase a leer la carta, la voz de Aiden la distrajo.

—Es una invitación —aclaró—. Pasado mañana, mi madre cumple años y, dado que es tradición llevar un acompañante a la fiesta, he pensado en usted. ¿Qué dice, acepta acompañarme? Creo que se lo debo después de arruinarle el vestido.

La joven se sonrojó al oírle decir aquello, en especial, porque su tía no sabía nada. No le había contado el incidente ocurrido en el laberinto a nadie excepto a Helen. Aiden notó el leve rubor que se extendía por las mejillas de la joven y se permitió una sonrisa, que ella devolvió sin poder evitarlo. El atrevimiento de Aiden era tan impropio como refrescante.

—Lo cierto es que yo... —comenzó Eleanor.

—¡Acudirá, por supuesto que acudirá, lord Wadlington! —exclamó Frances interrumpiéndola.

—Si no le importa, baronesa, me gustaría que respondiese la señorita Eleanor —dijo él.

La sonrisa de la joven se amplió con aquella respuesta. Le gustó que Aiden desease oír su opinión en vez de acatar las palabras de su tía sin más. Implicaba respeto hacia ella como ser humano y eso no era tan corriente en los cortejos entre los de su clase. Si es que aquello era cortejar, cosa que empezaba a plantearse. Apartó la mirada incapaz de sostener por más tiempo aquella de color azul celeste que la traspasaba.

—Iré, lord Wadlington —dijo.

—Perfecto, porque habría seguido insistiendo hasta convencerla —bromeó él—. Ahora podríamos tomar esa limonada si quiere, baronesa Asforth.

—Oh, en realidad, tengo cosas que hacer, pero estoy segura de que mi sobrina podrá acompañarlo con la limonada —declaró Frances y se volvió hacia ella—. Eleanor, querida, ¿por qué no llevas a lord Wadlington al merendero? Allí disfrutareis mejor de la brisa y el sol. Enviaré a Annie con la limonada, no te apures.

—Lo haré, tía Frances —asintió Eleanor—. Si gusta seguirme, lord Wadlington...

—Por supuesto, guíeme y la seguiré.

El joven sabía que sus palabras habían sonado con doble sentido, pero no se arrepintió de su elección. En ese punto, odiando la idea de casarse con todas sus fuerzas, se aferraba a la sugerencia de su padre como a un clavo ardiendo. Ya que no pensaba enamorarse, buscaría a una mujer que lo entretuviera y estaba seguro de que Eleanor cumpliría ese objetivo sin problemas. Era espontánea, natural y bastante atractiva.

Sin perder un minuto, la joven hizo un gesto para que la siguiese y juntos cruzaron el recibidor y la puerta principal en dirección al jardín. Había algo más que hacer que tomar limonada y conocerse a solas sentaría la primera piedra de aquella conquista del futuro duque.

Capítulo 5

ROSA DE LOS ALPES

La mañana de la fiesta se levantó soleada y, como si de un colibrí ajetreado se tratase, la duquesa iba de un lado a otro supervisando que todo estuviese presentable. Aquella no solo era la fiesta de su cumpleaños, sino también la que supondría el empujoncito que Aiden necesitaba en la dirección adecuada. Se había asegurado de que su esposo invitase a muchas jóvenes casaderas para que su hijo tuviese dónde elegir y ella misma se encargaría de que no dejase aquel salón sin haber mostrado interés por alguna.

Era mucho lo que había en juego y, ya que era terco como una mula, se aseguraría de que avanzara y dejase atrás el pasado. Unas horas más y todo estaría listo, no podía esperar a que llegase el momento. Sin duda, sería una noche memorable.

Helen arrastró una percha y luego otra más antes de sacar dos vestidos que, en su opinión, podrían convencer a las tres mujeres sentadas en el sofá frente a la chimenea. Margaret estaba cubierta por una ligera mantilla de punto y Frances le sostenía la mano mientras observaba con atención los atuendos que la doncella sostenía. Eleanor, por otra parte, parecía distraída, pensando en cualquier cosa menos en las prendas que tenía delante.

—¿Tú qué opinas, hija mía? —preguntó Margaret.

—Creo que es mejor el de la derecha, el verde jade —dijo sin prestar atención.

—¿El verde jade? —resopló Frances—. No, Helen, guarda esos aburridos vestidos de cóctel y saca uno más lujoso y atrevido. El de color púrpura con flores doradas, por ejemplo.

Eleanor hizo un gesto de fastidio al oír la mención.

—¿Acaso cumple años la reina de Inglaterra? —se burló—. No veo la necesidad de ir tan elegante a esa fiesta. Más bien creo que quieres que atraiga la atención del hijo, no de la madre.

—¿Y qué si así fuera? Es obvio que le gustas, Eleanor —contestó Frances—. ¿Qué joven invita personalmente a una mujer a su casa si no está interesado en ella? Vino a nuestro hogar y tomó una limonada contigo, ¿recuerdas?

—Desde luego, pero no es necesario que me engalane como si fuera un árbol de Navidad.

Frances iba a responder algo mordaz; sin embargo, como si supiese lo que pensaba, Margaret eligió ese momento para intervenir. Su hermana no era muy sutil y, de seguir por ese camino, haría que su hija se enfadara. Eso era algo que ninguna de las dos quería.

—Encontremos un término medio. Ambas tenéis un punto de razón, ¿de acuerdo? Helen, por favor, saca el de color marfil con lazos de plata, es perfecto para una fiesta como esta —dijo y se volvió hacia las dos mujeres—. Digas lo que digas, Ellie, la duquesa de Cloverfield no es una anfitriona corriente, no la ofendas vistiendo de manera informal. Y, Frannie, deja de azuzar a Eleanor para que vaya muy descocada. Si es cierto que lord Aiden Wadlington está interesado en ella, será él quien se lo diga sin importar qué escote lleve.

—Muy cierto, madre —asintió Eleanor.

—Como queráis, dejemos que la naturaleza actúe por sí sola —suspiró Frances—. Yo iré a avisar a John para que saque el carruaje, apenas falta una hora para la fiesta.

Sin esperar respuesta, la baronesa se levantó y salió rápidamente de la habitación. Margaret le hizo un gesto a Helen para que saliera también y quedarse a solas con Eleanor. Entonces, se puso en pie con cuidado antes de acercarse al vestidor para tomar el traje que quería y mostrárselo a su hija, que lo observó con una ligera sonrisa. Su madre tenía razón, era perfecto: blanco marfil y de manga corta, no tenía mucho escote, pero mostraba una caída armoniosa. Tenía mucho vuelo y marcaba la línea de la cintura con un ancho lazo plateado surcado de perlas y cristales. Era delicado y elegante, sutil y atemporal.

—Es perfecto, madre, tenías toda la razón.

—Ven, deja que te ayude, verás qué bella vas a estar —asintió Margaret.

—No, mamá, no te canses. Llamaré a Helen para que lo...

—No estoy inválida todavía, Eleanor, soy capaz de ayudarte con un vestido.

La joven frunció los labios y se dejó hacer. No quería disgustar a su madre, pero cada día la encontraba más débil. Tal vez el aire del campo tardaba mucho tiempo en actuar... Sin embargo, decidida a que tales pensamientos no le arruinasen la noche, Eleanor los desechó y se puso el traje. Le quedaba como un guante, así que, una vez vestida, se sintió como una princesa de cuento.

—Ahora escúchame, Eleanor —dijo Margaret—. Creo que Frances tiene razón y a ese hombre le gustas. Parece un buen muchacho, así que no te cierres a la posibilidad de que te corteje, ¿de acuerdo? Recuerda nuestra conversación y lo que te pedí.

—Creo que es de esos que cortejan a todas, madre, pero lo haré —dijo Eleanor.

—Sea como fuere, lo sabrás dentro de un rato. Tan solo ve con la mente abierta.

Eleanor asintió. Tras recogerse el cabello en un moño elegante y adornarlo con varias horquillas de perlas, madre e hija salieron de la habitación. El carruaje esperaba en la puerta, así que la joven subió y se despidió de su madre y su tía con un ademán. «Bueno, que dé comienzo la función», suspiró al sentir que el corazón se le aceleraba al pensar en otra noche cerca de lord Aiden Wadlington. Como decía su madre, que el destino decidiese.

❊❊❊

Al igual que en la fiesta de primavera, el palacio de Cloverfield lucía impresionante. En esta ocasión, no había flores
decorando el interior, sino cientos de pequeños farolillos de
cristal, dentro y fuera del palacio, en el jardín, los árboles y el
camino. Eleanor se quedó boquiabierta, aunque, por suerte
para ella, nadie vio su reacción, tan infantil e impropia. Esa
noche había menos invitados que en la fiesta de primavera
y no pudo dejar de observar que muchos de ellos eran
mujeres. Aunque le llamó la atención ese hecho, no pudo
decir nada antes de que la puerta del carruaje se abriese
y John le ofreciera la mano para ayudarla a bajar.

—Gracias, John, me había distraído —se disculpó.

—No hay por qué, señorita, permítame que la acompañe
hasta la puerta —dijo él.

La joven asintió y, tras apartar el carruaje del camino,
John le ofreció el brazo y la acompañó hasta las puertas del
palacio, donde un lacayo tomó su invitación antes de saludarla con una reverencia que ella devolvió con cortesía.

—Es un placer volver a verla, señorita Hallbrooke, que
pase buena noche —dijo.

—Igualmente para usted, eh...

—Hans, señorita, Hans Browden —contestó.

—Oh, pues que pase una buena noche también, Hans
—dijo Eleanor con una sonrisa antes de volverse hacia su
cochero—. Puedes ir a las cocinas, John, no quiero que esperes solo en el carruaje. Además, así podrás cenar algo caliente si quieres.

—No se apure, señorita, encontraré algo que hacer
—asintió John.

Tras un último asentimiento, Eleanor se despidió y cruzó el umbral. El interior de la mansión la recibió con un brillo dorado deslumbrante y la música de la orquesta le llenó los oídos. Sonaba un vals de Paul Lincke y la joven sonrió al reconocer los acordes de *The wedding dance*. Su rostro mostraba una gran sonrisa cuando entró al gran salón y se encontró con aquel animado ambiente. Las parejas flotaban sobre la pista y Eleanor se detuvo al llegar al borde de la alfombra. Había muchas jóvenes esperando su turno para bailar, así que aguardó mientras recorría a la multitud con la mirada en busca de su anfitrión.

Lord Aiden no se veía por ninguna parte, pero la mención de su nombre hizo que volviera la cabeza hacia un par de muchachas que estaban a su lado. Así, sin poder evitarlo, escuchó la conversación.

—Parece que te vas a quedar con las ganas de bailar, Kathleen —comentó una de ellas, de largo cabello dorado y ojos azules—. Lord Wadlington no va a dar la cara, te lo aseguro. Mi hermano me ha dicho que lleva días molesto por la fiesta, así que no creo que baje.

—¿Y puedes culparlo acaso, Clarice? Toda esta pantomima es un escándalo —contestó la tal Kathleen, morena y de ojos marrones, que hablaba en tono burlón—. Hasta el más tonto se daría cuenta de lo que pretende la duquesa de Cloverfield.

—¿Crees que quiere forzarle a un matrimonio? —se sorprendió Clarice.

—¿Acaso no es obvio? Todo el mundo chismorrea sobre por qué no se ha casado después de enviudar. Ya han pasado dos años, tiempo más que suficiente para olvidar.

Eleanor se quedó paralizada al oír aquellas palabras. No tenía ni idea de que lord Aiden hubiese estado casado y mucho menos de que fuese viudo. El corazón se puso a latirle sin control y prestó atención de nuevo a la charla de las dos jóvenes.

—Quizá tengas razón, pero Tim cree que es en vano —dijo Clarice—. Te digo que escuché una conversación entre él y nuestro padre sobre lord Aiden y le estaba contando algo sobre la insistencia de sus padres para que herede el ducado.

—Pues mejor para mí, que voy a ser la duquesa de Cloverfield —afirmó Kathleen—. Donde *lady* Elisabeth fracasó, triunfaré yo, recuerda mis palabras.

—Estás muy segura de eso, ¿no crees?

—Yo jamás digo nada en vano, Clarice. Dame tres meses y será mío.

La chica abrió los labios para responder, pero antes de que llegase a pronunciar palabra, una puerta lateral se abrió y la duquesa Adeline Wadlington apareció por ella acompañada de sus hijos. El menor se paró y recorrió el salón con la mirada, deteniéndose en el rincón donde ellas estaban. Al notarlo, Kathleen rio por lo bajo y se estiró como un junco. Eleanor la miró con los labios fruncidos, sintiéndose repentinamente aliviada por no parecerse a ella. La figura de Kathleen era frívola, gélida como una estatua. Iba envuelta en un vestido rosa pálido y lucía un escote a punto de reventar con un ostentoso collar de esmeraldas y diamantes... Tenía el cuello erguido igual que un cisne y estaba poniendo una cara insinuante y melosa como la de una cortesana.

Sin embargo, cuando Aiden se acercó y pasó de largo delante de ella para detenerse frente a Eleanor, la joven sintió que el corazón le iba a estallar. Era una pequeña victoria para Ellie, aunque Kathleen la miraba como si quisiera fulminarla. Ajeno a las dos mujeres, Aiden tomó a Eleanor de la mano y le besó el guante.

—Me alegro de que haya venido, señorita Hallbrooke —dijo Aiden.

—No podía faltar, ya que se tomó la molestia de ir a mi casa a invitarme en persona, lord Wadlington —contestó Eleanor—. Además, mi tía no habría dejado de insistir para que acudiese.

El comentario causó la risa del joven, que le ofreció el brazo para que lo estrechase y guiarla lejos de aquel rincón, hacia la pista de baile, bajo la atenta y perpleja mirada de las demás jóvenes, que habían acudido allí solo para que Aiden las lisonjeara.

—No conozco mucho a su tía, pero estoy de acuerdo con ella. Habría insistido hasta que aceptase, así hubiese tenido que volver a su casa una y mil veces.

—Cuidado, lord Wadlington, va a hacer que me sienta importante —bromeó Eleanor.

—Pues siéntase así, porque si no hubiera venido, me largaría ahora mismo de esta fiesta aburrida y absurda.

—¿Y eso sería un gesto valiente? —aventuró ella.

—Inteligente, diría yo —la contradijo Aiden—. Tantas mujeres en el salón y solo hay una que me interese. ¿Baila conmigo? Sería una pena que no luciera ese vestido...

Eleanor sintió que le ardían las mejillas, pero sonrió y asintió. Sin más dilación, se adelantaron hasta la fila de parejas que bailaban y Aiden la tomó de la mano y la rodeó por la cintura para acercarla a él. En ese momento, comenzó a sonar un vals de Strauss, *Cuentos de los bosques de Viena,* y Eleanor se sintió flotar. Había aprendido a bailar a la perfección siendo muy pequeña, pero nunca encontraba una pareja que le siguiese el paso. Ahora, lord Aiden la conducía como un maestro y hacía que sintiera su fuerte pecho contra el suyo mientras con la mano le acariciaba la espalda.

Un par de minutos después, se olvidó de los demás asistentes y se dejó llevar.

—Ahora que estamos solos, puedo dejar de fingir —dijo el joven—. En realidad, me aburre toda esa retahíla de ridículas cortesías que mi madre adora y sé que a usted también. Lo noté la noche de la fiesta de primavera. Parece que tenemos una pauta ante nosotros, señorita Hallbrooke, tanto en esto como en la familia de casamenteras.

Eleanor se rio y Aiden se unió a ella. El joven tenía mucha razón y, comprobar que tenían eso en común le gustó. El hijo del duque sabía lo que Frances quería, lo había visto de primera mano, el día anterior, en sus avariciosos ojos verdes que lo observaban como quien mira a una libra de plata, pero no quiso decir nada que arruinase la visita. «Sobre todo, porque su intención es obvia», pensó. «Si dependiera de ella, Eleanor y yo nos casaríamos mañana mismo, y de hacerlo, estaría coaccionándola para que me aceptara... No me interesa una boda así».

Este pensamiento le tomó por sorpresa y frunció el ceño sin poder evitarlo. ¿En qué momento había pasado Eleanor de ser un mero proyecto que le ayudaría a cumplir sus metas a convertirse alguien cuyos pensamientos le importaban? Ni siquiera la conocía tanto. Entonces, la joven le devolvió a la realidad con su respuesta.

—Tiene razón, odio esas cosas. Por eso estuve a punto de no acudir a la fiesta de primavera, ¿lo sabía? Sin embargo, si lo pienso ahora, no me arrepiento —admitió—. Disfruté más de lo que es decoroso confesar ante cualquiera.

Aiden rompió a reír de nuevo, incapaz de contenerse.

—¿Así que disfruta corriendo bajo la lluvia en enaguas? —inquirió.

—¿Se escandalizaría si así fuese? —le tanteó ella.

—¿Se escandalizaría si no lo hiciera?

Ambos se rieron y pronto comenzaron a llamar la atención. Aiden parecía estar traspasándola con los ojos y, por alguna razón que ni Eleanor alcanzaba a entender, le gustaba que lo hiciese. Ella se mordió los labios, perdida en ese cielo celeste que era su mirada, cuando sintió el aliento de su pareja de baile sobre la mejilla, cada vez más cerca. El corazón le saltó en el pecho sabiendo que la besaría y comenzó a cerrar los párpados. Sin embargo, antes de que llegase a rozarle los labios, el joven se detuvo en seco de forma brusca. Eleanor parpadeó, confundida, y encontró a Kathleen en pie a su lado.

—Bueno, lord Wadlington, ¿acaso piensa monopolizar a la señorita toda la noche? —dijo con voz aterciopelada—. Permita que converse con alguien más, fíjese en cuántos caballeros hay haciendo cola para bailar con ella. ¿No será usted tan egoísta, verdad?

—Que sigan esperando, me importa un comino —resopló Aiden—. Ahora, si nos disculpa, señorita Vernon, estábamos intentando seguir el ritmo.

Kathleen se quedó perpleja y las mejillas se le tiñeron de rosa antes de hablar.

—Por supuesto, lord Wadlington, no quería molestarle.

Una vez que la joven de cabello castaño se hubo alejado, Aiden bajó la mirada hacia Eleanor, que parecía ligeramente incómoda. La burbuja se había roto y él frunció el ceño y maldijo a Kathleen en su fuero interno. Había estado a punto de besar a Eleanor, casi había probado sus labios, y ella se había mostrado tan abierta como un capullo en flor. Sin embargo, ahora parecía cohibida, tal vez por las palabras de la otra invitada.

Resignado, se detuvo y le mostró una sonrisa a la joven, dispuesto a volver al ambiente relajado e íntimo que habían conseguido tener instantes antes de la interrupción.

—Creo que deberíamos salir a tomar el aire —dijo—. La terraza es más tranquila, así que, si queremos privacidad, podemos ir allí. Hay buenas vistas del jardín también.

—Está bien, creo que sí, necesito tomar el aire —le concedió Eleanor.

Ambos caminaron hacia la salida. La terraza se encontraba al otro lado del vestíbulo, lejos del baile, y tal como había dicho Aiden, no iba mucha gente allí cuando el centro de la fiesta estaba en el gran salón. Las puertas eran de cristal tallado y, cuando el heredero del ducado las abrió,

Eleanor se encontró en un pequeño jardín. Había multitud de flores por todo el lugar: entre enredaderas, en macetas de piedra, colgando de cestos de mimbre... Alargó la mano para tomar una sin poder resistirlo y, al llevársela a la nariz y oler su dulce y fragante aroma, una pequeña sonrisa se instaló en sus labios.

—Le gustan mucho las flores, por lo que veo —comentó Aiden.

—Sí, así es, me apasionan —le confirmó Eleanor—. Mi sueño es tener mi propio jardín botánico, igual que el de Londres, Berlín o San Petersburgo. Bueno, no tan grande al principio, claro, pero sí uno que sea solamente mío. Supongo que es ridículo pensar que una señorita rica, sobrina de un barón de York, tenga sueños más propios de alguna estudiante londinense de clase media, ¿verdad?

—No pienso eso en absoluto —dijo él—. Creo que cada uno es libre de soñar con ser lo que desee. Yo mismo, por ejemplo. ¿Piensa que heredar Cloverfield era mi aspiración? Ni mucho menos. Esa tarea le correspondía a mi hermano, pero claro, la llamada de Dios es más fuerte que la de los hombres. Si quiere tener un hermoso jardín, adelante, hágalo.

Eleanor le miró con unos ojos grandes como dos lunas llenas y Aiden se perdió en la claridad de esos iris de color gris azulado. Era una mujer preciosa, dulce y alegre, pero con un carácter que se salía de la norma y unos sueños aún más extraños. Resultaba relajante encontrar a alguien así entre los de su alcurnia, por eso mismo la había elegido. Eleanor era perfecta para él y su plan, pues sabía que nunca codiciaría su dinero y tampoco su posición, como sí había hecho Elisabeth. Sonrió sin poder evitarlo y rozó la flor con el dedo.

—¿Qué flor es esta? —quiso saber.

—Se llama rosa de los Alpes y es de mis favoritas. No solo por el color y el aroma, sino por lo que representa. Esta flor es casi como una promesa, como un ruego que dice «deseo ser digno». Me parece tan tierna esa idea...

—La promesa de ser digno, ya veo —repitió Aiden y se rascó la barba de forma distraída—. Bien, señorita Hallbrooke, si me lo permite, se la robaré un instante.

Sin esperar a que ella respondiera, tomó la flor de entre los enguantados dedos femeninos y la olió antes de acercarla a la mejilla de Eleanor y rozarle la mandíbula y los labios con los suaves pétalos. La joven sintió que el corazón le daba un vuelco.

—¿Qué hace? —preguntó.

—Aiden —dijo él.

—¿Qué? —repitió Eleanor confundida.

—Quiero que me llames Aiden —contestó él y le entregó de nuevo la rosa—. Me alegro de que me hayas contado lo que significa, pues ahora soy yo quien te la entrega con la promesa de ser digno de ti. Me gustas, Eleanor Hallbrooke, quiero que seas mía.

La joven sintió que las mejillas se le inflamaban y el rubor la cubrió hasta las orejas. Nunca otro hombre le había hablado con tal franqueza respecto a sus intenciones y Aiden Wadlington no se había andado por las ramas. «Quiero que seas mía», decía. La joven tragó saliva mientras él rompía la escasa distancia que los separaba para atrapar sus labios. No era el primer beso que le habían dado, sin embargo, en *shock* como estaba, tardó en responder a la caricia. Al sentir la lengua sobre los labios, abrió tentativamente la boca para permitirle profundizar.

No supo cómo sucedió o cuánto tiempo pasó, pero antes de que pudiera controlarse, Aiden había bajado desde los labios al cuello, que sembró de besos y marcas de amor. Dejó escapar pequeños gemidos entrecortados por entre los labios. Se sentía arder.

Aiden rio entre sus labios y volvió a besarla; sin embargo, el ruido de la puerta al abrirse logró que salieran del embrujo. Ambos volvieron la cabeza para toparse con Timothy plantado en el umbral junto a Avery, que los miraba horrorizado y enfadado.

—¡Aiden! —exclamó—. Por Dios sagrado, ¿qué estás haciendo?

—Sal de aquí, Ave, mis asuntos no te incumben —contestó Aiden.

—¿Y dejar que desflores a esta jovencita en medio de mi terraza? No cuentes con ello —le cortó y se volvió hacia Eleanor—. Le pido disculpas, señorita, pero debo rogarle que regrese a su casa. Tendrá noticias nuestras, no se asuste por este incidente.

La joven miró a Avery y sintió que se quedaba pálida. Hasta entonces, había estado ardiendo de deseo y pasión, pero ahora solo quería que la tierra se la tragase. La voz de Aiden la devolvió a la realidad y sintió ganas de llorar debido a la vergüenza.

—¿Cómo te atreves a hablarle así? —rugió este.

Avery abrió la boca para responder, pero Eleanor interrumpió su réplica al salir corriendo de la terraza. Entonces, Aiden alzó el brazo en un intento vano por detenerla. Después, fulminó a su hermano con la mirada. Cuando el mayor de los Wadlington se dio la vuelta y dejó solos a Timothy y Aiden, los dos amigos se cruzaron las miradas.

—Justo a tiempo, un poco más y la acusación de Avery se hubiera cumplido —dijo Timothy.

—No mientes a ese imbécil, ahora debo arreglar este desastre —contestó Aiden.

—No ha ido tan mal, hombre. Dentro de poco, estarás casado y podrás heredar el ducado de Cloverfield...

Aiden asintió, cansado. Pronto conseguiría resolver el asunto y que Eleanor le perdonase.

Capítulo 6

Dalia blanca

El sol se levantó brillante y espléndido, haciendo lucir un buen día primaveral; sin embargo, Eleanor no había podido pegar ojo en toda la noche. Desde que salió del palacio de Cloverfield, no podía quitarse la escena de la cabeza. ¡Cómo había disfrutado de los besos de Aiden Wadlington! Más de lo que era decente para una señorita de buena cuna. Y, sin embargo, el hermano y el amigo los habían descubierto en esa situación tan comprometida. Se sentía avergonzada, pues sabía que Avery no tardaría en decírselo a su madre. O, lo que era aún peor, a sus tíos. Tío Miles la obligaría a casarse con Aiden, pues, aunque el heredero de Cloverfield no la hubiese desflorado, su tío buscaría cualquier excusa para aferrarse al dinero y al prestigio de los Wadlington. ¡Santo Dios! ¿Qué podía hacer?

No podía negar que Aiden no le resultaba indiferente. En solo dos encuentros, ya le había hecho sentir más emociones que cualquiera de los jóvenes de York. Era un hombre espontáneo y natural, y tanto en el jardín como en la terraza, había hecho que se sintiera auténtica. Había compartido sus pensamientos y sus deseos de libertad. Sin embargo, Eleanor no quería casarse obligada por un momento de pasión, por unos besos dados a ciegas. Si se casaba, quería que fuese por amor, porque su pareja la amase con toda su alma y ella también a él. Podía ser una ingenua por pensar así, pero no podía evitarlo. Eso le habían enseñado y eso era en lo que creía. Tampoco podía olvidar la petición de su madre: «Si no encuentras a alguien a quien amar que cuide de ti y con quien formar una familia, tus tíos malgastarán tu dinero y te quedarás desamparada. No quiero eso para ti», dijo. Eleanor sabía que tenía razón. No quería convertirse en una solterona rodeada de flores y gatos. Tenía su sueño, pero deseaba compartirlo con alguien.

Cuando la puerta del dormitorio se abrió de forma brusca y Helen entró a la carrera para descorrer las cortinas, ni siquiera se movió. En vez de eso, se arrebujó bajo las mantas y se cubrió de la luz del sol, pero la voz de su doncella la distrajo.

—¡Ah, no, señorita Eleanor, no se haga la remolona! —exclamó Helen—. ¡Debe vestirse cuanto antes, así que levántese, rápido!

—¿Por qué tanta prisa?

—Acaban de llegar los Wadlington, están en el salón con su madre y sus tíos.

«Los Wadlington...», repitió Eleanor y sintió que el corazón se le paraba un instante antes de lanzarse a correr como un caballo de carreras. Sentía el pulso en los oídos y, como si le hubiesen dado un pinchazo en el trasero, saltó de la cama veloz y se lanzó hacia el vestidor. Tomó el primer atuendo que encontró, un vestido amarillo pálido con rayas blancas y un cinturón violeta, y se lo lanzó a Helen para que se lo pusiera.

«¿Qué habrán venido a hacer?», pensó asustada. «¿Habrán venido a contárselo todo a madre y a tío Miles? Dios, que no sea eso, por favor». Unos minutos más tarde, estaba vestida y arreglada, así que salió corriendo escaleras abajo y, cuando llegó a las puertas del salón, tenía la respiración tan agitada como el pulso. Eleanor tomó aire un par de veces en un intento por serenarse. Luego, llamó con recato a la puerta y entró. La escena que la recibió era justo la que esperaba, la misma que había estado temiendo.

Los duques de Cloverfield estaban sentados en el sofá junto a su hijo, el abad Avery, que venía enfundado en un sencillo hábito clerical. Al otro lado, sus tíos y su madre, cubierta por una gruesa manta de cachemira. Aiden no aparecía por ninguna parte y Eleanor tragó saliva al comprender que tendría que enfrentarse a aquel humillante momento ella sola.

—Vamos, siéntate, sobrina. Estos invitados desean hablar contigo —dijo tío Miles.

—¿Conmigo? —preguntó mientras se acomodaba en la única butaca que estaba libre.

—Sí, contigo, querida niña —confirmó *lady* Adeline—. Verás, nuestro hijo Avery nos lo ha contado todo. Lo que sucedió en la fiesta entre Aiden y tú, quiero decir.

—Ah... ya veo —fue lo único que Eleanor acertó a decir.

Lord Albert rio ligeramente y cruzó una mirada con su esposa, que puso los ojos en blanco, aunque podía adivinarse una sonrisa en sus labios, antes de volverse hacia la joven, que estaba rígida como una tabla sobre su asiento.

—No te asustes, no te lo estamos reprochando —tomó la palabra Albert—. Sabemos que Aiden es el culpable de todo, no somos estúpidos, conocemos bien la reputación de nuestro hijo. Por eso estamos aquí, para evitar un... mal mayor.

—¿De qué están hablando? Lord Aiden no me tomó, sigo siendo doncella —dijo Ellie apresuradamente.

—¿Y eso qué? —preguntó el abad.

—Pues que no puedo estar encinta, no existe ese «mal mayor» que evitar.

Ante aquella respuesta, todos rompieron a reír, incluida su madre, y Eleanor sintió que las mejillas se le teñían de rojo. ¿Acaso había dicho algo divertido?

—Disculpen a mi sobrina, es tan ingenua... —comentó tío Miles.

—No se apure, lord Asforth, eso habla muy bien de ella —contestó *lady* Adeline y se volvió hacia Eleanor—. Verás, querida niña, seré sincera contigo. Aiden no lo ha pasado bien. A sus treinta y dos años, ya ha sufrido demasiado. Su esposa falleció cuando estaba lejos de Cloverfield y, desde entonces, las habladurías no han parado de seguirle como las moscas al dulce. Aiden ha tenido un comportamiento...

—Reprobable —sugirió lord Albert.

—¡Indigno! —apostillo su hijo.

—Sea como fuere, inadecuado —prosiguió *lady* Adeline—. Y lo que menos queremos es que sume otra anécdota a la lista. Sabemos que te ha seducido y pensamos compensarte ofreciéndote casarte con Aiden. De esa forma, el honor de ambas casas se salvará.

Eleanor la miró perpleja, sin dar crédito a lo que estaba escuchando. ¿Una anécdota? ¿Eso es lo que la consideraban? ¿Por quién la tomaban, por una estúpida ignorante?

—Con todo el respeto, duquesa de Cloverfield, está usted muy confundida —dijo—. No pienso aceptar esa boda, pues, aunque sea cierto que nos hemos besado e incluso acariciado, aún tengo mi orgullo. No pienso ser la hoja de salvación de su hijo si no siente nada por mí. Si tantas «anécdotas» dice usted que ha tenido, elija a otra. Estoy segura de que la señorita Kathleen Vernon, por ejemplo, estaría encantada de acallar las habladurías.

—¿Conoce a la señorita Vernon? —se sorprendió el duque.

—Sí, dejó muy claro su interés por Aiden en la fiesta —contestó Eleanor y se puso en pie—. Ahora, si me disculpan, no tengo por qué aguantar esto. Que pasen buen día.

—¡Eleanor Hallbrooke, vuelve aquí! —la regañó Frances.

Eleanor no le hizo caso y salió a paso tranquilo, elegante y orgulloso de la habitación. Sentía que le hervía la sangre de rabia y deseaba tener a Aiden cara a cara para saber si había estado de acuerdo con aquella vergonzosa petición. Tal vez fuese buena idea encararlo, así que, con la decisión firmemente tomada, se encaminó directamente a las caballerizas.

El trayecto hasta el palacio de Cloverfield fue fugaz pues, a lomos de *Rosalina*, su yegua blanca, lo cruzó en apenas un par de minutos. Por un momento, la joven deseó que hubiese durado más. Quería tener los pensamientos bien claros antes de hablar con Aiden para no dejarse embrujar por sus ojos azules. Tomó aire para darse fuerza a sí misma mientras bajaba de la silla y ataba las correas de cuero pulido al poste del hogar.

Eleanor tiró de la campanilla de la puerta y, unos instantes después, el mayordomo apareció en el umbral. Vestía un uniforme impecable y elegante que incluía un chaleco a rayas y una pajarita. Aunque creyó reconocerla enseguida, al comprobar que no venía acompañada y que tampoco decía nada, sonrió dubitativamente.

—¿Puedo ayudarle en algo, señorita? —inquirió.

—Deseo ver al señor Aiden, ¿se encuentra en la casa?

—Así es. ¿A quién debo anunciar? —contestó protocolariamente.

—No es necesario que me anuncie, él ya me conoce.

El mayordomo frunció el ceño ligeramente ante aquella actitud nada habitual, pero no replicó y se hizo a un lado para invitarla a pasar. Eleanor lo siguió a través del vestíbulo y el pasillo posterior. A la luz del día y sin todas aquellas decoraciones de la jornada anterior, el palacio parecía más sobrio, pero igual de lujoso. Cuadros con paisajes, bodegones, escenas de caza y retratos de familiares adornaban las paredes, incluso algún tapiz de hilo bordado, pero lo que más le agradó fue comprobar la cantidad de flores que aún se mantenían en muchos de los jarrones, los cuales, mientras caminaban, la iban inundando con sus diferentes aromas.

Tan distraída estaba, que cuando se detuvieron frente a una puerta de madera que el mayordomo tocó con el puño cerrado y luego abrió, Eleanor tuvo que parpadear para salir de su aturdimiento. La voz de Aiden, procedente del interior, hizo que se centrara en el presente.

—¿Qué ocurre, Adams? —preguntó el heredero.

—Ha venido a visitarlo una señorita, lord Aiden, está a mi lado ahora —contestó—. ¿Desea que la haga pasar o prefiere que la lleve al salón?

—Que entre. Después, puedes retirarte, Adams.

—Por supuesto, señor.

Dicho aquello, el mayordomo se hizo a un lado y le indicó a Eleanor que entrase. Al cruzar el umbral, la joven se encontró en un despacho. Era amplio y estaba completamente decorado en madera oscura de caoba, con multitud de estanterías a rebosar de libros y una chimenea junto al escritorio. Un par de sofás de piel descansaban frente a las llamas junto a una pequeña mesa de cristal repleta de botellas llenas de diversos licores. Al terminar el análisis y posar su mirada sobre la mesa, se topó con el hombre que deseaba ver sentado tras ella con las cejas en alto.

—Buenos días, señorita Eleanor, no la esperaba. Admito que me ha sorprendido —dijo.

Aiden se puso en pie despacio antes de invitarla a sentarse. Sin embargo, Eleanor no lo hizo, se mantuvo de pie y, cuando Adams cerró la puerta, explotó.

—Eres... ¡eres un cobarde! —exclamó ella haciendo caso omiso de su saludo.

—Eso no me lo habían dicho nunca —resopló él divertido—. Me han llamado de todo, pero cobarde, todavía no. No hasta hoy, claro.

—Pues felicidades, siempre hay una primera vez para todo —contestó Eleanor.

Aiden se rio de aquel repentino arrebato y se quedó frente a ella, que seguía mirándolo con ojos llameantes. Le encantaba ver cómo la pasión afloraba en alguien que parecía tan comedido.

—Muy bien, mi querida Eleanor, te seguiré el juego. ¿Qué ha pasado para que estés así de furiosa?

—Como si no lo supieras —le acusó ella—. Tus padres y tu hermano han ido a casa a ofrecerme una boda entre tú y yo, como quien habla de un contrato de venta, y tú ni siquiera has tenido el valor de dar la cara para comprar la mercancía. Eres un...

—Cuidado, vas a hacer que me sienta importante —interrumpió Aiden con la misma frase que ella había usado la vez anterior. Al darse cuenta, se irritó.

—¿Eso es todo lo que tienes que decir? ¿No vas a justificarte? —le espetó Eleanor.

Aiden suspiró y se cruzó de brazos antes de sentarse sobre el borde del escritorio.

—¿Qué quieres que diga? Obviamente, no estaría de acuerdo —contestó—. No voy a negar que me interesas, Eleanor. Te lo dije en la fiesta, quiero que seas mía, y no me avergüenzo. Sin embargo, no quiero que te cases conmigo forzada o porque mis padres así lo hayan pedido. Maldita sea, ¡soy un hombre y tengo mi orgullo!

—Entonces, ¿te opones a la boda? —dudó Eleanor.

—Yo no he dicho eso —repuso Aiden—. No me importaría casarme contigo, pero no así. Seré sincero, Eleanor. No tengo una buena relación con mi familia desde que... bueno, desde que mi primera esposa murió. Las cosas no han sido agradables. Mis padres quieren casarme cuanto antes y yo lo he evitado como he podido. Desde que enviudé, me han perseguido muchas mujeres, pero solo buscan mi posición. Soy el heredero del ducado de Cloverfield, ¿lo sabías?

—Lo sabía —admitió ella.

Aiden alzó las cejas y sonrió de medio lado, divertido al ver que no lo negaba.

—¿Y ese dato no te interesa lo más mínimo? —inquirió.

—¿Por qué habría de interesarme? Soy rica también, mi padre me dejó su fortuna al morir —contestó Eleanor—. Si quisiese tu dinero, no me habría andado con remilgos.

Al oír su respuesta, el joven rompió a reír de nuevo y descruzó los brazos para acortar la distancia que les separaba.

Entonces, alzó la mano para acariciarle la mejilla. Eleanor le sostuvo la mirada sin titubear y cuando él le rozó los labios con el dedo antes de detenerse en el mentón, sintió que las mejillas se le sonrojaban ligeramente.

—¡Ah, Eleanor Hallbrooke, eres sorprendente! —exclamó sin perder la sonrisa—. ¡Te digo que seré duque de Inglaterra y no te importa un comino! Bendigo a mi madre por haber dado esa fiesta, o mejor, al ganso que hizo que te perdieras en el laberinto.

—¿Lo indultaron de acabar en la cazuela? —quiso saber entonces Eleanor.

—Por supuesto, por supuesto, pero olvida al ganso un minuto y escucha lo que voy a proponerte —le contestó—. Seamos sinceros, ni mis padres ni tus tíos van a dejar de insistir hasta que aceptes la propuesta, ambos lo sabemos.

Eleanor asintió y se mordió los labios. Sabía la verdad que había en esas palabras.

—Así que, ya que no nos somos indiferentes, y eso es un eufemismo, deberíamos aceptar —continuó él levantando una mano al ver que ella iba a interrumpirle—. Sé que te gusto, querida mía, tus besos y tu cuerpo no mentían en la terraza. Tus ojos hablan por ti y, en el fondo, somos más parecidos de lo que piensas. Ambos tenemos sueños propios y deseos de compartirlos con alguien, pero no hemos encontrado a quien vea más allá de la imagen que han construido a nuestro alrededor. Aceptemos la boda, Eleanor, bajo nuestros términos... Jugaremos a este juego a nuestra manera.

—¿Y qué términos serían esos? —preguntó ella más tranquila.

—Dame un mes para conquistarte. Una luna completa, como en esas viejas historias —le pidió—. Sé que, después de ese tiempo, te casarás conmigo de buena gana.

Eleanor abrió la boca para responder, pero no encontró qué decir, así que volvió a cerrarla. Sintió que el pulso le latía desaforado sin poder controlarlo. ¿Tenía razón Aiden sobre ella? ¿Tan transparente era que resultaba evidente que le gustaba? ¡Oh, Dios! Si lo que él decía era cierto y los duques no iban a dejar de insistir, nadar contracorriente no serviría de nada. Recordó las palabras de su madre y tragó saliva. ¿Sería tan malo casarse con lord Aiden Wadlington? La respuesta apareció clara ante sus ojos y, al dar con ella, sus mejillas pasaron de tener un tono rosa pálido a un furioso rojo. Aiden sonrió.

—¿Y bien? —la animó.

—Acepto, te daré el mes que me pides —asintió.

—No te arrepentirás, te doy mi palabra.

Sin esperar respuesta, el joven se inclinó hacia ella y atrapó sus labios. Eleanor se quedó perpleja, pero una vez pasada la sorpresa, respondió al gesto. Los gemidos escaparon de sus labios como si estuviese luchando en una batalla y, cuando Aiden se alejó con una sonrisa alegre, Eleanor se sintió vacía. Entonces, la soltó y se dirigió a la ventana, donde había un jarroncillo con flores blancas. Tomó una, que olió mientras volvía a acercarse a la joven.

—He estado leyendo mucho sobre flores, ¿sabes? —le confesó—. Ya que tu sueño es tener un maravilloso jardín, me pareció algo que debía hacer. Es un hábito más interesante de lo que había imaginado, lo admito, no me arrepiento de haberlo descubierto.

—¿Y lo has hecho por cortejarme? —se sorprendió Eleanor.

—Sí y no. Una parte, porque quería conocerte mejor; la otra es obvia —admitió Aiden y le tendió la flor, que Eleanor tomó sorprendida—. Esta es una dalia blanca, que expresa seducción y deseo, pero eso ya lo sabrás. Acéptala como señal de cortejo.

La joven asintió y, sin poder contenerse, cruzó la distancia que los separaba y se lanzó a sus brazos. Él le devolvió el abrazo de buena gana y, cuando ella le rozó la mejilla con su delicada mano antes de besarlo, un escalofrío le envolvió el cuerpo. La besó con pasión y sin miramientos, devorando su boca, y para su gran satisfacción, la joven jadeó su nombre, nublada de placer.

Aquel sería el mes más largo que Aiden hubiese podido esperar, pero si tener a la señorita Hallbrooke entre sus sábanas era el premio, que así fuera. La vida le resarciría del dolor que le había causado y pronto sería duque, y dueño y señor de su hogar.

Capítulo 7

GIRASOLES AMARILLOS

ara Eleanor, esperar que Aiden cumpliese la promesa y la cortejara en un tiempo récord, apenas una luna, resultó toda una sorpresa. Y comprobar que realmente lo hacía, fue algo aún más sorprendente. Si algo había descubierto de lord Aiden Wadlington en el poco tiempo que llevaba conociéndole, era su constancia. No era de los que se rendían fácilmente. Al enterarse del plan, sus tíos pusieron el grito en el cielo. Se morían de ganas por casarla cuanto antes y perder un mes en citas tontas y conversaciones les exasperaba, pero su madre puso el punto de razón y calmó las turbulentas aguas. Eleanor no tenía ni idea de lo que pensarían del acuerdo los duques de Cloverfield, pero supuso que pronto lo sabría.

Habían pasado cuatro días sin noticias de Aiden desde que se besaron en su casa y, por una parte, Eleanor estaba impaciente. No sabía qué era lo que debía esperar, pero deseaba que ocurriese algo. Por eso, cuando aquella mañana Aiden se presentó en su puerta, corrió a arreglarse más rápidamente de lo que su propio carácter le aconsejaba. Se enfundó en un vestido rosa claro con flores blancas y los hombros al aire, se puso un sombrero de paja con un lazo a juego y tomó una cesta de mimbre. No sabía lo que iban a hacer, pero mejor sería ir preparada.

Cuando salió, su madre la detuvo un instante y le ajustó el lazo del sombrero.

—Escúchame, Ellie, hagas lo que hagas, no escuches a tu tía Frances, ¿de acuerdo? —le comentó Margaret—. Creo que el joven Aiden tiene intención de comportarse como un caballero, pero no se lo pongas en bandeja, las Hallbrooke no somos de esa clase de mujeres.

—Por supuesto, madre, no pensaba hacer otra cosa —sonrió Eleanor.

«No soy Kathleen Vernon ni lo seré nunca», pensó mientras la besaba en la mejilla.

—Entonces, que tengas una buena mañana, querida —se despidió Margaret.

—Lo haré, madre, tú también. ¡Y abrígate, no vayas a enfriarte!

Margaret empujó levemente a su hija para que se encaminara hacia las escaleras, cosa que esta hizo a paso rápido. Aiden esperaba en el recibidor mientras hablaba con el tío Miles y la joven lo observó mientras bajaba. Vestía de forma sencilla, con una camisa blanca sin *blazer* ni abrigo, tan solo un chaleco amarillo claro con el que abrigarse. Completaba el conjunto con unos pantalones de color beis y unas botas de montar. De pronto, su tío dijo algo que hizo que el joven se echara a reír y volviese la cabeza hacia las escaleras. Entonces, la vio y se miraron, gris contra azul.

Una pequeña sonrisa se instaló en los labios del joven, que dejó de lado inmediatamente al barón para tenderle la mano a Eleanor. Luego se la estrechó y la besó sin apartar los ojos de los de ella. Al soltarla, una ola de fragancia floral le inundó y amplió la sonrisa.

—Buenos días, señorita Hallbrooke —saludó—. ¿Lista para salir?

—Buenos días, lord Wadlington, cuando usted quiera —le contestó Eleanor.

Aiden asintió divertido y, tras un gesto de despedida hacia Miles, ambos dejaron la mansión Hallbrooke. Al salir al jardín y no ver a nadie, Eleanor se extrañó.

—¿No vamos en carruaje? —preguntó.

—No, hoy no —contestó Aiden y la condujo hacia la parte delantera de los muros, donde esperaba un caballo negro pastando brotes de trébol—. Quería presentarte a *Caballero,* después daremos un paseo. El lugar al que quiero llevarte está cerca, pero no hay camino que conduzca explícitamente allí, así que iremos a caballo o a pie. ¿Qué eliges?

Eleanor rio y se acercó para acariciar al enorme purasangre negro en el morro.

—Digo que elijo ir a caballo, por supuesto —aseguró mientras se dirigían a las caballerizas—. Y dime, ¿qué lugar es ese al que vamos y al que no se llega por ningún camino?

—Lo verás dentro de un rato, pero estoy seguro de que lo amarás, confía en mí.

—Le tomo la palabra, futuro duque de Cloverfield.

—Entonces, después de usted, futura duquesa de Cloverfield.

Ambos rompieron a reír y, una vez estuvo ensillada, Eleanor subió a lomos de *Rosalina*. Le encantaba sentir el aire fresco sobre las mejillas y el traqueteo constante de los cascos del animal la relajaba. Aiden la guiaba a lomos de su purasangre y ella casi podía percibir su aroma: hojas de pino y limón aderezadas con su olor personal, fresco y masculino a la vez. Sonrió sin poder evitarlo a la vez que admiraba el hermoso paisaje que la rodeaba.

Cabalgaron en silencio durante unos minutos y Eleanor observó cómo dejaban atrás el pueblo de Cloverfield para internarse en el bosque y seguir un sendero natural hacia Dios sabía dónde. No le importó cabalgar a solas con él, aunque pensó en la reprimenda que se llevaría a su vuelta, ya que estaba disfrutando de aquella vista magnífica. Árboles altos y frondosos poblaban el bosque llenándolo de vida: abedules, robles, hayas, castaños, nogales... Entonces, lo oyó: el inconfundible sonido del agua. No pasaron más que un par de minutos cuando se toparon con la orilla de un pequeño lago y Eleanor entreabrió los labios, sorprendida. El lugar era maravilloso, lleno de flores, arbustos con bayas y árboles y, al fondo, un pequeño campo de girasoles en flor. Sin poder evitarlo, se llevó una mano al pecho, paralizada por la visión.

—¿Te gusta? —le preguntó Aiden.

—¡Me encanta! —admitió ella—. Es... bueno, increíble, en una palabra. No tenía ni idea de que este lugar estuviese aquí y eso que solía veranear en Cloverfield cuando era niña. Me has dado una sorpresa maravillosa, Aiden, muchas gracias.

—No hay por qué, sabía que te gustaría. En realidad, ha sido una elección fácil.

—¿Por qué?

En lugar de responder, Aiden bajó del caballo y le ofreció la mano para ayudarla a desmontar, cosa que ella aceptó de buena gana. Después, ató a *Caballero* y a *Rosalina* a una rama baja para que pudiesen moverse con libertad e indicó a la joven que le siguiese hacia la orilla del lago. Había un pequeño bote de remos anclado entre los guijarros y, antes de que Eleanor pudiese preguntar al respecto, Aiden habló:

—Te lo dije en mi casa. Estoy aprendiendo el significado de las flores y, tras oír cuál era tu sueño, lo tuve claro —le explicó y alzó una mano para señalar al frente—. ¿Ves aquel pequeño campo de girasoles?

—Sí —confirmó ella.

—Entonces, ya sabes lo que significan —sentenció Aiden.

Eleanor lo sabía. Los girasoles amarillos en flor significaban devoción y entrega, deseo de hacer feliz a la persona amada. Nada más entenderlo, el significado de la cita tomó sentido para ella y se volvió a mirarla con ojos brillantes por la emoción.

—¿Por eso has tardado varios días en venir a buscarme? —preguntó—. ¿Porque querías encontrar un lugar que representase eso?

—Llámame perfeccionista, si quieres, pero es así como soy.

—Oh, me encanta que lo seas —dijo Eleanor, al tiempo que daba una vuelta sobre sí misma—. Y ahora, vamos, el día ha amanecido espléndido, tenemos que aprovechar el lugar que tan concienzudamente te has molestado en buscar. ¿Qué te parece si subimos al bote y remamos un poco por el lago?

—¿Me ayudarás a remar? —bromeó Aiden.

La joven rompió a reír y alzó la cabeza con orgullo, lo que provocó la risa del hombre. Quizá no la amase, pero, desde luego, era divertida. No era como las demás y sentía que había hecho una elección más que correcta al decantarse por ella.

Su voz lo alertó.

—Creo que serás tú la que tendrá que ayudarme a mí. No soy de esas tontas malcriadas que no hacen más que abanicarse y gimotear —declaró Eleanor.

—Entonces, vaya usted delante, «capitana» —resopló Aiden con voz alegre.

No hizo falta que se lo repitiera. Eleanor se arremangó el voluminoso vestido y las enaguas y subió al barquito sin dudarlo. Él la imitó y se sentó a su lado, pero ella negó con la cabeza y le indicó que se sentase enfrente. Después, tomó ambos remos con las manos y empezó a remar. El movimiento era pesado, pero maniobró sin quejarse hasta el centro del lago. Una vez allí, soltó los remos, se quitó los zapatos de tacón y se tumbó sobre el suelo del bote. Ante la perpleja mirada de su acompañante, la joven sacó las piernas por encima del borde y chapoteó en el agua con los pies. «Elisabeth jamás habría hecho algo así», pensó él.

—¿Te animas? —dijo Eleanor con una sonrisa.

Al ver su cara, él no lo dudó. Se quitó las botas y las medias y se tumbó a su lado para sacar los pies por el otro lado. El agua estaba helada, pero daba gusto sentirla entre los dedos. Pasaron unos minutos en silencio hasta que él habló.

—¿Siempre haces estas cosas? —inquirió.

—Define «cosas».

—Oh, ya sabes... perseguir gansos, cortar hojas del parque, insultar a nobles en sus casas, subirte las enaguas para mojarte los pies sin ningún miramiento y olvidándote del decoro —enumeró Aiden—. Ese tipo de cosas que ninguna joven de buena familia haría.

—¿Sinceramente? No, no suelo hacer ese tipo de cosas —contestó Eleanor—. En York, mi vida era muy distinta, seria y encorsetada, muy... convencional. Sin embargo, tras los muros de mi casa, siempre he sido así. Me gusta lo natural, sea la propia naturaleza o las personas. Los fingimientos no me atraen lo más mínimo. ¿Te molesta?

—En absoluto, más bien al contrario.

Aiden sonrió y levantó la vista al cielo. Había sido sincero al decir aquello, pues cuanto más averiguaba de ella, más le atraía y más seguro de su elección se sentía. Además, no podía negar que la deseaba. Era bella e inocente, impulsiva y pasional. Sus besos se lo habían demostrado: primero, en la fiesta, y luego, en su casa. Le enardecía la idea de tener ese poder sobre ella, saber que sería el primer hombre de su vida y no podía esperar para tenerla en la cama.

Volvió la cabeza para mirarla y al comprobar que la joven tenía la mirada fija en las nubes, la observó con detalle. Tenía la piel clara y rosada en las mejillas, una melena ambarina como de leona, de un rubio oscuro como la miel tostada, y también tenía las cejas y las pestañas del mismo color. Sus ojos grises eran como un cielo nublado y sus labios, suaves y carnosos. Un mar de pecas le salteaba el escote, rebosante debido a la posición tumbada, y se preguntó de qué color sería la piel que había alcanzado a entrever en el laberinto gracias a la lluvia. Muy pronto lo sabría.

Entonces, como si sintiese que la estaba desnudando con los ojos, la joven se volvió.

—¡Hola! —le saludó.

—Hola —susurró Aiden.

—¿En qué estás pensando? Te has quedado muy callado...

—En ti —respondió él.

—¿En mí? —ella se sorprendió y abrió mucho los ojos—. ¿Y qué pensabas?

«En hacerte suspirar de placer», pensó Aiden.

—En lo que pasará cuando nos casemos —dijo al final—. Te lo dije en la fiesta, Eleanor, quiero que seas mía. Te deseo y deseo que tú estés dispuesta a dármelo todo.

—¿Me estás haciendo una proposición o esta es tu idea masculina del romanticismo? —aventuró Eleanor.

—¿La aceptarías?

Ella recordó las palabras de su madre: «Creo que el joven Aiden tiene intención de comportarse como un caballero, pero no se lo pongas en bandeja. Las Hallbrooke no somos de esa clase de mujeres». Le entró la risa, tanto que elevó los labios sin darse cuenta.

—La aceptaría en el momento adecuado, que no es este —contestó—. Sé que seré tu mujer cuando nos casemos pero, hasta entonces, tendrás que aguardar como buen caballero. Me diste un mes, ¿recuerdas?

—Imposible olvidarlo, querida Eleanor. —Se rio Aiden.

La joven se unió a él y pronto perdieron la noción del tiempo. El sol estaba alto y Eleanor empezó a sentir frío, así que sacó los pies del agua y se irguió hasta quedar sentada con las piernas cruzadas en el suelo del bote. Aiden la imitó y volvieron a cruzar una sonrisa.

—Creo que esta vez voy a hacer los honores —dijo y se sentó junto a los remos—. Tengo que demostrar que soy un caballero después de todo, ¿no estás de acuerdo?

Eleanor asintió y comenzó a calzarse; entonces, reparó en que Aiden no estaba remando en dirección a la orilla en la que habían atado a los caballos, sino en la opuesta. Alzó las cejas, sorprendida.

—¿Adónde vamos? —preguntó.

—A salvar un recuerdo para ti de este día memorable —contestó Aiden.

La joven miró al campo de girasoles y, de pronto, lo entendió. Pretendía regalarle uno y el pensamiento se le antojó adorable. Parecía que, de cada ocasión que se veían, terminaba llevándose de vuelta a casa una flor con ella: de la fiesta, una gardenia; de su terraza, una rosa; de su despacho, una dalia; y ahora, un girasol salvaje. Sonrió como una chiquilla con un caramelo y Aiden le devolvió el gesto divertido.

Cuando llegaron a la orilla, dio un salto y cruzó la distancia entre el bote y el campo en cuatro largas zancadas antes de agacharse para cortar el tallo de un girasol. Al regresar a la barca, le ofreció la flor, que ella tomó y olió con alegría. Sintió que se sonrojaba y, al ver la pequeña sonrisa y el rubor en las mejillas, Aiden supo que había valido la pena hacer todo aquello. Por esa mujer, esperaría lo que fuera.

❊❊❊

Cuando el jarrón de plata resonó sobre la mesa, las dos sirvientas dieron un brinco. La mirada azul del mayordomo las traspasó como una espada y la menor, pálida y rubia, tragó saliva y clavó la mirada en la alfombra mientras estrangulaba el mango del plumero.

—Lo sentimos, señor Adams —se disculpó Abby—. No queríamos molestarlo.

—A quien molestareis es a lord Aiden si os oye chismorreando como dos cotillas —les riñó el hombre—. Ahora, decidme, ¿de quién estabais hablando? Así sabré a qué atenerme en este bendito palacio.

—¡Pero bueno, señor Adams! —exclamó Trudy, de cabello negro—. ¿Acaso no lo sabe? ¡Pero si todo el servicio lo comenta, no se habla de otra cosa!

Al ver que el hombre no respondía, la joven morena se relajó y sonrió.

—¡Lord Aiden se casa de nuevo! —exclamó al fin.

—¡Sí, con la señorita Eleanor Hallbrooke, de York! —completó Abby.

—Ah, ya veo —dijo el hombre y, de pronto, se irritó—. Pues sea como fuere, señoritas, no quiero volver a oír ni un chismorreo en la casa. ¡Volved al trabajo ahora mismo!

Las dos muchachas se apresuraron a salir por la puerta del dormitorio del joven heredero del ducado, que habían estado limpiando, y una vez a solas, el mayordomo suspiró y se miró en el espejo. La imagen que devolvía era la de un hombre cansado, pero aún atractivo para su mediana edad. Llevaba bien los años, aunque no así la paciencia.

Conque ahora habría una nueva señora en el palacio, justo lo que necesitaba. Eleanor Hallbrooke. Se preguntó quién sería esa chiquilla de York y por qué el joven Aiden le volvía la espalda al recuerdo de su esposa. Elisabeth había sido la flor de aquella casa, la llama que iluminaba cada estancia. Y si de él, Randolph Adams, mayordomo de Cloverfield, dependía, así continuaría siendo.

Capítulo 8

FLOR DE LA HIEDRA

El mes avanzaba a buen ritmo y Aiden veía cómo las cosas encajaban poco a poco en su lugar. No había perdido sus dotes de seductor y, por mucho que Eleanor le hiciese esperar, sus sonrojos, sonrisas y la forma en que se mordía los labios le indicaban que le deseaba tanto como él a ella. Llegado a ese punto, contaba los días con los dedos. Apenas faltaba una semana para que terminase el plazo en el que le tenía que dar una respuesta y el hombre sabía que sería afirmativa, que aceptaría casarse con él.

Si, por casualidad, lo rechazaba, se sentiría tremendamente humillado, pero la dejaría marchar. No era hombre de suplicarle a nadie y menos a una mujer. Podía tener a quien deseara y la había elegido a ella. Sin embargo, estaba seguro de que no sería necesario, pues, en esas tres semanas en las que se habían visto casi a diario, había llegado a comprender la forma de pensar de Eleanor. Era joven, idealista. No le importaban los convencionalismos sociales y la única razón por la que los cumplía era su madre. Era también divertida y alegre, espontánea y natural, muy ingeniosa.

Le gustaba cada aspecto de ella y, si su corazón no fuese un puñado de cenizas, tal vez se habría enamorado de ella en un suspiro. Pero el amor era lo menos importante en todo aquel asunto. Necesitaba a Eleanor para heredar el ducado y su fortuna; que ella le interesase como mujer era un añadido que facilitaba la tarea. De no haberla conocido, hubiese elegido a cualquier otra, pero contra su voluntad y detestando la idea con toda su alma.

Eso estaba pensando cuando vislumbró la mansión de los condes de Armfield. Aiden detuvo a *Caballero* y desmontó de un salto para amarrarlo en el poste delantero, donde *Ringer*, *Afrodita* y *Ébano* estaban ya atados. O, lo que era lo mismo, los caballos del conde William Richemond, su hija Clarice y su hijo Timothy. Era a él a quién venía a ver, quería liberar sus pensamientos con alguien, y su hermano Avery no le servía. Por eso, cuando la puerta se abrió y ante él apareció la dulce y hermosa Clarice, Aiden sonrió.

—Clarice, cielo, me alegro de verte —dijo, al tiempo que le besaba la mano—. ¿Está Tim?

—Ay, Aiden, sí que está, pero... —contestó la joven, y se mordió los labios.

—¿Pero?

—Está ocupado con una señorita —admitió Clarice—. Tal vez sea mejor que entres y lo esperes conmigo. También me alegro de verte y supongo que tendrás mucho que contarme ahora que tu boda es casi oficial.

Aiden se rio mientras la joven se hacía a un lado para permitirle pasar y comenzaban a caminar hacia la terraza que colindaba con el salón. La puerta acristalada estaba abierta, pero unas pesadas cortinas blancas no dejaban ver el interior. Cuando se oyó un gemido ronco e inconfundible seguido de un gritito agudo y femenino, Aiden entendió el repentino recato de la joven al abrirle la puerta principal.

Menudo sinvergüenza estaba hecho el bueno de Timothy. «Ni siquiera se molesta en llevárselas a su cuarto, las ama en medio del salón», pensó con un gesto de fastidio.

Clarice le invitó a sentarse en uno de los sofás de mimbre y le tendió un platito con pastas de té. Aiden tomó una, distraído por los ruidos que provenían del salón.

—Así que te casas —comentó la joven para romper el silencio.

—Aún no es oficial, pero sí. Si todo va bien, dentro de una semana anunciaré el compromiso —asintió Aiden—. ¿Te lo ha contado Timothy?

—En realidad, sí, pero tus padres y los míos son íntimos, no lo olvides. Si no hubiese sido por Tim, lo habría sabido por ellos.

—Cierto —dijo Aiden.

Clarice tomó una pasta y se mordió los labios antes de decidirse a preguntar lo que Aiden sabía que llevaba queriendo averiguar desde que se habían sentado, así que terminó la galleta que tenía en la mano y se chupó los dedos con una sonrisa divertida.

—Venga, pregúntame, sé que lo estás deseando —le animó divertido.

—Yo no estoy... ¡Ah, está bien, me conoces demasiado! —exclamó—. Cuéntame, ¿son ciertos los rumores? ¿Te casas tan rápidamente porque la has dejado encinta?

—¿Quién ha dicho tal cosa? —resopló Aiden.

—Todo el mundo lo comenta, de hecho —le explicó—. Dicen que, en la fiesta de cumpleaños de tu madre, te la llevaste a la terraza y la desfloraste. ¡Hubo muchos testigos que la vieron salir corriendo del lugar colorada como una cereza!

Aiden hizo un gesto de fastidio mientras mordía otra galleta.

—Por Dios, Clarice, ¿por quién me tomas? Tengo más cerebro que tu hermano... Si quisiera desflorar a una jovencita, lo haría en un sitio más privado que la terraza de mi casa —comentó burlón, al tiempo que un gruñido masculino llegaba desde el salón—. No negaré que la besé y me dejé llevar un poco, pero nada más. Lo cierto es que me gusta Eleanor, le pese a quien le pese. Por eso, me caso con ella, no hay ninguna otra razón.

—¿Y lo de que vas a heredar el ducado, es cierto? —volvió a preguntar Clarice.

—Pero bueno, *lady* Clarice, ¿quién le mete esas ideas en la cabeza?

La joven abrió la boca para responder, pero antes de que llegase a hacerlo, la puerta del salón se abrió y vieron a una muchacha rubia, de aspecto angelical, salir rápidamente. Aiden frunció el ceño. Se parecía mucho a Elisabeth y no era la primera mujer con ese aspecto a la que Timothy había escogido para sus amoríos. No podía negar que le irritaba un poco que, habiendo pasado ya dos años, su amigo tuviese aún tal fijación. Elisabeth y él siempre habían sido íntimos; de hecho, él fue quien los presentó, pero, a veces, aquello resultaba desconcertante.

Un par de minutos después, Timothy apareció por la puerta acristalada con una gran sonrisa y el cabello castaño claro revuelto. Ni siquiera se molestó en atusárselo antes de sentarse junto a Aiden y rodearle los hombros con el brazo, a la vez que ponía los pies encima de la mesa. Clarice le regañó y apartó las botas de un manotazo, y Timothy rompió a reír.

—¿Has satisfecho ya tu insaciable curiosidad femenina, hermanita? —inquirió—. Si es así, Aiden y yo tenemos que hablar de cosas de hombres.

—No seas egoísta, Tim, a Aiden no le molesta mi presencia, ¿verdad? —dijo ella.

—Por supuesto que no, cielo, prefiero ver tu hermoso rostro que el de este gañán —comentó Aiden divertido—. Sé que te he tenido muy descuidada, pero prometo venir a verte más a menudo de ahora en adelante, ¿de acuerdo?

—Bien, bien, he comprendido la indirecta —dijo ella con un suspiro, antes de acercarse a Aiden para besarlo en la mejilla—. Me ha encantado charlar contigo este ratito. Cumple esa promesa, ¿de acuerdo?

—Tienes mi palabra.

—Entonces, os dejaré hablar a solas —se despidió Clarice—. No dejes que Timothy te contamine demasiado las ideas, Aiden.

El comentario causó la risa de ambos hombres y el conde se desperezó mientras su hermana pequeña se perdía en el interior del salón. Unos instantes después, una criada abrió las cortinas y cerró las ventanas, y Timothy se estiró para tomar una pasta de chocolate con pasas del platillo, antes de volverse hacia su amigo.

—¿Y bien? ¿Sabes ya lo que vas a hacer?

—Sí, pero no saltes de emoción todavía, quiero algo sencillo —dijo Aiden—. Ellie no es de las que disfrutan de fanfarrias y tonterías. Se celebrará en el palacio. En realidad, he venido a verte para contártelo, para que no te hagas una idea errónea.

—¿Ellie? ¿Ahora la llamas Ellie? —resopló Timothy—. Cuidado, amigo mío, esa clase de confianzas son el primer paso para enamorarse... En menos de tres meses, te veo suspirando por ella como un colegial, recuerda mis palabras.

—No me tomes por imbécil, Timothy. Sabes perfectamente que, si no actúo así, no aceptará casarse conmigo —se quejó Aiden—. Además, ella me gusta. ¿Qué hay de raro en que la trate con naturalidad? Va a ser mi esposa dentro de dos semanas.

—No te enfades, Aiden, solo me ha sorprendido. Has estado con muchas, pero nunca antes has querido mostrarte tan cercano con ellas. ¿Por qué es diferente con

Eleanor? Y no digas que es por el dinero, por favor, ambos sabemos que no es por eso.

Aiden se encogió de hombros y se recostó sobre el respaldo del sofá.

—Aparte de lo obvio, porque me gusta lo suficiente como para casarme, ya te lo dije. Si la conocieras, entenderías el porqué —dijo—. No se parece absoluto a «ella».

«Cierto, no se parece en nada a ella», pensó el conde de Armfield.

—Bueno, bueno, si no hubieras intervenido en el laberinto, la habría conocido ¿eh? —contestó Timothy, pero se corrigió al ver la cara que ponía su amigo—. ¡Tranquilo, hombre, no planeo quitártela! Me sobran mujeres, no necesito a una que ya tiene dueño.

—Más te vale o tendré que hacerte pedazos —bromeó Aiden.

—Oh, lo intentarías —resopló su amigo.

Ambos se miraron en silencio unos instantes antes de estallar en risas y, entre bromas y galletas, pasaron la mañana. La tarde traería nuevas oportunidades y él estaba impaciente, no podía esperar a que llegara. En cuanto el sol se pusiera, se proponía obtener una respuesta.

❋❋❋

El jardín estaba floreciendo a buen ritmo, pensó Eleanor mientras terminaba de plantar unos tiernos esquejes de clavel. Cuando llegaron de York, hacía casi un mes, el lugar estaba lleno de vida, pero tan descuidado que parecía un caos. Eso le había brindado la oportunidad de moldear el jardín a su antojo y podía afirmar, con cierto orgullo, que había logrado que brillara en muy poco tiempo.

Había un camino de gravilla de piedra calcárea blanca de Dover que conducía a la fuente central y, a ambos lados, setos verdes llenos de rosas de todos los colores: rojas, blancas, amarillas, rosadas... Le seguía un amplio grupo de árboles frutales y jardineras. Más lejos aún, se encontraban el bosquecillo, el merendero y los arbustos de bayas junto a los que estaba plantando en ese instante. Una sonrisa se instaló en su rostro mientras se sacudía la tierra húmeda en el delantal y observaba su obra. Sabía que los claveles violetas quedarían muy bonitos en ese lugar y que, cuando las acacias que recogió del parque creciesen lo suficiente, serían un acompañamiento perfecto.

Satisfecha, volvió la cabeza hacia su madre, que estaba sentada en un banco bordando un tapete redondo con punto de cruz. Eran unos cisnes, si no veía mal. Al sentirse observada, la mujer levantó la vista del bastidor con el que estaba bordando y le sonrió.

—Ya solo falta una semana para que le des una respuesta, Ellie —comentó—. ¿Has pensado lo que le vas a decir?

—En los últimos días, no he pensado en otra cosa, madre —admitió Eleanor—. Ya sabes que detesto la idea de tener que casarme por semejante tontería. Padre no estaría de acuerdo con eso, ya lo sabes, hubiera preferido que me casase por amor, como hizo él contigo.

—Ernest era un soñador, igual que tú, hija mía —suspiró la mujer y tosió antes de hablar de nuevo—. Es cierto que habría dicho eso, pero no olvides lo que escribió en su testamento, Eleanor. Tu padre quería que te casases cuanto antes, en menos de un año.

La joven frunció los labios y suspiró antes de acercarse a su madre y sentarse.

—Lo sé y, si te soy sincera, no me parece mala idea casarme con lord Aiden Wadlington —confesó—. Durante estas semanas he descubierto que nos unen más cosas de las que nos separan. Es alegre, muy sincero y tiene un espíritu libre, como yo.

—Además, es muy guapo.

—¡Madre!

Margaret se rio antes de estallar en toses y, cuando se hubo calmado, sonrió.

—No niegues lo que ambas sabemos, muñequita. Te gusta también en ese sentido —dijo—. He visto cómo te mira y cómo le miras tú. Me alegro por ti, Eleanor, es difícil encontrar un matrimonio así, en el que ambos cónyuges se atraigan físicamente. En realidad, eso hará mucho más agradable las cosas en el lecho, para ti, sobre todo.

—¿De qué hablas? —preguntó Eleanor.

—Ya sabes lo que ocurrirá en el dormitorio cuando os caséis, hija mía, y te aseguro que, si a un varón le gusta su compañera, hará mucho más por complacerla. Si no fuese así, te montaría y buscaría derramarse para alejarse cuanto antes, pero, por suerte, creo que no será el caso —explicó

Margaret—. Lord Aiden Wadlington arde de deseo por tenerte, todos lo hemos visto, y estoy segura de que ya te lo habrá demostrado al besarte.

La joven se sonrojó al pensar en sus besos: primero, en la terraza la noche de la fiesta, y luego, en su casa aquella tarde. Sus labios sobre su cuello y escote la habían dejado temblando.

—Sí... creo que lo ha hecho —admitió.

—Entonces, te auguro un matrimonio feliz, Ellie. Si te gusta como es y, además, te atrae su porte, todo irá rodado —aseguró Margaret—. No le hagas esperar más y acepta.

La joven abrió la boca para responder, pero volvió a cerrarla al ver al dueño de sus pensamientos acercándose acompañado de Helen. Aiden estaba sonriente y, al llegar junto a ellas, se arrodilló frente a Margaret y le tomó la mano para besarla.

—Señora Hallbrooke, es un placer verla, está preciosa esta mañana —dijo.

—Muchas gracias por el favor que me hace, siempre se agradecen palabras hermosas cuando una no está en su mejor momento —sonrió ella.

—Tonterías —negó Aiden—. Si la señorita Eleanor le debe su belleza a alguien, es a usted.

—Cuidado, lord Wadlington, no vaya a ponerme celosa —bromeó Eleanor.

—*Au contraire, ma chérie,* tengo amor y zalamerías de sobra para las dos —contestó él.

El comentario causó la risa de todos y, tras dejar el bordado a un lado, Margaret se puso en pie y apoyó el peso sobre el reposabrazos del banco. Eleanor se levantó para ayudarla, pero Aiden se adelantó y la tomó de la mano. La mujer sonrió agradecida.

—Gracias, pero Helen me ayudará —dijo—. Os dejaremos a solas.

—Que tenga una buena mañana, señora Hallbrooke.

—Igualmente, lord Wadlington.

Ama y doncella se alejaron hacia la mansión, y Eleanor y Aiden se quedaron a solas. La joven lo observó, tan reluciente con su *blazer* verde musgo, su chaleco y sus pantalones de color beis, y entonces fue plenamente consciente de la tierra que le manchaba el delantal, así que se llevó las manos a la espalda para desatárselo. Como si intuyera lo que estaba pensando, Aiden la detuvo con una sonrisa divertida.

—No hace falta que te lo quites, me gusta como estás —le aseguró.

—No quiero mancharte, Aiden —protestó la joven.

El hombre sonrió, pues, ciertamente, no había mentido. Le gustaba el aspecto sencillo y auténtico de aquella mujer. Se veía natural y fresca como una rosa.

—No me molesta un poco de barro, Eleanor, al contrario. Es más agradable ver la tierra fresca salida de un jardín que la de un campo de batalla ensangrentado —dijo—. ¿Qué te parece si damos un paseo? Podemos ir al merendero, hay algo que quiero decirte.

—Claro, vamos —asintió Eleanor y reparó en el comentario anterior—. ¿Acaso has estado en el ejército? Ya sabes, como has dicho eso del campo de batalla...

—He estado, sí, pero solo para el servicio obligatorio —le explicó Aiden—. Mi padre me obligó a dejarlo al cumplir los veintidós. Dijo que la vida de un Wadlington es demasiado cara como para desperdiciarla, que dejase a los pobres luchar por la patria. De no haber sido por él, habría hecho la carrera militar hasta el final. Ahora sería oficial.

—¿Y lo aceptaste, aunque no era lo que querías?

—A regañadientes —confirmó él—. Después, estudié finanzas, me casé y todo eso.

—Oh, ya veo —dijo Eleanor, y se mordió los labios.

Aiden la miró y ella le devolvió la mirada con cierta incomodidad. No quería hablar de su esposa fallecida delante de él y evitaban hacerlo como si fuera un tema tabú. Sin embargo, dado que no sabía cómo salir del atolladero, señaló el merendero que tenían enfrente y sonrió.

—Mira, ya hemos llegado —exclamó y se volvió hacia él—. ¿Qué querías decirme?

—¿Impaciente, señorita Hallbrooke?

—Siento curiosidad, más bien.

—Entonces, saciaré esa curiosidad sin más demora.

Nada más decirlo, se llevó la mano al bolsillo del *blazer,* de donde sacó una cajita negra de antelina que abrió con cuidado para dejar a la vista el anillo más impresionante que Eleanor había visto nunca: de oro blanco, con diamantes y un gran ópalo blanco ovalado en el centro. La joven tragó saliva al percatarse del valor de la joya y alzó los ojos hacia él.

—Aiden, yo... —comenzó Eleanor.

—Déjame hablar antes de decir nada, Ellie —interrumpió—. Sé que es repentino, pero, en estas tres semanas, te habrás formado una opinión sobre mí lo bastante certera como para decidir si quieres casarte conmigo o no. Sé que falta una semana, no hace falta que me lo recuerdes, pero me hastía esperar más. Yo lo tengo claro, te lo dije: te deseo, quiero que seas mía y sé que tú también quieres lo mismo. No estoy ciego, veo cómo me miras. Me deseas y no tiene sentido retrasar lo que ambos anhelamos. ¿Aceptas ser mi esposa y convertirte así, en el futuro, en la duquesa de Cloverfield?

—Yo... sí, sí, acepto, Aiden, seré tu esposa —contestó Eleanor.

Aiden sonrió con satisfacción. Ya estaba hecho. Sin esperar más, cruzó la distancia que los separaba y la besó con ímpetu entre las hiedras. Al infierno la ley de Cloverfield, había ganado.

Capítulo 9

Rosas rojas

Mayo pasó deprisa y junio cubrió las praderas de Cloverfield con un velo de calidez y alegría. En medio de aquel ambiente, la mañana de la boda llegó a ellos como un vendaval. En el palacio de Cloverfield se respiraba agitación y la actividad lo invadía todo. A la boda acudirían más de trescientos invitados: lores de Inglaterra, Gales, Escocia e Irlanda, una representación de la familia real británica, dignatarios... *Lady* Adeline no había escatimado detalle y aquel hecho se notaba en cada rincón.

El palacio estaba envuelto en rosas blancas y flores de lis, lazos de seda y multitud de farolillos de cristal con velas. La realidad era que la duquesa deseaba borrar del recuerdo la primera boda de su hijo y no había reparado en esfuerzos para lograrlo.

La ceremonia tendría lugar en la abadía de Cloverfield, a las afueras del pueblo, y sería oficiada por el obispo de York, que había accedido amablemente al acto a petición de lord Albert. Aiden se había negado en redondo a que su hermano, el abad Avery, los casara y, por una vez, este no había protestado. Tras la boda, todos los invitados se desplazarían al palacio, donde celebrarían el festejo hasta bien entrada la noche: comida, bebidas, bailes y espectáculo a cargo del ducado. Ante tal perspectiva, todos los invitados confirmaron su asistencia.

Después de aquella tarde, Eleanor Hallbrooke sería oficialmente *lady* Eleanor Wadlington y viviría en el palacio junto a su nueva familia.

Aiden no podía esperar más. Estaba a punto de salir de su alcoba, pero antes de hacerlo, se detuvo frente al espejo para mirarse. Se sentía ridículo, por mucho que estuviese cumpliendo con la tradición. Vestía un elegante *frock coat* negro con camisa de cuello alzado con chorrera sujeto por un broche, tipo botón, de oro, chaleco y pantalones grises.

«No», pensó al recorrerse de arriba abajo con la mirada, «aún falta un detalle». Así que, sin más dilación, se acercó a uno de los jarrones que había sobre la mesilla y tomó una rosa roja, que cortó para ponérsela en la solapa. «Eleanor entenderá lo que significa nada más verla», pensó con una sonrisa y se mordió los labios como si hacerlo fuese una travesura. Entonces, dirigió la vista hacia la ventana. Cuando vio el sol sobre el cielo azul, asintió decidido y salió en dirección a las escaleras.

Subió al carruaje que le conduciría al templo acompañado de sus padres, pues Avery estaría esperando en la abadía con los demás clérigos, y al posar sus claros iris azules sobre su madre y verla tan entusiasmada, se reprimió de hacer ningún gesto de fastidio.

—Bueno, madre, suéltalo ya. Sé que lo estás deseando —dijo después de un silencio.

—¡Ah, no seas así, hijo mío! Solo estoy emocionada —protestó *lady* Adeline—. ¿Acaso no se le permite a una madre ilusionarse con su propio hijo el día de su boda?

—Lo que tú digas, madre, estoy temblando de la emoción...

—No seas insolente, Aiden, el sarcasmo es tan soez... —dijo lord Albert—. Sé práctico y alegra esa cara, que hoy te van a ver cientos de nobles de toda Gran Bretaña. Y si el hecho de pavonearte por tener a una mujer preciosa en tu vida no te parece suficiente motivo para sonreír, piensa en la fortuna que vas a heredar tras mi muerte, ya lo he arreglado todo.

—No digas eso, padre, hoy no —le cortó Aiden.

—Está bien, lo siento, tienes razón. Hoy es el día de tu boda, así que mostremos una gran sonrisa —asintió Albert y señaló al exterior—. Mirad, ya hemos llegado.

Los tres Wadlington miraron por la ventana del carruaje, que se había detenido frente al maravilloso edificio de la abadía de Cloverfield. De estilo gótico y rodeada de tejos y robles centenarios, se erguía en todo su esplendor. Las campanas sonaban con la claridad del cristal y decenas de invitados se agolpaban frente a la entrada. Aiden tensó la mandíbula y apretó los puños, repentinamente nervioso. Todo era real. Ya había pasado por todo esto una vez. «Puedes superarlo, puedes superarlo», se repetía en su mente para darse ánimo. Cuando la portezuela del carruaje se abrió y el cochero ayudó a bajar a la duquesa, lord Albert la siguió y Aiden aspiró y espiró con fuerza antes de encontrar el ánimo adecuado para la ocasión.

Un mar de aplausos invadió sus sentidos a medida que se acercaba a la puerta y sendas palmadas en la espalda y felicitaciones no hicieron otra cosa que crispar su ya agitado ánimo. Tras cruzar la gran arcada y pisar la alfombra roja que conducía al altar mayor, sintió que el frío ambiente del templo lo envolvía todo y que el pulso se le aceleraba. Olía a incienso, humo de velas y fragancia de flores de lis. Odiaba ese aroma. Recorrió con la mirada los bancos para encontrar a sus amigos y, por suerte, los vio ocupar las primeras filas. Timothy y su hermana estaban sentados junto a los condes de Armfield. Frederick acompañaba a su padre, viudo, y Byron se situaba junto a su esposa Emily y los padres de ambos. Los saludó a todos con un gesto y siguió su camino hacia el altar.

Avery estaba allí, enfundado en una solemne casulla beis bordada, junto a dos sacerdotes y el obispo de York. «Ahora sí», pensó Aiden, «ya no tengo escapatoria». Sin embargo, cuando el tañido de las campanas se detuvo y el órgano comenzó a sonar para anunciar la entrada de la novia, Aiden sintió que el corazón se le paraba por un instante. Las puertas se abrieron y el hombre observó a su futura esposa.

Eleanor estaba preciosa, no tenía palabras para describir su hermosura. Llevaba un vestido blanco perlado de manga larga que dejaba los hombros al aire. Ciñéndole la cintura lucía un rosetón y la amplia falda de encaje estaba salpicada de flores blancas bordadas. El conjunto lo completaba una mantilla de seda que le caía hacia atrás sujeta por una elegante tiara de diamantes y ópalos blancos. Cuando la joven elevó la mirada y clavó los ojos azul grisáceo en él, Aiden se sintió desfallecer presa de los recuerdos. Hacía cuatro años, en una mañana igual que aquella, se había sentido el hombre más feliz de la tierra. Ahora era un prisionero camino de la horca.

Eleanor no era el problema, no, ella era perfecta, pero parecía sentir el fantasma de Elisabeth a su alrededor.

Al llegar a su lado, la joven sonrió y le tendió la mano. Él la tomó con pulso tembloroso antes de besársela. Le mostró una sonrisa perfecta y ella se ruborizó. Sin embargo, antes de que pudiese decir nada, el obispo le interrumpió para dar comienzo a la ceremonia.

Fue una boda preciosa, con un discurso finamente planeado, y cuando llegó el momento de intercambiar los votos, Aiden tragó saliva y se volvió hacia Eleanor.

—Yo, lord Aiden Wadlington, te entrego todo lo que soy a ti, Eleanor Hallbrooke. Tu amor ha unido los pedazos de mi corazón, que ahora y por siempre será tuyo —dijo—. Te tomo como esposa hasta el último de mis días y que solo la mano de Dios nos separe.

Eleanor sonrió y bajó la cara antes de alzarla nuevamente y mostrarle sus mejillas coloradas.

—Yo, Eleanor Hallbrooke, te entrego mi vida y mi amor a ti, lord Aiden Wadlington. Que tu mano guíe la mía por el camino que vamos a recorrer juntos hasta el último de mis días. Te acepto como esposo en lo bueno y en lo malo, hasta que Dios así lo decida.

Dicho aquello, intercambiaron los anillos y, cuando el aro de oro de Aiden rodeó el dedo de Eleanor, la joven saltó a sus brazos y lo besó en la mejilla. Las risas recorrieron la iglesia y el obispo se encogió de hombros sonriendo.

—Bueno, saltamos la parte de «si alguien tiene algo que objetar, que hable ahora». ¡Yo bendigo esta unión con la ley de Dios y os declaro marido y mujer a ojos del Señor!

Un mar de aplausos resonó en el lugar y Aiden sonrió ruborizado, sin dar crédito a lo sucedido. Incluso en algo como aquello, su ya esposa era sorprendente y espontánea. Su anterior angustia fue sustituida por una alegría creciente y, sujetándole la cara, volvió a besarla en ambas mejillas sin importarle que los demás estuviesen mirando. Solo cuando un pellizco sobre el brazo le hizo saltar, se alejó de Eleanor.

—Por Dios, contrólate, hermano, no olvides dónde estás —susurró Avery.

—Estoy donde me corresponde, Ave, ante mi esposa.

Sin esperar respuesta, Aiden tomó la mano de Eleanor y salió del lugar bajo una lluvia de pétalos blancos. Al mirarla, supo que no, que aquello no sería tan malo.

❊ ❊ ❊

Tal como estaba planeado, el banquete se celebró por todo lo alto. Un desfile de camareros y sirvientas comenzaron a servir los platos y pronto descubrieron que la duquesa no había reparado en gastos en cuanto a comida se refería. El menú era amplio: canapés de *foi grás* francés, caviar ruso, camarones con salsa holandesa, las mejores carnes del sur, sopa de almendras, de mariscos, pichón guisado, besugo en salsa, liebre con vino, pato a la naranja, rollo Richelieu, faisán relleno de puré y cebolleta verde, cochinillo a la naranja, rosbif al horno...

Por si aquello fuese poco, se sirvieron postres variados, que la cocina de palacio se había esmerado en presentar adecuadamente: bizcochos, bollos de leche, delicias turcas, tarta de nueces, chocolate y brandi, pastelillos de hojaldre y miel...

Aiden sentía que no podía comer ni un bocado. Los nervios se le habían pasado, pero fueron sustituidos por un tremendo hastío. En vez de comer, tomó su copa de vino blanco afrutado y la vació de un trago antes de alcanzar la mano de su flamante esposa y depositar un suave beso sobre la palma. Estaba ansioso porque terminase aquella estúpida pantomima y Eleanor alzó una ceja y sonrió de medio lado.

—¿Por qué me miras así? —preguntó—. ¿Te has quedado con hambre?

—Desde luego, querida, pero mi hambre solo tú puedes saciarla —contestó.

La joven amplió su sonrisa.

—En tal caso, voy a darte un adelanto que calme tu ánimo —bromeó Eleanor, al tiempo que se ponía en pie arrastrándolo con ella—. Vamos a bailar, así te olvidarás del hambre.

«Lo dudo, más bien será al contrario», pensó Aiden.

—Está bien, vamos —dijo.

Sin perder un minuto o darle tiempo a que se arrepintiera, Eleanor se alejó de la mesa y, sin soltar la mano de su esposo, se encaminó a la pista de baile. Estaban a punto de llegar cuando Aiden sintió un tirón sobre su *frock* y se volvió con las cejas en alto. Había sido Byron quien había llamado su atención. Aiden se relajó y sonrió. Tiró de Eleanor para acercarla hacía sí y se volvió hacia sus amigos sin perder la sonrisa.

—Al fin te dignas a saludarnos, «futuro duque de Cloverfield». Ya creíamos que no vendrías a vernos en toda la tarde —comentó Byron.

—Cierto, Aiden, ¿no vas a presentarnos formalmente a tu esposa? —preguntó Emily.

—No puedes culparlo, querida Emi, el pobrecito está tan embobado como si Cupido le hubiese fulminado con una flecha —resopló Timothy con una sonrisa pícara.

Aiden se rio y le hizo un gesto a Eleanor, que saludó con un ademán.

—Mis disculpas, Emily, os la presento ahora mismo —dijo—. He aquí a *lady* Eleanor Hallbrooke, señora de Wadlington y futura duquesa de Cloverfield, mi preciosa mujer.

—Es un placer para mí conocer a los amigos de Aiden —saludó Eleanor.

—No, querida, el placer es nuestro —contestó Emily.

—Cierto, sobre todo porque ya era hora de que alguien hiciese que el pobre Aiden sentara la cabeza—dijo Frederick—. Bienvenida a nuestra singular hermandad.

Eleanor se sonrojó ligeramente por los cumplidos, pero asintió con una sonrisa antes de que Aiden se inclinara haciendo una reverencia burlona.

—Si nos disculpáis, amigos, mi esposa y yo estábamos a punto de bailar —dijo.

—Claro, divertíos —dijo Emily.

—Para eso, tendrán que esperar todavía un poco, Emily —se rio Timothy.

—Ay, Dios, Tim, ¡eres incorregible! —exclamó ella.

El grupo entero rompió a reír y Aiden se alejó con Eleanor sin perder la sonrisa. Llegaron a la pista de baile en medio de una pieza, pero al ver a los novios, como si alguien hubiese dado una señal, la orquesta dejó de tocar la suave melodía de Chopin y comenzó con un vals de Strauss. *Grossfürstin Alexandra*, de Johann Strauss había sido una petición de Eleanor y Aiden no se opuso. Le importaban un comino las opiniones de cualquiera, solo quería complacer a su esposa que, al verse estrechada contra su pecho, se ruborizó y se dejó llevar. Comenzaron a deslizarse sobre la pista y estaban tan cerca que él podía sentir los latidos del corazón de la joven, rápidos como un torrente.

—¿Estás nerviosa? —quiso saber.

—¿Debería? —contestó ella.

—No, no deberías —respondió Aiden—. Ya no falta mucho para que estemos solos, pero te prometo que no te arrepentirás de esto, Eleanor. Solo espera un poco más.

La joven asintió y elevó el rostro para encontrar sus ojos y, después de sumergirse en el cielo nublado de sus iris, su marido la besó suavemente. Eleanor cerró los ojos y se dejó llevar. Su mirada intensa y sus dedos sobre la espalda le provocaban escalofríos que nada tenían que ver con la temperatura. Sentía cómo se le agitaba el pulso a medida que él intensificaba el gesto y un gemido se le escapó de los labios. Aiden se acercó un instante para rozarle la nariz y volver a rozarle la boca, pero un carraspeo hizo que se separaran.

A su lado, la duquesa de Wadlington, de pie, los miraba con cara divertida. Aiden inclinó la cabeza con respeto y Eleanor sintió que toda la sangre le subía a la cara y le coloreaba el rostro.

—¿Disfrutando de su primer baile de casado, futuro duque de Cloverfield? —inquirió a su hijo sonriente.

—Mucho, madre —confirmó Aiden.

—Eso vemos, media corte inglesa y yo—contestó mirando a Eleanor.

La joven abrió mucho los ojos. Sintió que iba a morirse de vergüenza al entender el sentido de aquellas palabras, si bien su suegra se rio y centró la mirada en Aiden.

—Te sugiero que tomes a tu esposa y te la lleves ahora mismo. No montéis un espectáculo en medio del baile —dijo—. Y no os preocupéis por los invitados, la mayoría de estos escoceses y galeses solo han venido a beber y a comer, ni se enterarán de que os habéis ido. A fin de cuentas, la boda ya ha pasado, y para celebrar una unión, solo se necesitan dos, no trescientos británicos ruidosos.

—Gracias por entenderlo, madre —contestó Aiden con una media sonrisa.

—No hay por qué darlas —dijo—. Ahora vamos, largo de aquí los dos.

El joven se inclinó con una reverencia, que Eleanor imitó antes de que su esposo la tomase de la mano y comenzase a salir del gran salón del palacio de Cloverfield. Cuando cruzaron el vestíbulo en dirección a las escaleras, Eleanor se quedó sin aliento. Si daba un paso más, todo aquello se convertiría en real y, a medida que subía los escalones de mármol, el corazón le latía más rápidamente.

Eran las seis y media de la tarde, pero todavía no había anochecido.

Aiden la condujo por el hermoso pasillo decorado con rosas hacia una puerta de madera de roble tallada que abrió con parsimonia. Luego la tomó en brazos para cruzar el umbral. Eleanor observó el dormitorio de su marido, que ahora compartirían. Se trataba de una estancia amplia de paredes decoradas con papel pintado color beis perlado y motivos naturales: montañas, bosques y aves en vuelo de un blanco impoluto. La cristalera que daba a la terraza era grande, de puertas dobles que ahora estaban cubiertas por unas finas cortinas de seda blanca.

La chimenea se alzaba frente a la cama y el suelo, de oscura madera de roble, lucía un par de alfombras blancas mullidas. Un tocador, un par de mesillas y varios muebles más completaban la estancia. Era una habitación preciosa y el detalle de las flores en el jarrón de la mesilla le encantó, aunque la gran cama con dorsel se le antojaba impenetrable.

—¿Es esta tu habitación de soltero o es la que compartías con...? —Eleanor dejó la pregunta en el aire.

—Ni una cosa ni otra. Esta alcoba es solo para ti y para mí, nadie ha dormido jamás en ella. No pienses en el pasado, Eleanor, lo que ocurrió quedó atrás —dijo Aiden. «Además, no volvería a la cama en la que me acostaba con ella», pensó—. Esta habitación es nuestra, tuya y mía, y la he hecho decorar solo para ti. ¿Te gusta?

—Mucho, es preciosa, muy delicada y detallista —murmuró—. No sabía que habías llegado a conocerme tan bien en estas semanas, cada rincón parece reflejar una parte de mí. Las flores, las aves, los colores... ¿Qué has hecho conmigo, Aiden?

—Conocerte, querida, entender cómo piensas. Por eso te pido que confíes en mí y me dejes demostrarte que toda esta parafernalia ha valido la pena.

—Oh, claro que ha valido la pena —dijo ella, fijándose en la rosa que aún tenía en la solapa, que acarició con un dedo— Una rosa roja... Aiden, ¿sigues aprendiendo el significado de las flores?

—Así es —confirmó él.

—Entonces, ¿sabes lo que representa?

—Pasión, querida mía, pasión desbordante y arrolladora. Amor puro e intenso.

Eleanor tragó saliva y alzó sus grandes ojos grisáceos hasta los de su esposo, de un profundo azul celeste, como un cielo a mediodía. El corazón, ya agitado, le latía tan rápidamente que sentía que podría desmayarse antes de asentir. Recordó las palabras de su madre: «Si a un varón le gusta su compañera, hará mucho más por complacerla». Eleanor sabía lo que iba a ocurrir y estaba nerviosa.

—Aiden, yo... —comenzó, pero se detuvo sin saber cómo expresar sus temores.

—¿Sí?

—¿T-te atraigo en el sentido en que las mujeres atraen a los hombres? —preguntó—. Dijiste que querías que fuese tuya, y ahora lo soy, pero...

El comentario le hizo reír y Eleanor frunció el ceño y sintió que se sonrojaba.

—Ah, querida... ¿Que si me atraes? —insistió él, acercándose para acariciarle la mejilla—. Dios santo, Eleanor, ¿cómo puedes dudarlo? Llevo deseando hacerte mía desde aquella noche en el laberinto de setos. Lo habría hecho en la terraza de no haber aparecido Tim y Avery, hasta ese punto te anhelo. Te deseo demasiado, *lady* Eleanor Wadlington, y voy a demostrarte cuánto si me lo permites.

—Yo también, Aiden, más de lo que crees. Y... claro que te lo permito.

Él asintió y dejó caer la mano que tenía sobre la mejilla de su esposa por su cuello y clavícula hasta rozarle el hombro. Con cuidado, hizo que se diera la vuelta y comenzó a desatar la hilera de botones que cerraban el vestido, uno a uno. Eleanor sintió cómo la tela de encaje le caía por la espalda hasta que el vestido de novia estuvo a sus pies y quedó en enaguas. Tragó saliva sin poder evitarlo, pero Aiden no lo vio. Aún a su espalda, se lanzó contra los lazos del corsé y la crinolina, que desató con más rapidez de la que ella hubiera imaginado y, un instante después, solo un ligero vestidillo de seda y encaje la separaba de él. Aiden la giró con cuidado y buscó sus ojos.

—Tranquila, Eleanor, estás temblando como una hoja —dijo.

Ella asintió y Aiden bajó los tirantes permitiendo que el vestido también cayera.

Eleanor dio un gritillo de sorpresa. Luego, cuando él la tendió sobre la cama para adorar su cuerpo, cerró los ojos con fuerza y esperó a lo que sabía que sucedería. Al no sentir nada, frunció el ceño, confusa, y la espera la desconcertó.

—Abre los ojos, Ellie, quiero que me veas —dijo Aiden.

La joven obedeció y, cuando llevó los ojos hasta él, entendió el motivo de la demora.

Capítulo 10

CRISANTEMOS ROSAS

E l sol de la mañana bañó el rostro de Eleanor e hizo que sus sentidos despertaran. No abrió los ojos, pero dejó que los aromas que la rodeaban contasen su historia. Olía a Aiden por todas partes: limón, bergamota y sándalo. El aroma a chocolate recién hecho se notaba cercano y una pequeña sonrisa se instaló en sus labios al pensar en lo que había ocurrido hacía unas horas. Eleanor se mordió los labios al recordar los de Aiden sobre su cuello, sus manos acariciándole la cintura.

Abrió los ojos para mirarlo, pero él no estaba allí. La cama estaba vacía, así que se incorporó y recorrió la habitación. Entonces, notó que no estaba sola y soltó un grito. Tomó la sábana para cubrirse, pero el intruso no se inmutó ante su desnudez. En vez de eso, la miró desde arriba con fría condescendencia y ella tragó saliva. Se trataba de aquel hombre maduro, de cincuenta y tantos años, cabello castaño canoso, ojos azules y cara perfectamente afeitada que le había abierto la puerta hacía semanas, aunque ahora vestía un uniforme negro.

—Buenos días, señora, veo que, al fin, se ha levantado —dijo—. Es tarde, casi las once, así que le aconsejo que se vista rápidamente para que empiece con sus tareas.

«¿Mis tareas? ¿De qué está hablando?», se preguntó mentalmente, confundida.

—Buenos días, señor...

—Adams, señora, Randolph Adams —se presentó—. Soy el mayordomo jefe de Cloverfield y lord Aiden me ha enviado para que la ayude, dado que tenía que salir.

—¿Puedo preguntar a qué tareas se refiere, Adams? —inquirió Eleanor de forma tímida.

—Las tareas de una futura duquesa, por supuesto. No se habrá creído que todo sería bailar, gastar y fornicar, ¿cierto? —contestó Randolph y Eleanor se ruborizó—. *Lady* Elisabeth cumplía con muchas obligaciones sociales propias de su posición: enviar dinero a los orfanatos, organizar los menús semanales, recibir a los invitados, planificar bailes...

Eleanor asintió. No le gustaba aquel hombre que la trataba como si fuera un insecto mientras abría las ventanas sin hacerle ni caso, como si no estuviera allí. Sin embargo, era su primer día en el palacio de Cloverfield y no pensaba decepcionar a Aiden dejando esas tareas desatendidas. Decidida, se envolvió en la sábana y caminó hacia el vestidor, que estaba al otro lado de la habitación. Al pasar junto a Randolph, tragó saliva, pero él, de nuevo, ni se inmutó y se volvió hacia ella con parsimonia.

—Le he dejado el desayuno en la mesilla, dado que en el comedor se sirvió hace horas —explicó—. En esta casa, se desayuna a las nueve en punto, se almuerza a la una y se cena a las siete. El té de la tarde se sirve a las cinco, haría bien en recordarlo.

Eleanor miró la bandeja que había sobre la mesilla para encontrar una taza de chocolte, unas tostadas, mantequilla, huevos y *kedgeree,* el desayuno típico que le daba náuseas. En su casa siempre desayunaban té y pan dulce. Asintió con una sonrisa forzada y miró al mayordomo.

—¿Le importaría salir, por favor? Deseo cambiarme —pidió Eleanor.

—De hecho, tal vez precise mi ayuda —contestó Randolph—. Yo a veces hacía las labores de ayuda de cámara para *lady* Elisabeth, a petición suya, así que tengo sobrada experiencia.

Eleanor le miró sin dar crédito. ¿Que ese tipo ayudaba a la difunta esposa de Aiden a desnudarse, cambiarse las enaguas, vestirse y bañarse? ¿Qué clase de mujer aceptaría que otro que no fuese su esposo la viese desnuda y le rozase la piel? No ella, desde luego, y menos ahora que veía la actitud fría y arisca del mayordomo.

—Gracias, Adams, pero he mandado llamar a mi doncella —mintió Eleanor—. Le ruego que se retire ahora, por favor.

—Como usted quiera, *milady* —asintió Randolph y comenzó a andar hacia la salida, pero se detuvo en el último minuto—. He oído que es usted amante de las flores, así que me he tomado la libertad de traerle algunas. Espero que sean de su agrado.

Dicho aquello, salió de la habitación y la dejó sola en el centro de la sala. La joven recorrió con la mirada el cuarto hasta que dio con un ramo junto a la mesilla de Aiden y, al verlas, frunció el ceño. Crisantemos rosas, símbolo del amor frágil y doliente que, al igual que todos los crisantemos, no sobrevivía al duro invierno. Una oleada de disgusto la invadió al darse cuenta del gesto tan desagradable del hombre y la invadió un deseo irreprimible de arrojarlas a la chimenea. Sin embargo, mantuvo la compostura.

En vez de enfadarse, se dirigió al vestidor y se puso un sencillo vestido verde jade que contrastaba con su cabello rubio ambarino. Lo ciñó con un cinturón rojo y se calzó unos botines de piel. Tenía mucho que hacer y quería estar cómoda.

Satisfecha, salió de la habitación y cruzó el pasillo hacia las escaleras. En el piso de abajo, se cruzó con la duquesa de Cloverfield, que salía del salón en ese instante. Al verla, sus ojos azules se iluminaron y una amplia sonrisa adornó las facciones de la mujer. Eleanor le devolvió el gesto, pues encontraba a la madre de Aiden amable y cariñosa, y muy bella para su edad. *Lady* Adeline tenía el cabello castaño canoso recogido en un moño bajo adornado con perlas y portaba un vestido rosa palo sembrado de topos. Se acercó a ella despacio.

—¡Ah, Eleanor, querida, me alegro de verte! —la saludó—. Dime, ¿qué tal has dormido? ¿Se ha portado bien mi hijo, ha sido gentil contigo?

—Buenos días, *lady* Adeline —contestó Eleanor—. He dormido muy bien, de hecho, y su hijo ha sido maravilloso y... muy gentil. Sí, digámoslo así.

—Me alegro, me alegro, ya sabes que para muchas mujeres no es agradable pasar la primera noche con su marido —dijo y la agarró del brazo para caminar hacia la biblioteca—. Aiden podrá ser muchas cosas, pero es un hombre complaciente y amable con las mujeres. El pobre ha sufrido mucho, pero sé que será feliz contigo, eres perfecta para él.

—Intentaré hacerlo feliz por todos los medios, *lady* Adeline.

La mujer se rio y se detuvo frente a las puertas dobles de la biblioteca.

—No me llames así, ¡soy tu madre en ley! —exclamó—. Mejor, llámame Adeline a secas, o madre, si te complace.

—Lo haré, Adeline, gracias —contestó Eleanor—. Hablando de madres, espero que no le importe que invite a la mía. Está enferma y creo que mi cercanía le sentará bien. También he pensado traer a Helen, mi doncella, si no es inconveniente.

—Por supuesto que no importa, querida, entiendo que quieras tener a alguien de tu confianza dentro de esta casa —asintió Adeline—. E invita a tu madre cuando gustes, estoy segura de que seremos buenas amigas. Hablamos en la boda y estaba muy hermosa. ¿Qué enfermedad padece, si puedo preguntar?

—Ahora mismo, ninguna. Los pulmones le quedaron debitados tras contraer tisis, pero la superó hace un par de años. El médico cree que el aire puro hará que su salud mejore.

La duquesa asintió y se sentó, y tras palmear el sofá frente a la chimenea para invitar a Eleanor a que viniese a su lado, tocó la campanilla y llamó al servicio. Después, se volvió hacia la joven con una sonrisa que esta le devolvió mientras se acomodaba.

—¿Has desayunado? —dudó Adeline—. Supongo que no, no bajaste al comedor.

—En realidad, no. Lo siento, no suelo demorarme tanto —se disculpó Eleanor.

—No hay por qué disculparse, cielo, después de la boda, debes de estar cansada. Y no te apures, tomaremos un tentempié aquí mientras te pongo al día con tus labores, ¿te apetece?

—Mucho, Adeline, gracias.

La duquesa sonrió y, cuando Abby llegó con una bandeja repleta de galletas y chocolate caliente, suegra y nuera se pusieron al día con todo lo que había que hacer.

La mañana fue ajetreada y estuvo llena de descubrimientos. El palacio de Cloverfield era un verdadero laberinto y había tanto que aprender, que empezó a hacer mentalmente listas con todo lo que le llamaba la atención para visitarlo cuando tuviera tiempo. El lugar tenía más de cien habitaciones divididas en tres plantas y dos alas: norte y sur. El área central era la zona común. Allí se encontraba el gran salón, la biblioteca, el comedor y el despacho del duque, que pertenecía también a Aiden. Era allí donde se habían besado aquella tarde.

Las cocinas quedaban en la parte trasera del ala sur y los criados ocupaban toda la planta superior del palacio. En aquel lugar, había decenas de empleados, entre mozos de cuadra, limpiadores, lacayos, ayudas de cámara, cocheros y personal de cocina. Nunca había una tarea desatendida, un rincón sin limpiar o un capricho sin cumplir. El ala norte era el de la familia, donde se encontraban sus habitaciones y salas personales.

Eleanor descubrió que las labores de una duquesa consistían en hablar con el ama de llaves (y la cocinera en alguna ocasión especial) para ponerse de acuerdo en los menús y el inventario, lo que se compraba y lo que no, y decidir qué sueldo se le asignaba a cada empleado. Esa sería parte de su labor como señora de la casa en el futuro. También tendría que organizar fiestas de forma periódica, al menos, cuatro por año, o lo que era lo mismo, una por estación: la fiesta de primavera de Cloverfield, los cumpleaños de *lady* Adeline y lord Aiden a inicios de verano, la fiesta de la noche anterior a Todos los Santos en noviembre y, por supuesto, la gran cena de Navidad. Con solo pensarlo, se agobiaba, ya que toda esa parafernalia social no era lo suyo, a pesar de que Adeline ignorase ese hecho. Por supuesto, aquello no era todo. También debía ir a la iglesia a dar limosnas, idea alentada por Avery, supuso, y que las mujeres Wadlington cumplían a rajatabla.

Sin embargo, con todas esas tareas por delante, no se olvidaba de su propio sueño. Sabía que Cloverfield tenía uno de los jardines más grandes de toda la región y podía aprovecharse de ello. En cuanto tuviese un rato a solas, se proponía ir a visitar el lugar para ver qué plantas había y dónde podía sembrar las suyas. Esa era su idea en ese instante cuando Aiden llegó con una sonrisa alegre e interrumpió sus planes. Al verla en pie junto a la ventana del salón, cruzó la alfombra en seis largas zancadas y la tomó por las mejillas para darle un beso apasionado que la dejó sin aliento.

La joven abrió la boca debido a la sorpresa. Cuando su marido se apartó tras besarla, tenía los labios rosas debido al roce de la barba de él y se ruborizó sin poder evitarlo. Ese era el efecto que tenía sobre ella, derretirla como un tofe al calor. Aiden sonrió al notarlo y le rozó la nariz.

—Veo que me has echado de menos —susurró Eleanor aún con los ojos cerrados.

—En realidad, sí, y lamento no haber estado a tu lado cuando despertarte esta mañana. Dormías como un lirón y, ya que tenía prisa, no quise molestarte —dijo Aiden.

—No me molestaría ver tu rostro al despertar, más bien al contrario, ¿sabes?

Aiden alzó las cejas y sonrió de medio lado.

—Oh, así que querías verme, ¿eh? Si tanto me anhelas, amor mío, puedo arreglarlo ahora mismo. Vamos arriba, te haré olvidar las horas que he pasado lejos de ti.

—Por Dios, Aiden, es de día —exclamó Eleanor entre risas—. ¿Qué dirían los empleados?

—Soy el heredero de la casa, así que no dirían nada —resopló él con ironía—. Y, de todas formas, si lo hiciesen, lo único que podrían afirmar es que amo a mi esposa.

—¡Aiden, calla! —exclamó Eleanor entre risas.

Al verla reír así, sin inhibiciones, casi como una chiquilla, se contagió y ambos rieron en brazos del otro. Cuando recuperaron el aliento, se miraron a los ojos. Ambos estaban exhaustos y les dolían las costillas, pero la joven cerró los ojos y abrazó a su esposo por el cuello para acercarlo a ella y besarlo. Aiden sonrió y volvió a atrapar su boca.

Bendita fuera esa mujer que, lo supiese o no, estaba haciendo realidad sus palabras. Sentía un anhelo arrollador e irrefrenable que no había sentido con Elisabeth y el descubrimiento le sorprendió tanto que interrumpió el beso. Eleanor lo miró extrañada, pero él solo jadeó, agitado.

—¿Ocurre algo? —preguntó la joven.

—No, nada, un pensamiento fugaz —contestó Aiden y se alejó—. Vamos arriba, hay algo que quiero darte y no son solo noticias.

—¿No son noticias? ¿Y qué es?

—Lo verás dentro de un momento, he hecho que lo suban a nuestro cuarto —dijo él.

Sin añadir palabra, el joven duque la condujo de regreso a su habitación. Cuando entraron, la joven notó dos cosas. Primero, que había una caja enorme sobre la cama. Segundo, que, sobre dicha caja, había un sobre dorado y la curiosidad pudo con ella. Aiden no decía nada, así que fue ella quien rompió el silencio con los dedos quemándole por abrir la carta y leerla. Después, se volvió hacia su esposo con curiosidad.

—¿No vas a abrirla? —la animó Aiden.

Eleanor no esperó más y se acercó a la caja. Apartó el sobre y lo dejó a un lado para destapar la parte superior y ver qué había. Entonces, se encontró con uno de los vestidos más bonitos que jamás había visto: de seda dorada, clara y brillante como el champán, y un encaje que rodeaba el amplio escote, salpicado de rosetones y bordados. Era un vestido más sugerente que los que acostumbraba a llevar, y también mucho más regio. Abrió los labios de asombro al alzarlo y su marido supo que había acertado con su elección.

—Aiden, es bellísimo, pero ¿por qué? —dudó Eleanor.

—Porque la futura duquesa de Cloverfield debe estar radiante en la gala de las flores que se celebrará en Richmond dentro de cuatro semanas —explicó Aiden para luego señalar el sobre—. Ábrelo.

La joven dejó el vestido y tomó el grueso sobre, que abrió con cuidado para encontrar un pergamino sujeto con un lazo rosa que olía fuertemente a orquídeas. Los labios le temblaron de emoción e incredulidad y desató el nudo lo más rápidamente que los dedos le permitieron. Nada más leer la primera frase, creyó que iba a desmayarse.

—No puede ser cierto... —murmuró incrédula.

A lady *Eleanor Wadlington.*

Nos complace invitarla a la presentación de la Orquídea púrpura del Nilo que hemos recibido en el

Real Jardín Botánico de Kew, de la cual cinco privilegiados tendrán el honor de cortar un esqueje. Su esposo escribió una carta al comité del jardín para que considerásemos su candidatura y, dados su experiencia y antecedentes, ha sido elegida. Asimismo, deseamos felicitarla por su reciente boda. Esperamos su asistencia.

Reciba un cordial saludo.
Alfred Thorton
Administrador del Real Jardín Botánico de Kew.

Eleanor dejó caer el sobre y se llevó una mano al pecho al sentir que el corazón le estaba saltando de la emoción. No podía creer que Aiden hubiese hecho algo así sin decírselo. ¡Dios santo! Una orquídea púrpura del Nilo... ¿Acaso estaba soñando? Cuando alzó los ojos para mirarlo, las lágrimas se le saltaban y se lanzó a sus brazos. Él la rodeó por la cintura para consolarla.

—Vaya, esta reacción no la esperaba —confesó Aiden—. ¿Acaso no te gusta?

—No, Aiden, es... es demasiado. No sé cómo darte las gracias.

—Puedes empezar probándote el vestido, a ver si he acertado con la talla —bromeó—. Si no, siempre te quedará la opción de darme un beso.

La joven rompió a reír sin poder evitarlo y, en menos de un suspiro, se dispuso a desatarse los lazos del vestido que llevaba para ponerse el otro. Cuando la tela dorada estuvo bien encajada en su anatomía, Eleanor se volvió para mirar a Aiden. Él frunció los labios como si la analizase y la joven se ruborizó por tercera vez ese día. Entonces, se acercó a ella y le acarició una mejilla.

—Te queda perfecto —dijo—. Creo que hay que estrenarlo, dicen que da buena suerte.

—¿Buena suerte? —resopló Eleanor—. En tal caso, sí, hay que estrenarlo.

La respuesta causó la risa de Aiden, que se volvió aún más fuerte al ver que ella ponía los ojos en blanco y, sin más dilación, se lanzó de nuevo a los brazos de su esposa.

Aiden se volvió para mirar qué hora era, reparó en el jarrón que descansaba sobre la mesilla y una ligera sonrisa adornó sus labios.

—Bonitas flores —comentó.

—En realidad, no las elegí yo —dijo Eleanor—. No me gustan demasiado, pero no he querido tirarlas para no crear problemas en la casa.

Aiden se extrañó por la confesión y frunció el ceño levemente mientras volvía a mirar a su esposa.

—¿Qué problemas ibas a crear? —preguntó perplejo—. ¿De qué estás hablando?

—Las trajo tu mayordomo, Adams. ¿Sabes qué flores son?

—Mmm, ¿caléndulas rosas, quizá? —aventuró Aiden.

—Los pétalos se parecen mucho, pero no. Son crisantemos y representan el amor doliente que se extingue —explicó Eleanor—. Las trajo cuando no estabas, pero no quise decir nada porque tal vez él no sepa lo que significan y...

—Así que Adams, ya veo. No te preocupes, no volverá a pasar.

Dicho aquello, Aiden tomó el jarrón. A continuación, abrió la ventana y lo lanzó lejos, logrando que la porcelana impactase contra el mármol de la entrada y estallase en mil pedazos. Un par de criados miraron hacia arriba y, al ver al señor de la casa asomado, se apresuraron a limpiar el destrozo. No podía creer la audacia que había tenido Adams. No le soportaba y la única razón por la que seguía allí era porque sus padres lo apreciaban. Sin embargo, tendría unas palabras con él.

Aunque eso sería cuando brillara el alba. Antes, debía pasar la noche con su esposa.

Capítulo 11

MARGARITAS SILVESTRES

Dos días más tarde, Eleanor decidió que no iba a retrasar más la búsqueda de un lugar donde comenzar con su pequeño proyecto. En el jardín de su casa de Cloverfield había muchas plantas que pensaba llevar a York con ella, pero el del palacio era un paraíso lleno de nuevas oportunidades. Por lo que había visto fugazmente, allí había flores de la India, de Arabia, de Europa, e incluso vio un lirio de la Amazonia. Le ardían los pies de deseo por salir a visitarlo. Decidida a no perder más tiempo, la joven engulló a toda velocidad el desayuno que había pedido especialmente para ella: café, tostadas, miel y pastas. Después, se puso en pie y se despidió de Helen, que se rio sin disimulo al verla tan entusiasmada.

Su doncella había llegado el día anterior, en cuanto recibió su carta, lo que hizo que se sintiera muy aliviada. Para su alegría, Helen le aseguró que su madre estaba bien, así que se propuso ir de visita en días alternos. Por suerte, vivían muy cerca, apenas a unos cientos de metros de distancia, así que no sería un problema.

—Debería llevar un sombrero, *lady* Wadlington, el sol está muy alto —dijo Helen—. Tiene que cubrirse con algo. ¡Es usted blanca como una margarita!

—Buena idea, Helen. Me pondré el de paja y lazos blancos —asintió Eleanor mientras se calzaba y la joven sirvienta buscaba el atuendo mencionado—. Bueno, ya estoy lista.

—Aquí tiene —dijo ella, al tiempo que le tendía el sombrero—. ¿Va a tardar mucho en volver? Lo pregunto para reservarle un plato de estofado. Si no, la señora Walton me regañará.

Eleanor sonrió ante la mención de Grace, el ama de llaves.

—Tranquila, solo voy a mirar si hay alguna parcela libre.

—Entonces, que se divierta y pase una mañana agradable —se despidió Helen.

Cuando hubo terminado de atar el lazo de su sombrerito de paja, se despidió y salió por la puerta con una sonrisa. Cruzó el pasillo y bajó las escaleras a toda velocidad, sin importarle la mirada venenosa de Adams. Tenía toda la intención de no hacer ni caso al mayordomo, que parecía juzgarla cada vez que la veía. Era evidente que Aiden le había regañado por el incidente con las flores, por lo que se sentía incómoda al toparse con él.

Aiden no se encontraba en el palacio. Como descubrió Eleanor, tras la boda, su marido se había puesto manos a la obra para dominar la administración de sus futuras propiedades. No en vano, había estudiado finanzas una vez roto su sueño de hacer la carrera militar. En esas circunstancias, las mañanas le pertenecían solo a ella, que se había propuesto pasarlas haciendo cosas útiles. Por eso, encontrar un rincón para sus plantas era una prioridad en ese instante.

Cuando salió a la terraza trasera, el sol la golpeó como un mazo. Helen tenía razón, se notaba la llegada del verano, y le agradeció mentalmente la ocurrencia del sombrero. Sin duda, se habría quemado, pues tenía la piel clara y en Cloverfield, en medio de la campiña sur, el sol brillaba más fuerte que en el lejano York. Sin perder el ánimo, bajó las escaleras de piedra y se adentró en los jardines. Todo el lugar estaba en flor, radiante y lleno de color por todas partes: rosales, moreras, lilas, arbustos frutales, todo parecía rebosar vitalidad. Debía de ser por aquella tierra, que parecía tan fértil y era tan húmeda.

Eleanor se agachó para tomar un puñadito y, para su sorpresa, encontró que el pasto era más duro y compacto de lo que había pensado. Necesitarían una espátula para remover la tierra, así que se encogió de hombros dispuesta a buscar ayuda. Sin más remedio, se dio la vuelta y regresó por donde había venido. Sin embargo, en cuanto llegó al vestíbulo, se percató de que no tenía ni idea de a quién acudir ni dónde guardaban las herramientas en esa casa. Confundida, se acercó a Trudy, que pasaba por allí en aquel momento con un montón de toallas limpias entre las manos. Al verla, la joven sirvienta se detuvo.

—¿Puedo ayudarla, señora? —preguntó.

—Sí, Trudy, ¿sabes dónde se guardan las herramientas de jardinería en esta casa? Necesito algunas para remover la tierra y no sé dónde encontrarlas.

—Seguramente estarán en el cobertizo, *lady* Wadlington —contestó la sirvienta—. ¿Quiere que la acompañe?

—Sí, por favor, nunca he ido allí y estoy segura de que me perderé —bromeó Eleanor—. Gracias, Trudy, eres muy amable.

—No hay por qué darlas, señora, la ayudaré siempre que pueda.

Ambas jóvenes se sonrieron y, tras dejar las toallas sobre una mesita, la joven de cabello negro y ojos pardos comenzó a guiar a su señora por los alrededores del palacio. A todos los criados les caía bien Eleanor. Bueno, tal vez no a todos. Con la excepción del señor Adams, todos preferían la amabilidad y dulzura de Eleanor a la soberbia y frialdad de Elisabeth. Por eso, siempre la ayudaban en la medida de lo posible, pues, a pesar de que solo llevaba cuatro días en el palacio de Cloverfield, ya se había ganado a todo el servicio. Incluso le caía bien a la difícil señora Walton.

Cuando llegaron, Eleanor se encontró frente a una amplia construcción de puertas sencillas. Sin embargo, no tuvo tiempo de analizar el lugar, ya que Trudy sacó un grueso manojo de llaves del cinturón y la abrió. Al verlo, Eleanor alzó las cejas.

—¿Cómo es que tienes un juego? —preguntó—. ¿Eso no es cosa del ama de llaves?

—Bueno, puedo presumir de ser primera doncella, señora —explicó Trudy—. Solo la señora Walton, el señor Adams, la señora McCarthy y yo tenemos uno.

Eleanor asintió, encontraba lógica aquella manera de proceder. Los que tenían llaves de todas las estancias de palacio eran el ama de llaves, el mayordomo, la cocinera y la primera sirvienta. Sin más dilación, le indicó que continuase con una sonrisa y Trudy abrió las puertas. El lugar no le pareció tan desolado como habría esperado de un viejo cobertizo. No había polvo ni telarañas, pero sí muchas cajas y objetos amontonados. Estaba caminando entre ellos, cuando la voz de Trudy la sobresaltó.

—¿Qué herramientas necesita exactamente, señora Eleanor? —inquirió.

—Oh, creo que me conformaría con una pala pequeña, una espátula o un rastrillo. Ya sabes, algo pequeño que pueda guardar en una cesta —explicó Eleanor.

—Está bien, llamaré a Dale y verá qué pronto la encuentra —asintió Trudy—. Sé de buena tinta que la duquesa Adeline planta de todo cuando llega el buen tiempo y, en algún momento, también lo hizo la señora Elisabeth, así que ese tipo de herramientas debe de estar por aquí.

Aquel dato sorprendió a Eleanor, que dejó de mirar la caja que tenía en las manos.

—¿También era amante de la jardinería? —inquirió.

—No, en absoluto. Ella solo fingía que le gustaba en la fiesta de primavera o durante el festival de las flores —contestó Trudy—. Odiaba mancharse las manos, señora Eleanor, no era como usted.

—Oh, ya veo.

Eleanor no añadió más, solo se mordió los labios. No sabía por qué, pero estaba comenzando a molestarle esa constante comparativa con Elisabeth. Adams, Trudy, *lady* Adeline... Hizo que se preguntara si Aiden hacía lo mismo para sus adentros. ¿La comparaba con Elisabeth, a la que había llorado durante dos largos años? Y si era así, ¿salía ella victoriosa de semejante contienda? La verdad es que no quería conocer la respuesta.

Mientras Trudy fue a buscar al mozo, deambuló mirando a su alrededor. Le llamó la atención un cuadro que había junto a una de las cajas y se quedó boquiabierta al verlo. En el centro del retrato, había una mujer, una de las más bellas que había visto. Rubia, de ojos azules, facciones suaves y aspecto angelical. Llevaba el cabello recogido en un elegante moño del que colgaban tirabuzones y su vestido rojo, escotado y ceñido, dejaba los hombros y el cuello al aire para mostrar una elegante garantilla de diamantes y rubíes en forma de lágrima.

No le hizo falta preguntar para saber de quién se trataba. Era la famosa Elisabeth, la sombra con la que parecían tener que competir todas las mujeres que deseaban a lord Aiden Wadlington. Extendió la mano sin poder contenerse para tocar el cuadro y, al moverlo, cayeron varias fotografías. Eleanor se agachó a recogerlas y el corazón se le detuvo dentro del pecho al ver que, en la primera, aparecían Aiden y ella sentados en un banco. La mirada en los ojos azules de Aiden era de adoración hacia ella, y la de Elisabeth, de absoluta alegría. Se les veía enamorados. Eleanor se sintió incómoda.

Pasó a la siguiente fotografía, incapaz de seguir mirando la tierna escena, solo para encontrar una todavía peor, en la que se veía a Avery y Aiden de pie tras Elisabeth sentada y embarazadísima. Eleanor sintió ganas de vomitar y cerró los ojos.

—Ah, sí, esa fotografía se tomó poco antes de nacer el señorito Edwin —dijo Trudy, devolviéndola a la realidad y logrando que diese un brinco—. Parece que han pasado mil años, pero hay que ver cómo han cambiado las cosas por aquí desde entonces.

—¿Quién es Edwin? —se atrevió a preguntar Eleanor.

Trudy la miró sorprendida y ella tembló, arrepentida de haber preguntado.

—¿Acaso no lo sabe? ¿No se lo ha contado lord Aiden?

—No, no sé de qué estás hablando —admitió ella.

—Edwin es el hijo de *lady* Elisabeth —le explicó Trudy mientras aceptaba las dos palas que le ofrecía Dale en silencio.

—¿Es... es el hijo de Aiden y Elisabeth? —balbuceó Eleanor.

—Ahí radica la desgracia, señora, el niño no es hijo de lord Aiden. Ella sostenía que lo era, pero debería haber visto la discusión que oímos todos la tarde que la echó de casa. Parecía que las paredes se iban a derrumbar con los gritos de ambos.

Eleanor la miró perpleja, sin dar crédito a lo que acababa de escuchar. ¿Que el bebé no era hijo de Aiden? ¿Que él expulsó a su esposa del palacio de Cloverfield? No podía ser cierto. Sin embargo, la voz de la primera sirvienta la devolvió a la realidad.

—Creo que ya podemos irnos, *milady,* tengo sus herramientas.

—¿Qué? Ah, sí, sí, vámonos.

Sin poder quitarse de la cabeza la confesión que acababa de escuchar, siguió a Trudy fuera del cobertizo. Había dejado de pensar en plantar nada. Tan distraída estaba que mientras caminaban de regreso al palacio, el llanto inconfundible de un niño le puso los pelos de punta e hizo que se detuviera.

—¿Qué ha sido eso? —inquirió Eleanor, volviéndose hacia Trudy—. ¿Lo has oído?

—Claro que lo he oído. No se alarme, solo es Abby dándole de comer al pequeño Eddie —asintió—. Hoy le toca puré de calabaza y no le gusta nada. Estará teniendo un berrinche, por eso lo está oyendo llorar.

—Pero ¿el niño está aquí?

—Sí, así es... ¡Ay, señora, no me pregunte más, por favor! —se lamentó Trudy—. Es un asunto que debe hablar con lord Aiden, no quiero decir más de la cuenta.

—Lo siento, Trudy, tienes razón, no te preocupes —se disculpó Eleanor—. Puedes volver a tus labores, yo iré a conocer al pequeño. No te apures, sabré volver sola.

La sirvienta dudó, nerviosa.

—¿Está segura?

—Sí, tranquila, deja las herramientas en mi cuarto y vuelve a tu trabajo. No quiero que la señora Walton te regañe por mi culpa.

—Como usted quiera, *lady* Eleanor.

La joven sirvienta se dio la vuelta con una reverencia y la dejó sola. Decidida, dio media vuelta y se encaminó hacia la dirección de la que surgía el llanto. Si aquella era una parte del pasado de Aiden, quería conocerla, así que se armó de valor y comenzó a caminar.

✽✽✽

Pronto llegó a una estancia que resultó ser una sala dispuesta para el descanso de los criados, cerca de la cocina. Había una mesa amplia y sillas de madera, un par de sofás grandes, una estantería con libros y una mesa para jugar a los naipes un tanto desgastada por el uso. El mediodía estaba cerca, debían ser más de las once, así que no le sorprendió que solo estuvieran allí la mencionada Abby y un muchacho que se afanaba en afilar una caja llena de cuchillos de cocina.

Sobre las rodillas de la chica se sentaba un niño pequeño que, según calculó no tendría más de dos o tres años. Era una criatura adorable y preciosa, de cabello rubio, ojos azules y mejillas regordetas. Llevaba una bata de color verde con margaritas, leotardos de lana sin zapatos y un babero de ganchillo manchado de papilla. Le caían por la cara unos lagrimones tremendos a la vez que rechazaba la cuchara y se aferraba a unas margaritas silvestres que tenía en la mano. Un intento de Abby por entretenerlo, supuso Eleanor.

Lo observó con atención desde la puerta y, por más que trataba de encontrar algún parecido con Aiden, no lo veía. El niño era rubio y Aiden, su hermano y sus padres, de cabello castaño. Su esposo tenía hoyuelos; el bebé, no. El

159

niño tenía los ojos azules, como Aiden, pero de un azul diferente: los de lord Wadlington eran celestes como el cielo a mediodía. Los de Edwin, sin embargo, eran de un azul profundo como el océano. El pensamiento de que no era realmente su hijo cobraba fuerza en su intuición. O podía ser que se pareciese a Elisabeth. Sea como fuere, confiaba en las palabras de Trudy.

Cuando el niño volvió la cabeza hacia la dirección donde se encontraba ella y Abby fue a regañarlo, reparó en su presencia y se levantó de golpe y dejó caer el cuenco de puré medio vacío al suelo.

—¡*Milady*, no esperaba que...! Oh, Dios, ¡qué desastre! —se lamentó la sirvienta.

—No te preocupes, Abby, he oído llorar al niño y he pensado en venir a conocerle, eso es todo —explicó acariciando la mejilla manchada del bebé—. Hola, pequeñín, yo soy Eleanor, pero puedes llamarme Ellie si quieres.

—Ellie —repitió Edwin—. Ellie guapa, *apa-apa*. ¿A que sí, Abby?

—Sí, sí que es muy guapa, señorito Edwin —asintió la chica avergonzada.

Eleanor sonrió y se agachó para recoger el cuenco de madera, que dejó sobre el banco antes de volverse de nuevo hacia el bebé y la joven sirvienta, que evitaba mirarla.

—¿Cuántos años tienes, Edwin? —preguntó.

—Dos y *medo* —dijo él con voz alegre.

—¿No te parece un encanto? —comentó Eleanor con una sonrisa—. No sé por qué, en todos los días que llevo viviendo en Cloverfield, no lo había visto.

—Oh, no vive aquí, señora. «Aquí» solo le damos de comer —explicó Abby—. El señorito Eddie juega, aprende y duerme abajo, en el ala norte, como todos, aunque pasa las mañanas y las tardes con un tutor privado. Lord Aiden no quiere tenerlo cerca. Le trae malos recuerdos de su... ¡Ay, no, no debí decir eso!

—No importa, termina la frase.

Abby dudó y se mordió los labios antes de alzar la mirada hacia Eleanor.

—Le trae malos recuerdos de su anterior esposa —dijo—. Él la amaba muchísimo y ella le engañó con otro, con el padre del señorito. Desde entonces, lord Aiden se niega a reconocerlo como su hijo... Eddie ni siquiera lleva el apellido Wadlington.

Eleanor se quedó boquiabierta por la revelación y, al ver que tal vez había dicho algo que no debiera, Abby se apresuró a añadir alguna excusa, pero la joven salió de su asombro y parpadeó antes de romper el incómodo silencio que se había formado entre ellas.

—Gracias por decírmelo, no tenía ni idea —dijo Eleanor y se volvió hacia el niño—. Adiós, Edwin, me ha gustado mucho conocerte, cielo.

—*Adós,* Ellie —se despidió el niño.

La joven le ofreció una última caricia antes de despedirse de los dos criados y darse la vuelta, sin asimilar aún lo que acababa de escuchar. Había tanto del pasado de Aiden que no sabía, que se le antojaba casi un desconocido. El hombre por el que sentía brotes de un amor floreciente era un libro cerrado para ella, y no tenía intención alguna de que eso siguiera siendo así.

Capítulo 12

Lirios rojos

«Oxford es una ciudad maravillosa», pensó Aiden. A diferencia de Londres, donde había vivido los dos últimos años, era soleada, verde y hermosa. Bullía de actividad en su vida diurna y planteaba pocos problemas. Había quien la encontraba aburrida en comparación a la capital, pero no tenía ese aire de industria y cielos grises que asolaba a la mitad del país. Eso le gustaba, pues prefería el sol y el cielo abierto. Además, Oxford era mucho mayor que Gloucester, capital de Gloucestershire, condado donde se asentaba el pueblo de Cloverfield y su ducado. En otras palabras, Oxford tenía a la vez lo mejor de la campiña inglesa y de las capitales, por eso habían ido allí en esa soleada mañana.

Al pasar por delante del décimo escaparate de la concurrida calle, Timothy le dio una palmada en la espalda a su amigo.

—¡Por Dios bendito, Aiden! ¿Piensas pasar el día recorriendo tiendas sin comprar nada? —se quejó—. ¡Me aburro, hombre, dime, al menos, qué hacemos aquí!

—Ya sabes por qué estamos aquí, Tim, no juegues a ser un ingenuo, no te pega nada —resopló Aiden sonriendo—. Quiero comprarle a Eleanor un regalo. La semana próxima es el festival de las flores de Londres y quisiera hacer algo divertido con ella antes. ¡Parece mentira que haya transcurrido ya un mes desde que nos casamos!

—Sí, quién lo diría. Y ¡ah!, yo tenía razón, como siempre.

Aiden se volvió para mirarlo con las cejas en alto, confundido.

—¿De qué hablas? —preguntó.

—De que, en menos de tres meses, estarías suspirando por ella como un colegial. ¿Te lo dije o no te lo dije? —Se rio Timothy—. No han hecho falta ni dos, ¡soy un genio!

—Sí, tal vez deberías dedicarte a echar las cartas, tienes labia y descaro de sobra para hacerlo —se burló Aiden, al tiempo que se detenía frente a una tienda—. Ahora, calla, que creo que ya sé lo que le voy a comprar.

Timothy miró el letrero de la tienda mientras Aiden abría las puertas acristaladas para ser recibido por unos cascabeles que colgaban del dintel. Se sorprendió al notar que aquel lugar era una tienda de equipación deportiva y elevó las cejas como si su amigo hubiese perdido el juicio. ¿Es que no conocía suficiente a las mujeres como para saber que aquellas cosas no les interesaban lo más mínimo? ¿Qué iba a regalarle, un uniforme para jugar al polo? ¿Una red de tenis? Sí, sin duda, se había vuelto loco.

Sin embargo, antes de que pudiera decir nada, se acercó al mostrador y habló con el empleado, un hombre bajito de mediana edad que se escondía tras unas gruesas gafas.

—¿Puedo ayudarle, caballero?

—Sí, en realidad, sí —contestó Aiden—. Estaba buscando un bate de cricket para mi esposa, así que necesito uno que sea ligero y menos tosco que si fuese para mí. Más femenino, usted ya me entiende.

—¿Para su esposa, está seguro?

—Completamente.

El tendero asintió para sí y se dio la vuelta mientras murmuraba «sí, creo que, tal vez, tengamos algo así». Escuchar aquella retahíla le hizo gracia. El hombre rebuscó entre el montón de cajas de la parte de atrás y, mientras tanto, Timothy y él recorrieron la tienda. Había multitud de cosas útiles para un varón: coquillas para el polo, protectores para el estoque de la esgrima, raquetas de tenis personalizadas... El conde no sabía qué utilidad encontraría Ellie en nada de aquello. Ella, una joven dama que lo que quería era tener un hermoso jardín...

—¿Crees que a Eleanor le gustará esto, amigo mío? —preguntó Timothy.

—Si la conocieses como yo, sabrías que sí, le gustará —aseveró Aiden.

Entonces, el tendero regresó al mostrador y los dos nobles se acercaron. Cuando abrió la caja y le tendió un bate más pequeño que el que él poseía, de brillante madera de sauce y mango envuelto en antelina, lo tuvo claro: era perfecto para su esposa. Hizo un gesto para que se lo tendiera y el hombre lo hizo con cuidado de no tirar las cajas que había dejado sobre el mostrador. Aiden lo sostuvo y lo movió para calcular lo que pesaba.

—¿Le gusta, caballero? —preguntó el empleado.

—Es perfecto para ella, me lo llevo —asintió.

Aiden sonrió y pagó la cantidad que aquel hombre le pidió. Después, tomó la caja, debidamente envuelta, y salió de la tienda seguido de cerca por Timothy, que aún no podía creer lo tonto que podía llegar a ser su amigo cuando se lo proponía. Pero, allá él, se dijo, que hiciera lo que quisiese. Esos eran sus pensamientos cuando llegaron a la pequeña plazoleta de la universidad, donde habían quedado en verse con Frederick y Byron. Aquella sería una «mañana de hombres».

Byron los vio acercarse y les saludó con la mano alzada, invitándolos a sentarse en el banco de piedra en el que Fred y él estaban fumando. Timothy y Aiden se acercaron y, al acomodarse uno a cada lado de él, Byron apagó la colilla aplastándola con la bota.

—Llegáis tarde, cosa rara en vosotros. ¿Qué habéis estado haciendo? —quiso saber.

—Sí, ¿qué es eso que traes ahí, Aiden? —inquirió Frederick.

—Un regalo para Eleanor, nada importante —dijo el aludido para restarle trascendencia.

—¡Oh, vamos, no te hagas el interesante! —exclamó Byron—. ¿Qué le has comprado? ¿Una gargantilla, una *pashmina*? ¿Algo picante, como una enagua de seda?

Timothy se rio sin poder evitarlo, provocando que los otros dos le mirasen confusos.

—Vamos, Aiden, enséñales lo que le has comprado a tu dulce mujercita —dijo.

El duque se mostró molesto al notar la burla implícita en las palabras de su amigo, pero, sin más dilación, abrió la caja y les enseñó el bate de cricket. Frederick y Byron también se rieron, pero no había maldad en ellos, solo sorpresa sincera.

—Ay, Aiden, ¡eres único! —exclamó Frederick.

—Sí, y creo que yo tengo un regalo mejor que puedes darle —dijo Byron y se llevó la mano al bolsillo para sacar un sobre que le tendió a Aiden—. Ten esto, son entradas para el derbi de Londres la semana próxima. Como sé que vas a ir con Eleanor a la gala de las flores, seguro que puedes pasarte y sacarles más partido que yo.

—¿Estás seguro, Byron? Sé que te encantan las carreras... —dudó Aiden.

—Sí, mi cuñado se ha roto una pierna al caerse de un árbol. Parece mentira, pero hasta ese punto es imbécil el hermano de Emily —explicó—. Como comprenderás, tengo que ir a Gloucester a visitarlo y todo ese aburrido asunto familiar. Mejor que uses tú las entradas con Eleanor a que se desperdicien. ¡Y pensar que va a correr *Venusiana*!

Aiden frunció el ceño y guardó el sobre en el bolsillo interno de su *blazer* antes de darle una palmada compasiva en el hombro a su amigo. Byron alzó sus ojos grises hacia Aiden, que le sonrió con compasión, devolviéndole el gesto.

—No te preocupes, Byron, te lo contaré con pelos y señales —le prometió Aiden.

—Gracias, amigo, sé que lo harás. Ahora, vamos a comer algo. Fred y yo llevamos esperándoos más de veinte minutos, ¡me muero de hambre, desgraciados!

El grupo de amigos rompió a reír y caminaron hacia el centro de la ciudad, dispuestos a escoger un delicioso plato de la gastronomía inglesa. Después, irían a jugar unas partidas al club y regresarían a casa.

Aiden sonrió contento con sus dos regalos. No podía esperar para ver a Eleanor.

* * *

La joven observó su creación con la lengua torcida y expresión concentrada. Aún no se había puesto el sol, pero supuso que Aiden llegaría antes de la cena. Oxford solo quedaba a cuatro horas de distancia en carruaje, así que no tardaría mucho en volver. En ese mes que llevaban casados, podía presumir de haber cenado junto a él todas las noches, y eso, conociendo cómo se comportaban los hombres, era todo un mérito. Muchos acudían al club de caballeros a fumar, beber y jugar a los naipes. Incluso en un pueblo de tamaño medio como Cloverfield, había uno. Eleanor suponía que, en todos y cada uno de los rincones de Inglaterra, los había, pues esa era la manera que tenían los hombres de librarse un poco de sus mujeres.

Por suerte, el de Cloverfield no tenía prostíbulo, pero en York los había a raudales. El hecho de que Aiden prefiriese su compañía a la de los hombres de un *pub* o club o a la de las habitantes de un lupanar, hacía que se enamorara de él aún más. Se sentía valorada, respetada, por estúpido que pareciese. Por eso, había decidido hacerle la cena ella sola. La señora McCarthy la supervisaba, pero decidió preparar algo que comían a menudo en York y conocía bien: pastel de pastor, o como lo llamaban en el sur, *shepherd's pie* o «pastel ovejero», hecho con carne de cordero y puré de patatas especiado, todo un manjar.

No era el plato más refinado ni el más aristocrático del mundo, pero esperaba que a Aiden le gustara. Estaba espolvoreando las virutas de queso de oveja que se derretirían en el horno de leña. Cuando estuvo listo, ya era casi de noche. Si sus cálculos eran correctos, él llegaría pronto y podrían cenar juntos. Y como si el destino quisiese darle la razón, oyó el ruido de cascos sobre la gravilla de la entrada principal. El carruaje había llegado y Dale le abría la puerta a su esposo en ese momento. Sonrió y se apresuró a sacar el pastel del horno.

—Rápido, Agnes, dame una bandeja —pidió.

—Mejor sírvalo en una fuente de porcelana, señora, quedará más vistoso —le sugirió la señora McCarthy—. Deje que la ayude, no se vaya a quemar las manos.

Eleanor asintió y, cuando la cocinera desmoldó el pastel sobre la fuente, un aroma delicioso invadió la estancia. La joven se mordió los labios con emoción y tomó la fuente para salir casi corriendo hacia el salón. Una vez allí, dejó el plato sobre la mesita y se sentó en el suelo frente al sofá a esperar a Aiden. Él no se hizo de rogar demasiado y apareció por la puerta con tal cara de sorpresa que hizo sonreír a Eleanor.

—¿Qué haces ahí sentada? —preguntó Aiden mientras se acercaba.

—Te estaba esperando para darte una sorpresa —contestó ella señalando el pastel que descansaba en la mesita frente a ella—. «Pastel de pastor» para los dos.

—¿Lo has hecho tú sola?

—Así es, es una de las pocas recetas que aprendí a elaborar durante la convalecencia de mi madre —admitió Eleanor—. ¿Quieres probar un poco?

Aiden asintió y se sentó en el suelo frente a ella, al otro lado de la mesita, con una sonrisa. Sabía que, si sus padres o Avery entrasen en ese momento en el salón y viesen al duque y la duquesa comiendo en el suelo como dos chiquillos, se escandalizarían. Pero a él no podía importarle menos. Esa era una muestra más del carácter espontáneo de su esposa que tanto le atraía, así que cruzó las piernas y tomó un tenedor.

—En realidad, yo también tengo una sorpresa para ti —dijo mientras cortaba un trozo del pastel y lo mordía—. Oh, Dios, Eleanor... No sé qué lleva esto, pero está buenísimo. Dale la receta a Agnes, quiero comerlo más a menudo.

—Claro que lo haré, sabía que te gustaría. En el fondo, te conozco mejor de lo que piensas —sonrió ella—. Pero dime, ¿qué sorpresa es esa que me tienes preparada?

—Si te lo dijera, dejaría de sorprenderte, querida mía —resopló Aiden.

—Entonces, comamos, me muero de curiosidad. Eres como Hansel, ¿sabías? El niño que dejaba miguitas de pan para encontrar el camino de regreso a casa que, en este caso, es el camino hacia mi atención —bromeó Eleanor.

Aiden rio de buena gana con tal comparativa y casi se le atragantó la cena.

—¿Entonces, qué soy, un aventurero que busca la atención de una hermosa bruja? —dijo—. Cuidado, mi amor, no me tientes con comida o me creeré el cuento…

—Si quisiera comerte, lo haría a besos, Aiden Wadlington, no tentándote con esto.

—¿Es esa una invitación, señora Wadlington? —tanteó.

Entonces, fue el turno de reír de Eleanor, que olvidó el pastel, que ya casi se habían terminado, y saltó por encima de la mesita para sentarse junto a él y darle un beso. Él jadeó debido a la sorpresa, pero devolvió el súbito y apasionado beso.

¿Había algo en esa mujer que fuera predecible? Sus sonrojos y la suavidad de su piel, nada más. Aiden se sentía atrapado por ella cada día más. Olía a rosas y vainilla, un perfume muy dulce.

—¿Me lo enseñarás ahora, por favor? —inquirió Eleanor.

—Está bien, tú ganas —dijo Aiden—. Vamos, levántate, está en el jardín de atrás.

—¿En el jardín? ¿Y qué es?

Sin perder la sonrisa, Aiden se puso en pie y le ofreció la mano a su joven esposa, que lo siguió por el pasillo hacia la puerta de cristal que daba al jardín. Eleanor se sonrojó al recordar su primer encuentro y cómo él la había conducido hasta esas mismas escaleras. Solo cuando se detuvo, regresó a la realidad. Aiden se agachó para tomar una caja del suelo, que le ofreció, y ella se apresuró a desenvolverla. Se encontró con una pala de madera y mango fino que, si no estaba equivocada, servía para jugar a algún deporte. Cricket, eso era. Aiden la miraba ansioso y ella sonrió.

—¿Una pala de cricket? —preguntó Eleanor.

—Se llama bate —la corrigió Aiden mordiéndose los labios—. ¿Te gusta?

—¡Pues claro, es el regalo más original que jamás he recibido! —contestó ella—. Ay, Aiden, ¡eres el hombre más inusual que conozco! Podrías haberme regalado un anillo, una peineta de perlas o un abanico y, en vez de eso, me compras esto. ¡Me encanta! Me encanta que no seas como los demás, que no creas que yo soy como las demás. Sin embargo, no tengo ni idea de cómo se usa, te lo advierto.

—No importa, puedo enseñarte.

—¿Me enseñarías ahora? —preguntó Eleanor.

Aiden se rio y alzó la mirada al cielo, oscuro y lleno de estrellas, antes de volver a clavar sus iris azules en su esposa. No sabía por qué, pero se sentía incapaz de negarle nada, quería complacerla.

—¿Sabes que es de noche y sin luz no vas a ver bien? —inquirió divertido.

—No importa, es mi bate y quiero estrenarlo —afirmó Eleanor.

—Pues bien, tus deseos son órdenes para mí, querida —dijo Aiden, agachándose para tomar una pelota, blanca y del tamaño de una manzana—. Ahora me voy a alejar un par de pasos y te la voy a lanzar. Tú trata de golpearla, ¿de acuerdo? Después, te enseñaré a posicionarte para que aciertes. No te preocupes si fallas, es normal.

Eleanor asintió y él se alejó para lanzarle la pelota. Estaba seguro de que su esposa no acertaría; por eso, lanzó la bola a poca velocidad. Sin embargo, cuando oyó el golpe impactar contra la madera y vio la esfera blanca volar hacia el palacio, supo lo que ocurriría antes de oírlo. Uno de los cristales de la planta superior se rompió con el impacto y Eleanor abrió la boca sorprendida.

—Ay, Dios, ¡hemos roto una ventana! —gritó.

El duque la miró perplejo, pero ella lo tomó de la mano y arrancó a correr hacia la casa por las escaleras delanteras. Subieron a la segunda planta y, cuando la puerta de su cuarto se cerró tras ellos, rompieron por fin a reír. Ambos tenían el pulso agitado y la respiración acelerada y, al mirarse a los ojos, volvieron a besarse. Olvidados quedaron el bate, el pastel y los demás, que cenaban ajenos a todo en el comedor.

En ese momento, solo importaban ellos dos, sus caricias y sus besos.

Capítulo 13

ORQUÍDEA PÚRPURA

Verano, 1863

El viaje hasta Londres duró varias horas en carruaje, pero Eleanor estaba tan emocionada que no quiso detenerse en una posada. Llegaron al día siguiente, poco después de amanecer, y se dirigieron al hotel en el que Aiden solía alojarse cuando estaba en la ciudad, el Hotel Real. Allí había pasado buena parte de los últimos dos años, así que lo consideraba casi como un segundo hogar. Para los empleados, lord Wadlington era un huésped muy querido y, al verlo llegar con su esposa, lo saludaron efusivamente.

El gobernante de planta, un hombre mayor con cabello blanco y bigote lustroso, se acercó a Eleanor y le besó la mano antes de volverse hacia Aiden con una reverencia.

—Es un placer que se aloje de nuevo con nosotros, lord Wadlington —dijo—. Asímismo, me gustaría darle oficialmente la bienvenida a su esposa al Hotel Real.

—El placer es nuestro, señor Calvert. Le presento a *lady* Wadlington —dijo Aiden.

—Encantada de conocerlo, señor Calvert —sonrió ella—. Mi marido me ha hablado muy bien de usted y no es de los que adulan sin motivo.

—Siempre a su servicio, *milady*. Y dígame, ¿han venido para disfrutar del derbi? Si no es así, se lo recomiendo. Es una tradición centenaria que gusta a todos los visitantes.

Eleanor asintió sin perder la sonrisa y Aiden habló mientras comenzaban a andar por el elegante vestíbulo de mármol hacia las escaleras. Un botones les seguía con las maletas.

—Sí que vamos al derbi, aunque esa es solo una distracción para mí. El verdadero motivo de nuestra visita es la gala de las flores del Real Jardín Botánico de Kew, Rupert —explicó—. A mi esposa le apasiona la jardinería y quería ver la orquídea púrpura que expondrán hoy.

—En tal caso, compartimos afición, *milady,* yo mismo soy un apasionado de las flores —dijo el gobernante—. Les deseo una feliz jornada y que disfruten de sus visitas.

—Igualmente para usted, señor Calvert —se despidió Eleanor.

El mayordomo se inclinó de nuevo. Después, se volvió por donde había venido. Tan distraída había estado Ellie observando el recorrido, que ni cuenta se había dado de que habían llegado a la habitación. Se trataba de una *suite* con vistas a la calle principal y al Támesis. Tras bordear su maleta, Eleanor se acercó a la terraza para respirar el aire fresco, más limpio a esas horas a pesar del humo de las chimeneas.

—¿Vamos a pasar aquí la noche? —preguntó.

—Así es, partiremos por la mañana tras haber dormido y desayunado como Dios manda —le confirmó Aiden—. De momento, tenemos el tiempo justo para asearnos, así que refréscate, elige un sombrerito estrafalario y pongamos rumbo al jardín botánico.

La elección de las palabras de su esposo causó la risa de Eleanor, que abrió su maleta para sacar un sombrero de plumas de pato que se encajó sobre el elegante semirecogido.

—¿Suficientemente estrafalario para usted, lord Wadlington? —bromeó.

—Aceptable, querida mía, ya descubrirás por qué cuando entremos en el hipódromo.

Eleanor se rio de nuevo y Aiden se sintió contagiado. Su esposa estaba absolutamente radiante enfundada en el caro y provocador vestido de seda color champán que le había regalado semanas antes y el pequeño y absurdo tocado de plumas de pato azul índigo y verde esmeralda le ponía la guinda. Sus hombros descubiertos y su escote apretado clamaban por una gargantilla de oro y diamantes, pero Aiden se contuvo de sugerirlo o de comprársela. Sabía que esas cosas no iban con ella, incluso que las rechazaría.

Tantas mujeres deseando que las colmaran de joyas y a Eleanor no le interesaban. Esa era otra de las razones por las que cada día le gustaba más. La tarde en que le preguntó si sabía que sería duque algún día, estando en el despacho de su casa, y ella confirmó que sí, la que hoy era su esposa superó su primera prueba. Le demostró que su fortuna no le interesaba y eso era algo inusual en una joven como ella. Sin embargo, no era lo único que le había cautivado. Verla junto a la terraza con la emoción de lo desconocido recorriéndola le hacía sonreír como un ingenuo, y eso era algo que no había esperado sentir tras cerrar su corazón. Eleanor era, de hecho, tan diferente de Elisabeth que lo dejaba embobado.

Parpadeó un par de veces para desterrar aquellas ideas y, sin más dilación, le ofreció la mano para salir de la habitación juntos y acaramelados como lo que eran, una pareja de recién casados. Esa idea no le había hecho ninguna gracia durante meses y ahora se encontraba a sí mismo disfrutándola más de lo que admitiría nunca ante sus padres. Si fuera así, las charlas y comentarios sobre el asunto no encontrarían final. Sonriente al pensar en todo aquello, llamó al cochero y, una vez acomodados, se dejaron guiar hasta el Real Jardín Botánico de Kew.

El lugar estaba precioso. Había más guardias allí vigilando que en un fortín. El heredero de la corona y primogénito de la reina Victoria, el príncipe Eduardo, confirmó su asistencia a la presentación de la orquídea púrpura del Nilo, así que todo debía verse absolutamente radiante. Los cristales y las lámparas brillaban, las alfombras rojas aguardaban y los granaderos se situaban en formación frente a la puerta. Los ilustres invitados aguardaban a las puertas la llegada del príncipe, y Aiden y Eleanor se unieron a la comitiva. Había muchas personas a las que él conocía, algunos buenos amigos, así que se dirigió hacia ellos para presentarles a Eleanor, con la intención de que se integrase poco a poco en su vida social.

El primer grupo al que se acercaron estaba formado por tres parejas, dos de edad madura y otra más joven. Eran los marqueses de Marshforth, los condes de Conhall y los hijos de ambas casas, casados entre sí. Aiden les saludó con una sonrisa y la condesa, *lady* Mary Conhall, lo invitó a que se uniera a ellos.

—Aiden, cielo, nos alegra verte. No sabíamos que vendrías —comentó *lady* Mary.

—No podía faltar, condesa, Eleanor ha sido elegida para recibir uno de los brotes de la flor —comentó Aiden—. Me alegro mucho de veros a todos.

—Y nosotros a ti, muchacho —dijo lord Arthur, marqués de Marshforth—. Desde la boda, no has salido apenas, me han dicho. Ni siquiera has venido a Londres a visitarnos. ¡Ya creíamos que no te veríamos el pelo hasta la fiesta del día antes de Todos los Santos!

—Ah, no puedes culparlo, Arthur, la pasión de los recién casados es así, ¿recuerdas? —contestó *lady* Josephine, su esposa, antes de volverse hacia Eleanor—. No sabíamos que eras aficionada a la jardinería, querida. ¿Tienes mucha experiencia en la materia?

La joven asintió satisfecha, sin rastro de rubor en sus mejillas, y su marido se guardó para sí una sonrisa. Le gustaba comprobar cómo ella sacaba su orgullo de vez en cuando.

—Llevo toda la vida rodeada de árboles y flores, *lady* Conhall, desde que era una chiquilla —explicó—. Algún día, tendré mi propio jardín botánico, ese es mi gran sueño.

—¿Y Aiden qué opina sobre eso? —preguntó Josephine.

—Aiden está totalmente de acuerdo con ella, marquesa —afirmó él levantando las cejas—. Ellie tiene talento y soy el primero en alentarla para que siga adelante.

—¡Qué adorables! —sonrió Arthur.

—En tal caso, nunca te rindas, querida —dijo la marquesa sin hacer caso a su esposo—. Es un honor haber sido elegida por el comité de este jardín, hoy te llevarás una gran flor.

La joven asintió y se ganó una amable sonrisa por parte de la otra mujer, pero antes de que pudiese decir algo, lord Bennedict, conde de Conhall, se adelantó y rompió el silencio.

—Mirad, ahí llega el príncipe Eduardo —señaló.

El grupo se volvió hacia la calle para comprobar que, en efecto, el carruaje real había llegado. Las trompetas de plata sonaron y el grupo de granaderos formó una fila para escoltar al príncipe. La portezuela se abrió y él bajó, enfundado en un elegante traje negro de gala. Una vez frente a las puertas de cristal, los presentes se inclinaron y él tomó la palabra.

—Levantaos todos, hemos venido a ver una flor exótica, no mis zapatos —dijo, y se volvió hacia el director del jardín—. Doctor Shearman, es un placer venir hoy aquí, pero si no le importa, quisiera entrar ya. El sol de verano no me atrae demasiado.

—Por supuesto, alteza, venga por aquí —dijo extendiendo el brazo a modo de invitación para que entrara.

El príncipe aceptó y su paso marcó el ritmo de los invitados, que le siguieron como un séquito de hormigas leales. El jardín era una maravilla y Eleanor se quedó boquiabierta nada más poner los pies en el interior. Aquel era todo su mundo, su sueño resumido entre cuatro paredes de cristal, aunque aquel recinto era inmenso.

Las plantas de las diferentes regiones del mundo decoraban las seis alas del lugar: sabana, desierto, jungla, montaña, tropical y bosque templado. En cada una de ellas, había multitud de flores, árboles, cascadas y ríos simulados, insectos y mariposas... Cuanto más se adentraban en el jardín, más le brillaban los ojos. Sabía que su jardín sería humilde, pero por algo debía empezar. Cuando llegaron al centro del ala del desierto, que simulaba una parte de la rivera del Nilo, se encontraron con una mesa sobre la que había una caja cubierta por una sábana y, al verla, Aiden atrapó su mano y la apretó con fuerza.

Entonces, el director se adelantó y a Eleanor comenzó a latirle el pulso a toda prisa.

—Su alteza real, caballeros, estimadas damas. Estamos aquí para la presentación de nuestro hallazgo más reciente, la orquídea púrpura del Nilo. Fue traída a Richmond por nuestro mejor botánico, *sir* Samuel Hawkley y, en muestra de la generosidad de su alteza, el príncipe Eduardo, se otorgará un esqueje a cinco afortunados.

Un aplauso recorrió el lugar y Eleanor sintió que podría morir de emoción en ese instante. Aiden no apartaba los ojos de ella. Con solo mirarla, supo que había tomado la decisión adecuada escribiendo aquella carta. La joven parecía absolutamente feliz y, cuando el director puso una mano sobre la tela de la jaula, Eleanor apretó la mano.

—¡Aquí la tenemos, damas y caballeros, la orquídea del Nilo! —exclamó.

La flor era exquisita. Mediría unos cincuenta centímetros de alto y su color era intenso. Tenía, al menos, ocho pequeñas varas de las que nacían flores, compuestas por tres sépalos y dos pétalos cada una, que rodeaban una parte blanca central con forma de mariposa; y, en cuanto a su aroma, era intenso y verde como una mañana rebosante de rocío. Los aplausos volvieron a invadir la sala y, al ver que tenía la atención de los invitados, el director carraspeó y procedió a nombrar uno a uno a los seleccionados. Cuando llegó el turno de Eleanor, se acercó a la tarima y el príncipe en persona le entregó una maceta con una orquídea diminuta, que la joven sostuvo entre las manos como si se tratase de un diamante.

Después, los aplausos dieron por zanjada la presentación y, poco a poco, los invitados se dispersaron por el lugar. Algunos fueron a conocer diferentes áreas, otros se acercaron a ver la flor, otros se retiraron a sus casas…

Una vez de vuelta en el hotel, Aiden se apoyó contra la pared y se cruzó de brazos, feliz al ver la reacción de su mujer, que aún sostenía la maceta como si fuera un tesoro.

—Pareces moderadamente satisfecha —comentó—. ¿Acerté con tu regalo?

—¿Estás intentando ser sutil? —dijo ella al alzar los ojos hacia él—. ¡Ay, Aiden! No estoy moderadamente satisfecha. ¡Estoy pletórica! Esta es la flor más rara que voy a tener en mi jardín y te lo debo todo a ti. Gracias, significa mucho para mí.

—No me las des. Lo hice por ti, no buscaba ninguna recompensa a cambio.

—¿Ah, no? Pues tendré que guardar mis besos para alguien más —bromeó Ellie.

Aiden se rio y la atrajo hacia sí con cuidado. Eleanor sonrió. Después, llevó la maceta a su espalda y cerró los ojos para esperar el beso que sabía que él le daría; sin embargo, ese gesto nunca llegó. En lugar de eso, oyó la voz de Aiden.

—Temo que, ante esto, debo objetar, querida Eleanor. Tus besos son mi privilegio.

—Y siempre lo serán... —susurró ella entre sus labios—. Te amo, Aiden.

La joven no se dio cuenta de lo que había dicho hasta que fue demasiado tarde. Sus labios estaban unidos; sin embargo, el duque no respondió a la caricia. Entonces, entendió lo que había confesado y se alejó, buscando signos de enfado en el rostro de Aiden. Lo que encontró en sus claros ojos azules fue perplejidad. Un instante después, él salió de su letargo, parpadeó y le ofreció una pequeña sonrisa.

—¿Nos vamos? Se nos ha hecho tarde —dijo—. Creo que querrás poner a salvo a tu pequeña plantita antes de que vayamos al derbi. No querrás que sufra ningún daño...

—Sí, sí, por supuesto, vámonos.

Ninguno de los dos volvió a mencionar aquellas palabras, pero Eleanor sintió que había cruzado una barrera infranqueable. Primero, ante sí misma, pues había admitido sin darse cuenta lo que secretamente había empezado a sentir por él. Luego, ante Aiden, que, obviamente, no estaba preparado para oírlo. Sabía que la deseaba, pero ¿la amaría? Esperaba que así fuese, pues su espíritu lo anhelaba como el aire que lo sostenía.

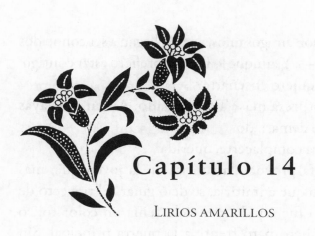

Capítulo 14

LIRIOS AMARILLOS

La tarde transcurrió más deprisa de lo que Eleanor habría esperado. Las carreras de caballos siempre eran un acontecimiento con mucha pompa, pero no eran tan largas como para durar varias horas. Lo que allí se estilaba, para su desgracia, eran las reuniones sociales. Los invitados se juntaban a cotillear y ponerse al día sobre numerosos asuntos: sus fortunas, sus negocios, el éxito o fracaso de los demás, sus amoríos y escarceos... algo que la joven detestaba. Era un protocolo que siempre había evitado en York y no pensaba cambiar eso ahora. Por suerte para ella, Aiden parecía pensar lo mismo y, en cuanto terminaron las carreras, la tomó de la mano y puso rumbo hacia el carruaje.

—¿No quieres quedarte y saludar a tus amigos? —le preguntó Eleanor.

—Esos no son amigos míos, apenas llegan a ser conocidos —negó Aiden—. Y aunque lo fuesen, prefiero estar contigo. Hay algo que quiero enseñarte.

—¿Una sorpresa más? Ten cuidado, Aiden, no vayas a consentirme demasiado.

—Vivo para complacerte, querida.

La respuesta provocó la sonrisa en la joven que, más contenta de lo que admitiría, se dejó guiar. El trayecto de vuelta al hotel fue rápido y el cielo tenía un color rojizo cuando el cochero paró frente a la puerta principal. Sin embargo, Aiden no cruzó las puertas, sino que se desvió hacia un lado de la acera hasta la parte trasera del edificio. Había varias construcciones erigidas en piedra frente al jardín y se dirigió a uno de esos edificios. Cuando la curiosidad pudo más que ella, se atrevió a preguntar:

—¿Adónde me has traído? ¿Qué lugar es este?

—Son las caballerizas del hotel, donde los huéspedes dejan sus monturas —explicó Aiden—. Sé que hemos venido en carruaje, pero quería mostrarte algo.

Sin esperar a que dijese nada más, Aiden abrió las puertas de los establos y caminó por el pasillo seguido de cerca por su esposa. Cuando se detuvo frente a una de las cuadras, apoyó los brazos en la puerta y suspiró satisfecho. La joven pasó la mirada del hombre al caballo que allí se encontraba y, al notar la absoluta adoración que brillaba en los ojos azules de Aiden, sonrió. De pronto, él rompió el silencio, pensativo.

—¿Recuerdas aquel día, cuando hablamos de nuestros sueños? —comenzó a decir sin mirarla.

—Sí, claro que lo recuerdo —contestó Eleanor—. Yo te confesé mi sueño de tener mi propio jardín botánico y tú dijiste que querías ser militar, pero que tu padre te lo prohibió.

—En realidad, no fui del todo preciso. La guerra me importa un comino. Quería ser oficial de caballería, pero no por el hecho de estar en el ejército, sino para poder dirigir mi propia compañía de jinetes —explicó—. Mi sueño es criar mis propios caballos, Eleanor, y hasta ahora no me había permitido a mí mismo dar ese paso. Has sido tú la que has abierto la puerta al mostrarme cómo luchas por tu sueño y por tener tu jardín, sin importar lo que digan o piensen los demás.

—¿Por qué no lo hiciste antes?

Aiden resopló. Era algo muy obvio, pero tal vez no para alguien como ella, que vivía alejada de los convencionalismos sociales.

—Puedo hacerte una lista, si quieres. Veamos: porque Cloverfield necesitaba un heredero que diese continuidad a los Wadlington, porque mi padre se hubiese opuesto, porque mi hermano había ingresado en el seminario para servir a Dios, por las habladurías... —enumeró—. ¿Quieres que siga? Todavía puedo darte más razones.

—No, no es necesario, lo entiendo.

—Sin embargo, ahora se han vuelto las tornas. Voy a ser el duque de Cloverfield, soy adulto y mi padre cada vez tiene menos autoridad sobre mis decisiones —continuó, volviéndose hacia el caballo, un ejemplar de purasangre castaño—. Esta preciosidad es la primera de mi caballería: *Duquesa,* nieta del gran campeón *Nasra Akram,* el semental árabe que ganó cuatro veces el derbi de Epsom y dos la triple corona inglesa.

Eleanor miró a la yegua con asombro. Estaba ante la descendiente de uno de los mejores caballos de carreras del mundo y no tenía ni idea. En realidad, si lo pensaba, a pesar del porte pequeño típico de su raza, el animal destilaba elegancia y orgullo.

—¿Es tuya? —preguntó la joven, y Aiden asintió—. ¡Santo Dios, te habrá costado una fortuna! No quiero ni imaginármelo...

—Nada que no pueda permitirme —contestó él—. La aparearé con *Caballero* y, con los potros que nazcan, empezaré mi propio linaje de carreras.

—*Caballero* y *Duquesa*. Me parece una idea preciosa, Aiden —dijo Eleanor—. Creo que no es necesario que lo diga, pero cuentas con todo mi apoyo en este sueño. Te ayudaré en lo que esté en mis manos... La verdad, me alegro de que me lo hayas contado.

—Yo también.

La joven alzó los ojos hasta los de Aiden y sintió que el corazón le daba un vuelco. Tal vez él no hubiera expresado un «te amo» con palabras, pero que empezase a abrir su corazón y a confiar en ella era un paso en la dirección adecuada.

* * *

Se quedaron en la habitación después de aquello. La noche había caído en la ciudad y Aiden había ordenado que les subiesen la cena. Su intención era comer en la terraza a la luz de las velas, con la luna nueva y las estrellas de fondo, acompañados por la música de los grillos y las cigarras. Incluso se dejaba ver alguna luciérnaga. Era el escenario perfecto para una cena romántica. Ahora que le había abierto su corazón sobre sus sueños y esperanzas, se sentía más tranquilo.

Después de la repentina confesión de su esposa, había estado a punto de entrar en pánico. No porque no supiese de sobra que ella lo quería, por supuesto que lo sabía. No era ningún estúpido ni estaba ciego. Veía cómo lo miraba, cómo le sonreía, cómo suspiraba cuando la besaba, cómo lo abrazaba.

No, no era el amor de Eleanor lo que le había paralizado. Era un temor interno a que fuese un espejismo. No era la primera vez que oía esas dulces palabras, ese tierno «te amo» susurrado por unos labios suaves. Y lo creyó una vez. No volvería a arriesgarse a decirlo él también y así poner su propio corazón en la balanza para que lo aplastaran otra vez. Confiaba en Eleanor, pero no en sí mismo. Por eso, había considerado necesario darle algo a ella de su intimidad, una esperanza, una ilusión. Demostrarle que, a pesar de todo, sentía algo por ella. Compartir con ella sus sueños era algo más de lo que habría hecho con cualquier otra.

Y ahí se encontraban, sentados frente a una mesilla mientras compartían un plato de crema de setas y cordero asado. Eleanor se deleitó con un sorbo de sopa, sumamente satisfecha por lo rica que estaba.

—Está delicioso, Aiden, de verdad. A veces me sorprende de que aciertes hasta en las cosas más pequeñas —comentó Eleanor—. ¿Cómo podías saber que en mi casa comíamos siempre guiso de setas antes de pedirlo? ¡Sabe a puro otoño! En realidad, de niña siempre iba al bosque con mis padres a recoger setas y frutas silvestres.

—Ya me lo imagino, la pequeña y traviesa Ellie buscando y recogiendo cada planta que encontraba entre las raíces para llevársela a su padre —sonrió Aiden—. Me habría gustado conocerte en esa época, ver cómo eras.

—No lo creo, no te habría gustado. Era una chiquilla revoltosa que trepaba a los árboles sin importarle que se le manchara la falda, para disgusto de mi tía Frances y de mi madre, que más de una vez, tuvieron que reprenderme. En realidad, creo que fue entonces cuando nació mi pasión por las cosas que crecen. Mi padre la alentó, a pesar de todo.

—Y yo seguiré su senda —le aseguró Aiden.

Entonces, dejó la cuchara sobre el plato vacío y tomó una de las chuletas de cordero con la mano sin que le importara ensuciarse de grasa, para dar un mordisco y cerrar los ojos. Eleanor sonrió al verlo e imitó sus actos, mordiendo su propia chuleta.

—¿Cómo eras tú por aquel entonces? —inquirió.

—¿Cuándo tú eras pequeña? —preguntó Aiden y ella asintió—. Bueno, dado que al cumplir los treinta y dos era siete años mayor que tú, cuando tú tenías diez, yo era ya un adolescente que iba de camino a la academia militar. Siempre he sido perseverante y decidido y me metí en más de un lío con mis amigos. Aún ahora me avergüenza recordar alguno de ellos. Hasta en eso nos parecemos, Eleanor, tampoco yo era el típico niño malcriado y caprichoso que presume de título y fortuna, como algunos de los hijos de lores de Inglaterra. No habría dudado en lanzarme a pelear en el barro contra cualquiera que me hubiese retado.

—¡Menudo par habríamos formado! —Se rio ella.

—Y formamos, querida mía, y formamos —completó Aiden.

Ambos se miraron y estallaron en risas. Entonces, al ver una gotita de salsa de cordero que le había resbalado por la mejilla hasta casi rozarle la barbilla, Eleanor alzó la mano y se la limpió con el dedo índice. Al darse cuenta de lo que había hecho, abrió mucho los ojos y los clavó en los de él, que olvidó su chuleta medio mordida y la miró. El aire entre ambos cambió de repente y el resto de la cena quedó olvidada.

Aiden se despertó en algún momento de la madrugada tan solo para encontrarse a su esposa también despierta y con la vista fija en la luna que se ocultaba. Le rozó la clavícula con los labios. La joven tembló y le dedicó una sonrisa.

—¿En qué piensas? —quiso saber.

—Pensaba en el futuro —murmuró Eleanor—. Si me quedo encinta...

—Si quedas encinta será maravilloso, Eleanor, no sé por qué dudas —dijo Aiden.

La joven suspiró y frunció los labios, haciendo caso omiso de las caricias de su marido para clavar la mirada en sus ojos, que parecían plata líquida en la oscuridad.

—He conocido a Edwin, Aiden.

—Tarde o temprano tenía que ocurrir —dijo él con voz seca—. ¿Qué pasa con él?

—Estaba en el ala de los criados y me dijeron que pasa mucho tiempo solo con su tutor o arriba, cuando no está con él —señaló Eleanor—. No sé, es que me ha parecido un niño tan adorable y simpático que no me parece justo...

Aiden resopló y la soltó, así que ella se volvió sobre sí misma para mirarlo.

—Sí, seguro que es adorable. Su madre también lo era —escupió—. No caigas en la dulzura de esos ojos azules, Eleanor, no cometas el mismo error que cometí yo.

—Aiden, solo es un bebé que no tiene culpa de nada —contestó Eleanor—. Creo en tu palabra cuando dices que no es hijo tuyo, pero ¿por qué le humillas no reconociéndolo?

—¿Es una broma? Es hijo del hombre que me ha herido más que nadie, ¡que me lo arrebató todo! No soy tan desalmado como para abandonarlo, a pesar de que es lo que debería haber hecho el día que nació, pero no me pidas que lo adopte. Duele demasiado.

Eleanor escuchó aquellas palabras y tragó saliva antes de encontrar su voz.

—¿Todavía la amas? —preguntó.

—¿Amarla? —repitió Aiden—. La odio, Eleanor, la odio como nunca he odiado a nadie. Elisabeth me usó, me engañó, me arrebató el orgullo y jugó con mi amor. ¿Amarla? No, claro que no. Solo siento dolor cuando pienso en ella.

—Pero el niño no...

—El niño es el reflejo de su madre —interrumpió Aiden molesto.

Incapaz de seguir mirando al hombre que tan irritado parecía, se volvió y se envolvió en la sábana dispuesta a vestirse, pero la mano de su esposo sobre su espalda la detuvo. La noche que tan bien había empezado tenía ahora un sabor amargo, pues la joven sabía que, detrás de aquel dolor, se escondía una marea de sentimientos y ella apenas estaba comenzando a profundizar en ellos. Sabía que Elisabeth era la montaña de hielo que se interponía entre su marido y ella, y esperaba poder escalarla para llegar a su corazón.

—Eleanor, mi amor, no te enfades, ellos no tienen nada que ver contigo y conmigo. El pasado está en el pasado y así quiero que siga, no escarbes en él —dijo Aiden—. Eres buena, dulce y sincera, y estás tan alejada de lo que ella era que me deslumbras con tu brillo. Si estuvieses esperando un hijo mío, me harías el hombre más feliz del mundo, lo juro. Por Dios, no te hagas falsas ideas, te lo ruego...

La joven no respondió. En vez de eso, se levantó para acercarse a las flores que había en un jarrón situado sobre la repisa de la chimenea y, tras olerlas, tomó una y se la lanzó a Aiden, que la atrapó al vuelo por puro acto reflejo. Era preciosa, con pétalos amarillos en forma de estrella y pequeños estambres pardos. Olía maravillosamente bien.

—Un lirio amarillo —le explicó la joven—. Los lirios simbolizan el amor y los amarillos, la felicidad de amarse. Qué apropiado, ¿no crees? «Amarte me hará feliz». A mí me hace feliz amarte, Aiden. ¿Puedes decir tú lo mismo?

No le dio opción a responder, pues, alterada y dominada por las emociones como se encontraba, no quería oír la respuesta. Él decía que no sentía nada por su antigua esposa, le diría que la amaba a ella, pero ¿era realmente cierto? Ojala fuera así, pero sabía que solo el tiempo y su perseverancia podrían sanar el corazón de su esposo.

Hasta entonces, lucharía por ganárselo y, para eso, necesitaba tener la cabeza fría.

Sin más dilación, se metió en el baño y cerró la puerta. Que el sol de la mañana le trajese las respuestas necesarias. Por ahora, solo podía pensar.

Capítulo 15

GLADIOLO ARCOÍRIS

El viento de otoño trajo aires de cambio a Cloverfield. Casi cuatro meses habían sido necesarios desde la boda para que Eleanor se adaptara por completo a la vida en el ducado. Con el final del verano, la joven se había relajado lo suficiente como para bajar las defensas, igual que los frutos que se preparaban para abrirse al final de septiembre. En aquellos primeros meses de matrimonio, había caminado con pies de plomo. En primer lugar, conociendo a los Wadlington, el palacio, sus costumbres, sus amigos, el servicio...

Ahora, finalmente, sentía que tenía las cosas claras.

Los duques Albert y Adeline eran amables y buenas personas. Un poco clasistas tal vez, pero como todos los nobles de Inglaterra que Eleanor conocía. Lord Albert estaba muy enfermo y, ya que cada día se debilitaba más, todos se esmeraban en cuidarlo. Era un hombre muy querido y ella observaba lo mucho que se parecían Aiden y él. «De casta le venía al galgo», decían. Eso no era una sorpresa, como tampoco lo era el carácter tranquilo e inquisitivo de Avery. El hermano de Aiden venía a visitarlos bastante a menudo y, durante las charlas que habían mantenido con él, había llegado a apreciarlo.

Comprendía por qué Aiden y él no se entendían. Eran como la noche y el día, y dado que el asunto que les mantenía separados era el pequeño Edwin, decidió llegar al fondo de la cuestión para intentar que se reconciliaran. Se sentía parte de aquella familia y deseaba poner paz entre ellos.

Los criados también eran buenos con ella. Se había ganado su respeto y confianza y tenía amigos entre el servicio: Abby, Trudy, la señora Wells, la señora McArthur y Dale, el mozo de cuadra. Adams no había cambiado, aunque modificó su comportamiento con respecto a ella y eso la ponía más nerviosa aún que antes, cuando le demostraba abiertamente la animadversión que sentía por ella. Era desconcertante y seguía sin entender el motivo de su desprecio. Sin embargo, sabía que, mientras Aiden estuviese a su lado, el mayordomo no le haría ningún daño.

En segundo lugar, estaba Aiden. Aiden, Aiden... Si cinco meses antes le hubiesen dicho que se enamoraría perdidamente de un señorito mimado, heredero de una fortuna, se habría reído en la cara de quien lo hubiera hecho. Ahora, se burlaba de sí misma por la bofetada que el destino le había dado en la frente. Un mes fue todo lo que necesitó para convencerla de que se casara con él y otro más para tenerla rendida a sus pies. No tenía sentido ocultarlo, todos en la casa lo sabían. Ella misma lo había confesado y, desde que se había propuesto sanar el corazón de su esposo, todo habían sido avances entre ambos. Pequeños, pero importantes.

En primer lugar, puso en práctica los consejos de su madre: «Para llegar al corazón de un hombre, conquístalo con comida y buena labia». Se aseguró de desayunar y cenar con él cada día; de esa forma, charlaban sobre sus planes para la jornada, sobre sus ideas y los progresos del día. Después del postre, las cosas se ponían interesantes y ahí entraban los consejos de su tía Frances: «Para llegar al corazón de un hombre, encandílalo entre las sábanas». No le había resultado difícil seguir ambos consejos, pues adoraba estar con él.

Sentía que, gracias al tiempo que compartían, Aiden se abría un poco más cada día y, aparte de desearla, comenzaba a sentir algo más. En una ocasión, lo descubrió mirándola con cara de ternura y sintió que el corazón le saltaba en el pecho. Acostumbrada como estaba a esas miradas ardientes que parecían devorarla, ver gestos de afecto la asombraba y alegraba muchísimo. Sabía que lograría que la amara más de lo que había amado a otra y cada noche estaba más cerca de que él pronunciase las palabras mágicas.

Cuando despertó aquella mañana, no estaba a su lado. Abrió los ojos despacio y lo descubrió junto a la ventana, vestido y con una taza de café en la mano. Al ver que se había despertado, se volvió hacia ella con una sonrisa, que la joven se apresuró a devolver.

—Al fin me deleitas con tu sonrisa, Ellie. Por la forma en la que duermes, a veces creo que tienes un pacto con Morfeo —la saludó—. Tienes el desayuno ahí al lado.

—Gracias —murmuró ella, al tiempo que alargaba la mano para tomar una tostada del plato que había en la mesilla, que mordió mientras hablaba—. Bueno, si yo tengo un pacto con Morfeo, tú debes tenerlo con Apolo, ya que te levantas con el sol como si fueses a adelantar algo. Dormir es un placer, amado esposo.

—Oh, con que «dormir» es un placer, ¿eh?

Eleanor se rio al ver la cara divertida de su esposo, que dejó la taza a un lado, se acercó y gateó sobre el colchón para llegar hasta ella. La joven lo envolvió por el cuello dispuesta a besarlo, pero él comenzó a hacerle cosquillas en el abdomen hasta tenerla doblada por la risa. Aquella era su debilidad y él lo sabía. Cuando el aire le faltó de tanto reír, Eleanor se dejó caer sobre el colchón.

—¡Piedad, por Dios, piedad! —le rogó.

—Creo que ahora ya estás más despierta —bromeó Aiden—. ¿No vas a besarme?

—Era lo que pretendía hacer cuando empezaste esta guerra sin cuartel —señaló Eleanor.

—Mis disculpas, *lady* Wadlington.

La joven hizo un gesto burlón y acortó la distancia que les separaba.

—¿Qué vas a hacer hoy? —quiso saber ella.

—Iré a Londres para ver a Thomas Russell, el dueño de la ganadería Blue Star. Hace un par de meses firmamos un contrato por el que me vendió dos potrillos, una hija de su campeón *Winter Rock,* y uno que acaba de nacer de su yegua *Campanita.* Me traigo a dos futuros campeones para mi establo, así que debo salir pronto.

—¡Aiden, qué gran noticia! —exclamó Eleanor—. ¿Se adaptarán bien?

—Lo harán. *Caballero* y *Duquesa* los adoptarán en un suspiro, sobre todo ahora, que ella está preñada —afirmó mientras se levantaba y se alisaba la camisa—. ¿Qué harás tú mientras yo estoy en la ciudad?

—Me dedicaré a la jardinería. He localizado un lugar perfecto donde empezar a plantar.

Aquello sorprendió a Aiden, que sabía lo ardua que había sido su búsqueda.

—Oh, ¿y es uno que conozca? —inquirió.

—Ya lo verás, no me arruines la sorpresa —le regañó ella.

—En tal caso, te dejo para que comiences a sorprenderme. Que tengas un buen día, cielo.

—Tú también.

Aiden se encogió de hombros con una sonrisa y se inclinó para besarla en un rápido ademán. Después, se dirigió a la puerta y salió a paso rápido sin molestarse en cerrar tras de sí. Eleanor sonrió y se dejó caer sobre el colchón con el corazón latiendo de felicidad. Si su vida de casada iba a ser así, se arrepentía de no haberse desposado antes. Aiden la hacía tan feliz con una mirada, una gracieta o una sonrisa que no podía ni quería empezar a imaginar una vida en la que él no estuviese a su lado.

Animada y repleta de nuevas energías, la joven se tomó el café de un trago y se levantó para vestirse y dar comienzo a la jornada. Eran las diez menos cuarto, temprano todavía. Tocó la campanilla para que Helen entrase a ayudarla con el corsé y los lazos. Elegiría un vestido blanco con margaritas amarillas. Así, un cuarto de hora más tarde, estaba preparada para salir. Su sombrero de paja quedó bien sujeto con una lazada, así que se volvió hacia su doncella y giró sobre sí misma.

—¿Qué tal estoy? —le preguntó.

—Está perfecta, señora —asintió Helen con una sonrisa—. Sin embargo, creo que va a necesitar ayuda y así no se ensuciará demasiado si se agacha entre la tierra. Va de blanco, recuerde.

—Eso no me importa, Helen. Nunca lo ha hecho, ya lo sabes —señaló Eleanor—. Pero ¿sabes qué? ¿Por qué no vienes conmigo? *Lady* Adeline va a venir también con Trudy y cuatro pares de manos serán mejor que tres.

—En tal caso, iré encantada, Trudy siempre me hace reír.

—Perfecto entonces. ¡Manos a la obra! —exclamó Ellie.

Ama y doncella se miraron y, entre risas, bromas y pequeñas carreras, llegaron al vestíbulo, donde Trudy y la duquesa ya estaban esperando, la sirvienta con un cesto de herramientas y su suegra con una bolsa de semillas y bulbos en las manos. Al verlas llegar, Adeline sonrió, antes de adelantarse levantando las cejas.

—Veo que vamos a tener compañía —comentó alegremente—. ¿Estáis ya listas?

—Sí, lo siento, Adeline, me quedé dormida —se disculpó Eleanor.

—No te disculpes, seguro que mi hijo ha tenido mucho que ver con eso —resopló la duquesa y comenzó a caminar hacia la salida—. Ahora que los hombres se han ido, podremos pasar una mañana tranquila en el jardín. Ya es hora de que me enseñes el lugar que has elegido para comenzar tu proyecto, Eleanor, querida.

—Por supuesto, y estoy segura de que te encantará.

La duquesa asintió, así que las tres mujeres siguieron a Eleanor, que salió de la casa y bajó las escaleras de mármol en dirección al laberinto de setos. Sin embargo, antes de que llegaran a adentrarse en él, giró a la derecha por un camino cubierto de hierba y dejó atrás el sendero de guijarros. Poco a poco, se alejaron del palacio en dirección al bosquecillo que separaba la casa de Eleanor de la de los Wadlington y, al ver hacia dónde se dirigían, *lady* Adeline frunció el ceño. Tenía que ser una coincidencia, pero no podía dejarlo correr.

—Eleanor, querida, ¿sabes adónde nos llevas? —inquirió.

—Oh, no te apures, es aquí al lado. Entre el camino romano y el muro del palacio —explicó Eleanor alegremente—. Descubrí el lugar hace poco y es precioso, está lleno de vida. La verdad es que me extrañó que estuviera tan... bueno, no, no diré nada. Ya lo veréis.

—Eleanor, cielo, no hace falta que sigas. Conozco bien el lugar —la cortó Adeline.

La respuesta sorprendió a la joven. A juzgar por el estado de la parcela, era muy improbable, ya que estaba completamente enmarañada. Era salvaje y rica, pero también el lienzo viviente de un desastre que indicaba que no había sido atendida en muchísimo tiempo.

—¿De veras? Entonces, sabrás que hay mucho por hacer.

—Eleanor, basta —suspiró Adeline y se detuvo—. Tengo que decírtelo, creo que es mejor que lo sepas antes de que empieces a plantar. Tenemos que buscar otro sitio. Ese rincón al que nos llevas era su jardín. El jardín de... bueno, de ella.

—De Elisabeth —completó Eleanor.

—Sí, sí, de Elisabeth. Aiden lo redujo a cenizas cuando ella murió y nadie ha vuelto a ese lugar desde entonces. No creo que a mi hijo le agrade la idea de que entres allí. En Cloverfield, hasta las flores guardan silencio sobre el pasado y quizá sea mejor así.

La joven digirió las palabras con el ceño fruncido. No le importaba que el lugar hubiese pertenecido a Elisabeth. La tierra era libre, libre para ser colmada de vida, sobre todo, si era cierto que la mujer odiaba la jardinería, como Trudy le contó en el desván. Lo que le molestaba a Eleanor era el hecho de que todos evitasen mencionar a Elisabeth, como si la reverenciaran, o peor, como si la temieran. Por Dios, el pasado era eso, pasado.

Poniendo una cara entre desconcertada e irritada, miró a Adeline.

—Bueno, pues lo siento por ella, pero el jardín no tiene la culpa de que fuese infiel —dijo para sorpresa de todas, que jamás la habían oído hablar así—. Aiden tiene que superar lo que le ocurrió y su corazón nunca sanará si seguís tratándola como a alguien que aún está aquí. Borrar su rastro del jardín y llenarlo de vida es un paso adelante.

Se hizo un silencio.

—¡Tienes razón, querida, toda la razón! —dijo Adeline por fin—. Ojalá hubiese tenido yo el valor de hacer lo mismo hace mucho tiempo. Tal vez Aiden hubiese mejorado antes.

—No importa, mejor tarde que nunca.

Adeline asintió con una pequeña sonrisa, envolvió a su nuera por los hombros y comenzó a caminar hacia el lugar que no había pisado desde hacía dos años y medio.

El jardín estaba irreconocible, pensó la duquesa. La última vez que lo vio era un entresijo de fuego y cenizas fruto del arrebato de dolor y cólera de su hijo. Lo había quemado todo: bancos, estatuas, arbustos, árboles, setos florales... Ahora todo el espacio estaba verde y frondoso, exuberante como una jungla. Eso era lo que provocaban dos años de barbecho entre las fértiles cenizas. Los arbustos rebosaban de rosas, claveles, lirios, campánulas... Los setos crecían fuertes y llenos de moras y frambuesas, los árboles jóvenes se erguían hacia el muro como verdes guardianes. Sin duda, estaba irreconocible.

Eleanor tenía toda la razón, ese lugar era ideal para iniciar allí su jardín botánico: estaba alejado del bullicio de la casa y la humedad del bosque haría que las flores crecieran bien.

Al infierno con Elisabeth Whitehall, era hora de dar carpetazo a esa pesadilla.

❋❋❋

Cuando llegó al palacio, Eleanor estaba hecha un desastre. Tenía el vestido blanco lleno de barro de la mitad para abajo y las enaguas tendrían que ir directamente al barreño para ponerlas en remojo. Lo mismo sucedía con los botines de piel. Además, tenía restos de hojas entre las ondas del pelo y en la piel, que clamaba por un delicioso baño de burbujas. Adeline expresó su deseo de hacer lo mismo, así que ella y Trudy se retiraron a sus habitaciones y Eleanor le pidió a Helen que subiese agua caliente para llenar la bañera. La joven se apresuró a hacerlo y, mientras esperaba, su señora se desnudó.

Estaba enfrascada con los tirantes del camisón cuando llamaron a la puerta.

—Entra, Helen, ya casi estoy lista —dijo.

Sin embargo, no era Helen. Adams venía con un montón de toallas limpias y una prenda perlada sobre el brazo. Al ver quién era, la joven dio un brinco.

—No se asuste, *lady* Eleanor, le he traído toallas limpias y su bata de seda para después del baño —dijo el mayordomo—. Está recién planchada y almidonada, fíjese en la suavidad de la tela. Casi puedo afirmar que la sentirá como una pluma sobre su piel.

—¿Dónde está Helen? —preguntó Eleanor nerviosa.

—Está terminando de hervir el agua en la cocina —dijo, y elevó las cejas al ver que la joven retrocedía—. ¿Por qué se aleja? No voy a hacerle daño.

—Me pone usted nerviosa, Adams. Le ruego que se marche ahora mismo.

—¿Nerviosa? ¿Acaso la he ofendido de algún modo, *milady*?

Eleanor frunció el ceño sin dar crédito. Tras el día que había tenido, su paciencia estaba al límite. No tenía ánimos para soportar a ese descarado, así que no fue sutil.

—Es usted un cínico, Adams, pero no piense que a mí me va a meter en su cama como hizo con Elisabeth. No crea que no he notado que estaba usted enamorado de ella —dijo.

—No sé de qué está hablando, *lady* Eleanor —afirmó Randolph.

—Hablo de cómo se expresa sobre ella, de cómo la adula, de cómo me fulmina a mí con la mirada cada vez que me ve, como si fuese una intrusa en esta casa —le cortó la joven—. Sé que me odia, no sé si porque me he casado con lord Aiden y de algún modo cree que he sustituido a *lady* Elisabeth o porque no he cedido, como hizo ella.

—¿Eso es lo que cree que ha hecho, sustituir a *lady* Elisabeth? —repitió él.

Eleanor asintió y se cruzó de brazos. Poco a poco, el mayordomo dejó de lado la fachada indiferente para acercarse a ella con cara de irritación. Eleanor se asustó.

—Pobre chiquilla, usted nunca podría sustituir a *lady* Elisabeth, ni siquiera están al mismo nivel. Tiene razón,

¿sabe? La amaba —dijo Adams—. Ella era el sol que iluminaba este lugar, ya se lo dije. Tenía los ojos azules como un cielo a mediodía. Usted los tiene grisáceos como un cielo nublado. Su cabello brillaba como el oro al sol. El suyo es como el heno manchado de barro. Tenía la piel suave y blanca como la seda; los pechos, llenos y perfectos, como los de Venus. Mientras que usted...

—Basta ya, cállese —le ordenó Eleanor.

—Debe de dolerle mucho saber que nunca podrá ser tan bella como ella, tan inteligente como ella, tan divertida y atractiva como ella —continuó él—. Cada vez que lord Aiden está con usted, no dude que está pensando en ella. ¡Cómo gritaba su nombre! La lloró durante meses, ¿sabe? *Lady* Elisabeth era la luz de su vida, su sol. No tenga duda alguna de que solo se ha casado con usted para heredar el ducado de Cloverfield, nunca la amará como amó a *lady* Elisabeth.

—¡Que se largue de aquí he dicho, maldito bastardo! —gritó Eleanor.

El mayordomo se limitó a sonreír y dejó las toallas y la bata sobre la cama antes de darse la vuelta y salir de la habitación con paso relajado. Un escalofrío la recorrió cuando la puerta se cerró tras él y, presa de un arrebato, tomó la bata y la arrojó a la chimenea para verla arder. «¡Maldita serpiente!», pensó. Pero Adams se equivocaba de lleno si creía que se quedaría parada al ver cómo envenenaba a Aiden con su ponzoña.

Había logrado que admitiese que estaba enamorado de Elisabeth y el pensamiento de que a lo mejor el mayordomo era el padre de Edwin se instaló en su mente. Tal vez habían sido amantes bajo el mismo techo en que vivía Aiden. Tal vez el culpable de toda aquella desgracia estaba delante de sus narices. Solo necesitaba las pruebas que lo inculparan y, para eso, tenía que llegar a lo más profundo de aquella farsa. De pronto, el baño quedó olvidado y la promesa de descubrir cuál era el origen de aquel misterio le corrió por las venas.

Solo había que esperar. Pronto daría a Aiden las respuestas que su corazón necesitaba, no solo para perdonar, sino para sanar y pasar página definitivamente. Que las flores guardasen el silencio que quisieran, ella haría que cantaran como buena jardinera.

Lo haría por su amor. Lo haría por los dos.

Capítulo 16

Eléboro rojo

Después de que aquella idea se instalara en su mente, Eleanor no pudo dormir. Ni siquiera tenía el ánimo para fingir que todo iba bien delante de Aiden, que, tras su regreso de Londres, la encontró pensativa y seria, sumida en cavilaciones. El duque supo inmediatamente que algo había ocurrido durante su ausencia, pero no logró sacarle ninguna información. Cuando le preguntó a su madre, *lady* Adeline también se mostró esquiva, así que no le hizo falta atar cabos para entender que algo había pasado, que ambas lo sabían y que no querían contárselo. Se propuso averiguarlo cuanto antes. No le gustaba ver el hermoso y alegre rostro de su esposa serio como en un retrato, esa no era su Eleanor.

Su Eleanor. Le sorprendió aquel pensamiento, pues pensaba en ella como su mujer más a menudo de lo que quería admitir. La joven se había metido en su vida y en su corazón sin que se diera cuenta, más rápidamente de lo que jamás pudiera haber vaticinado. Quería verla feliz, contemplar su sonrisa y ser él quien la provocara, así que, cuando el sol se alzó y bajaron a desayunar al comedor, se propuso pasar la mañana con ella.

—¿Qué te parece si vamos de pesca a la laguna, Ellie? —propuso—. El día está radiante y será de los últimos soleados del otoño antes de que llegue el mal tiempo. O si lo prefieres, podemos quitarnos las botas y meter los pies en el agua mientras miramos las nubes, como hicimos aquel día poco después de empezar nuestro cortejo.

—¿Eso es lo que hacíais? —se sorprendió lord Albert mientras removía su café.

—Entre otras muchas cosas, padre —sonrió Aiden.

El hombre dejó la taza y tomó una tostada de brioche, que mordió mientras miraba a su esposa con la diversión brillando en sus claros ojos azules.

—Parece que nuestras técnicas de cortejo han quedado obsoletas, querida Adeline —dijo—. Lo que se estila ahora entre los jóvenes es hacer extravagancias.

—Habla por ti, viejo truhan, yo estoy a la última moda —resopló ella.

Todos los presentes en la mesa se rieron y una sonrisa de ternura se dibujó en el rostro de Aiden. Sus padres podían llevar más de treinta y cinco años casados, pero su amor brillaba igual que el primer día. Muchas veces había descubierto a Eleanor mirándolo de esa forma, pero había sido tan necio como para no devolverle la mirada.

Ahora, ella parecía distraída y se encontró deseando volver a sentir sus ojos sobre él.

—¿Y bien, qué dices, cielo, vamos? —la animó.

—Lo siento, Aiden, me temo que hoy no puedo. Te prometo que lo haremos mañana —contestó Eleanor—. En realidad, quería pedirte un favor.

—Oh, desde luego, dalo por cumplido.

—Pensaba que... bien, que podías comprarme un vestido para la fiesta de Samhain —dijo Eleanor—. Ya sabes que no he acudido a muchas fiestas como esa y no deseo dejar en mal lugar a los Wadlington. Tal vez podrías llevarte a Adams a Gloucester. Como mayordomo, sabrá muy bien cómo se va a decorar el palacio y...

—¿Y no vas a sugerir que vaya yo? —intervino Adeline—. Me ofendes, querida.

—Por supuesto, Adeline, serás la mejor consejera —asintió Eleanor.

Aiden la observó, perplejo. ¿Desde cuándo le interesaban las fiestas y los vestidos? Eso no encajaba con su carácter. Es más, la joven detestaba al mayordomo y ella sabía que él lo detestaba aún más. Por tanto, ¿por qué le pedía que se lo llevase de compras? Guardó silencio durante un rato antes de contestar, intuyendo que ocultaba algo más.

—Muy bien, Eleanor, te complaceré —dijo al fin.

—Gracias —asintió ella con una pequeña sonrisa, al tiempo que se ruborizaba.

—¡Excelente, iré a avisar a Adams! —exclamó Adeline con entusiasmo—. Prepárate, hijo mío, esta va a ser la mejor fiesta de otoño que hemos tenido en... ¡años!

—Lo que tú digas, madre, ve tú delante. Te alcanzaré dentro de un minuto.

La duquesa se levantó y besó a su esposo antes de salir del comedor veloz como un huracán. Se notaba su entusiasmo y Aiden sonrió resignado antes de ponerse en pie y hacerle un gesto a Eleanor para que lo acompañase a la salida. La joven entendió que quería decirle algo sin que lo oyese su padre y se apresuró a seguirlo, así que, cuando se hubo reunido con él bajo el hueco de las escaleras, su marido la rodeó con los brazos y la besó.

—Voy a seguirte el juego un poco más, Ellie, pero quiero que me cuentes lo que sea que te esté pasando sin tardar demasiado —susurró y pegó la frente a la de ella—. Me preocupas, cielo, y no quiero pensar que algo serio te está molestando. ¿De acuerdo?

La joven elevó las cejas, sorprendida. Sin embargo, su asombro murió rápidamente. Aiden no era ningún ingenuo, la conocía mejor de lo que ella misma pensaba. Se lo había demostrado en infinidad de ocasiones desde que se conocieron y que sospechase que le sucedía algo extraño, no debió haberla extrañado. Frunció los labios y suspiró.

—Lo haré y te prometo que valdrá la pena —dijo Eleanor—. Te amo, Aiden, solo confía un poco más.

—Lo hago, Eleanor, yo... lo hago —suspiró él.

De nuevo, el «te amo» se le atascó en la garganta luchando por salir, pero enmudecido en el último segundo. Maldito fuera el miedo que le impedía expresarlo cuando era lo que sabía y sentía que tenía que decir. Sin embargo, el brillo en los ojos de la joven y la suave sonrisa en sus labios le indicaron que no importaba. Tal vez lo conocía tan bien como él a ella y el mero pensamiento le aceleró el corazón.

—Será mejor que me vaya ya, mi madre estará esperando —se despidió—. Pásalo bien en mi ausencia y ten cuidado.

—Lo haré —asintió Eleanor.

Aiden cruzó el vestíbulo antes de perderse de vista. Eleanor corrió hacia la puerta y solo cuando se hubo asegurado de que el carruaje que se llevaba a su esposo, a la duquesa y al mayordomo se perdía tras los muros del ducado, subió las escaleras a paso tranquilo para no levantar las sospechas de los demás criados. El dormitorio de Adams era el primero del pasillo, pues como mayordomo jefe, ostentaba el honor de tener el más grande. Miró a ambos lados antes de abrir la puerta y, una vez dentro, soltó el aire que había estado reteniendo sin saberlo.

Randolph Adams era un hombre cuadriculado y, como tal, su habitación estaba perfectamente ordenada. Eleanor sabía que tenía que encontrar alguna pista, algo que demostrase que estaba enamorado de Elisabeth, que siempre lo había estado y que fueron amantes. Si conseguía demostrarlo, no tenía ni idea de cómo reaccionaría Aiden, pero era necesario acabar para siempre con aquel dolor y esa era la única forma de hacerlo.

Sin más dilación, se acercó a la mesilla y abrió los cajones. Nada interesante: pañuelos, ropa íntima y enseres de higiene masculina, como una navaja de afeitar y demás.

Se fijó en el libro que descansaba sobre ella, junto a un jarrón con unas flores que no le sorprendieron: eléboros rojos, símbolo del escándalo apasionado. Casi poético, si lo pensaba. El libro también encajaba con él: *El príncipe*, de Nicolás Maquiavelo, un sociópata al que, sin duda, Adams admiraba, aunque esa información ahora no le servía de nada.

Pasó al armario, que abrió para encontrar una sucesión de uniformes perfectamente planchados y ordenados por colores y tallas, *blazers* y pantalones. No era lo que buscaba, así que se dirigió a la cómoda. Abrió el primer cajón y rebuscó entre las sábanas dobladas. Nada. Con el segundo cajón hizo lo mismo. Entre el montón de toallas limpias, encontró una caja de madera que tomó para examinarla con cuidado. No era un joyero, pero, sin duda, sí un objeto femenino. La madera lacada tenía una flor de clavel tallada en la tapa y, al abrirla, Eleanor supo que había encontrado la prueba.

En el interior de la caja, había un pequeño frasco de perfume; no quedaba apenas, pero era una fragancia de mujer. Encontró también unos guantes de encaje y una pluma estilográfica de madera blanca de abedul con plumín dorado. Todo aquello debió de pertenecer a Elisabeth y que lo tuviera Adams era una prueba innegable de su amor. Satisfecha, comenzó a vaciar la caja y, al sacar los guantes, vio una carta. Abrió los ojos de asombro y, con el corazón latiendo al ritmo de un tambor, se apresuró a leerla. Allí debía de estar la clave de todo si el mayordomo la había conservado esos dos años.

Amor mío:

Tenemos que vernos urgentemente, estoy desespera-
da. No sé cómo ha ocurrido, pero las cartas que me
enviaste han desaparecido y temo que las tenga
Aiden. Salió esta mañana del palacio sin decir
nada y, al entrar a nuestra habitación, encontré
el cajón de la cómoda donde las guardaba mal ce-
rrado. Al mirar dentro, las cartas no estaban, así
que solo las puede tener él. ¡Santo Dios! ¿Te das
cuenta de lo que podría pasar?

Si lee esas cartas, se enterará de que Edwin es
hijo tuyo y no sé lo que hará. Creo que puedo con-
vencerlo con palabras dulces, ya sabes que él come
de mi mano como una mansa paloma, pero tam-
bién conoces su carácter. Si llega a la conclusión de
que le he engañado, puede que me expulse del pa-
lacio, o peor, que quiera repudiarme. Entonces,
Eddie perdería su título y yo el dinero. ¡No puedo
permitir eso, ya lo sabes, es la única razón por la
que me casé con él!

¡Ay, Dios mío! ¿Por qué tenía que ocurrir esto
justo ahora que nos iba tan bien? Estoy tan angus-
tiada... Te lo ruego, amor, sé que es mucho pedir a
estas alturas, pero compra una casa en Londres
para Edwin y para mí, por si ocurre lo peor y Aiden
me echa de Cloverfield. Así podremos vernos siem-
pre que salgas de este pueblucho para ir a la ciudad.
Y, oh, también debes darle una buena recompensa

a Randolph. Está siendo de gran ayuda, sin él no habría podido mantener toda esta fachada. Le aprecio mucho y es posible que tenga que venir con nosotros a Londres, Aiden no lo soporta.

¡Te amo! Por favor, R, responde cuanto antes. Le daré a Randolph la carta para que te la entregue sin demora, pero no me hagas esperar. Te estaré esperando en nuestra habitación del hostal Monte Alto pase lo que pase, necesito estar en tus brazos.

Tuya, Lizzie.

Nada más terminar de leer la carta, Eleanor parpadeó, sorprendida. Su hipótesis era errónea después de todo. Randolph Adams no era el amante de Elisabeth ni el padre de Edwin, era la persona mediante la cual se ponían en contacto, un cómplice. Maldito fuera. Sin embargo, la carta dejaba más preguntas sobre la mesa de las que había resuelto.

En primer lugar, se deducía que, fuera quien fuese el tal «R», era un hombre con posición y adinerado. De otra manera, no podría comprar una casa en Londres que complaciese los gustos de una malcriada como Elisabeth Whitehall. En segundo lugar, para Eleanor resultaba obvio que Aiden lo conocía. La propia Elisabeth lo dejaba claro en la carta: «*...ya sabes que él come de mi mano como una mansa paloma, pero también conoces su carácter*». Es decir, que su amante conocía tan bien el carácter de Aiden como para saber que no la perdonaría. Algo así solo podían decirlo sus amigos más cercanos: Frederick, Timothy, Byron... Puede que incluso Avery, si se ponía en el peor escenario.

Además, la carta zanjaba toda duda posible sobre la paternidad de Edwin. El padre no era Aiden, sino el otro. Aiden siempre había tenido razón respecto al niño, pero eso seguía sin ser culpa del bebé. Solo había una forma de averiguar quién era el padre: debía presentarse en el hostal Monte Alto, a ver qué respuestas encontraba allí.

Con la decisión firmemente anclada en su cabeza, se guardó la carta en el escote, recogió la caja, que dejó en su sitio, y se apresuró a salir de la habitación.

Todo el plan estaba fraguado, pero una vez tuvo el pie en el estribo de *Rosalina,* se dio cuenta de un detalle: ella era de York, no conocía Gloucestershire, así que no tenía ni idea de dónde estaba ese famoso hostal. Así que, frustrada, dejó a la yegua y miró a su alrededor en busca de algún criado al que preguntar.

No tuvo que caminar demasiado, pues a las puertas del establo encontró a un atareado Dale, que llegaba con dos cubos a rebosar de fruta y verdura para alimentar a los caballos de Aiden y de los demás. Una sonrisa de alivio se dibujó en sus labios cuando se acercó a él y el muchacho, fuerte y pelirrojo, inclinó la cabeza a modo de saludo.

—Buenos días, Dale. Si no estás muy ocupado, necesito que me ayudes con algo, solo te robaré un minuto —dijo ella.

—Usted puede robarme todo el tiempo que guste, señora Eleanor. Pida lo que sea y delo por cumplido —asintió Dale mientras posaba los cubos en el suelo.

La joven se rio y el pelirrojo se unió a ella antes de que encontrase palabras para expresar sus dudas sin levantar sospechas. Intentó sonar lo más natural posible.

—En realidad, no es gran cosa. Verás, el otro día oí que hay un lugar donde sirven un pastel de carne muy bueno, parecido al que preparamos en York, y pensé en ir a hablar con el cocinero para probarlo y pedirle la receta —se inventó—. El problema es que no sé dónde queda el hostal... He pensado que tú, al ser de aquí, podrías conocerlo.

—Oh, seguramente así sea. Mis hermanos y yo salimos muy a menudo y conocemos todos los negocios de Cloverfield —afirmó Dale—. Diga, ¿cómo se llama el lugar?

—Se llama hostal Monte Alto —contestó Eleanor.

Nada más oír el nombre, Dale abrió la boca y asintió en reconocimiento, con lo que respiró aliviada. Estaba claro que el mozo de cuadras sabía bien dónde quedaba el lugar.

—Sí que lo conozco —confirmó Dale—. Sin embargo, está en un error, señora, el Monte Alto no está en Cloverfield. Está en Westlockster, a un par de pueblos de aquí.

—Westlockster —repitió Eleanor.

—Sí, así es. A la anterior duquesa le gustaba ir allí de compras... y no sé por qué, si me pregunta. Es un pueblo de granjeros y pastores, nada que ver con una dama estirada como era ella, con perdón.

Eleanor movió la mano haciendo un gesto para restarle importancia al comentario y Dale sonrió. La apreciaba sinceramente y no se molestaba en ocultarlo.

—¿Quiere que la lleve? —propuso—. Llegará más rápido si sabe adónde va.

—Claro, no veo por qué no —asintió Eleanor—. Yo iré con *Rosalina,* así que tú puedes montar a uno de los otros caballos. ¿*Lancelot* quizá?

—Buena idea. Deme un minuto, ahora mismo me reúno con usted y salimos.

La joven asintió y observó al pelirrojo meterse en las cuadras para salir un par de minutos más tarde con el caballo de lord Albert ya ensillado. Una vez a su lado, Dale subió a lomos de *Lancelot* y se adelantó, así que ella le imitó y, con *Rosalina,* echó a cabalgar sin más demora. Al fin tendría una respuesta para todo aquello.

❁❁❁

Westlockster era, como Dale había dicho, un pueblo tranquilo rodeado de campos de cultivo y prados; tanto ovejas como vacas se veían por todas partes. El centro de la pequeña comunidad lo formaba una plaza de piedra en el que se alzaban varios edificios: una capilla, un mercado, una pequeña casa de leyes y el hostal. Allí estaba el famoso Monte Alto, a dos pasos de ella. Se trataba de una posada de madera de aspecto rústico y acogedor, con sus tejas rojas y sus jardineras con geranios sobre los alféizares de las ventanas.

Dale también estaba en lo cierto sobre Elisabeth. Aquel lugar no encajaba nada con ella y Ellie no pudo evitar pensar que Aiden había sido muy ingenuo o que estaba muy enamorado como para creer que iba de compras a un lugar como ese. Y peor era el otro. ¿Qué hombre elegiría un sitio como Westlockster para sus citas románticas? Alguien que no quería que lo reconocieran de ninguna manera. Cuando Eleanor se detuvo frente al hostal, amarró a *Rosalina* al poste de madera frente a la entrada y le pidió al mozo que esperase junto a los caballos. Dale asintió y ella tragó saliva y cruzó las puertas.

Encontró un mostrador donde una mujer robusta de gruesas trenzas rubias esperaba a las visitas. Al verla, sonrió y Eleanor le devolvió el gesto.

—Buenos días, señora, ¿puedo ayudarla en algo? —preguntó la tendera.

—En realidad, sí. Estoy buscando información para una amiga que solía alojarse aquí hace tiempo. Me habló de alguien con quien quiere contactar, alguien a quien conoció aquí, pero del que no supo más. Me preguntaba si sabe de algún caballero que se alojara aquí hará tres o cuatro años. Rico, joven, ¿atractivo? Usted ya me entiende, alguien que llamase la atención.

—¡Oh, vaya si lo recuerdo, lo recuerdo muy bien! —exclamó la mujer—. Por culpa de ese desgraciado, vino la policía a investigar nuestro hostal. Imagínese qué escándalo.

Eleanor elevó las cejas, sorprendida.

—¿Cómo dice?

—Verá, ese tipo solía verse aquí con una mujer, una dama de alta alcurnia —dijo—. Él era muy apuesto, vaya que sí.

Alto, moreno, ojos claros... ¡Cómo olvidarlo, si hasta compró la habitación número cinco, en la que se veía con ella! Luego la mujer apareció muerta y él desapareció. La policía investigó, pero no sacó nada en claro.

El dato sorprendió a la joven, que no había esperado tener tanta suerte. La posadera se acordaba perfectamente de Elisabeth y su amante, puede que incluso supiera cómo se llamaba. Si la habitación estaba a nombre del tal R... «¡Oh, Dios Santo!», pensó Eleanor.

—Dígame, señora, ¿puedo ver la habitación donde se veían? —le pidió.

—Claro, pero no encontrará nada nuevo, la ordenamos tras el registro de la policía —explicó la mujer—. Ahora ni siquiera podemos alquilarla, pues sigue perteneciéndole al ricachón ese que, por cierto, ¡jamás ha vuelto a aparecer por aquí!

—Oh, está bien, no será necesario entonces.

Eleanor estaba comenzando a sentirse decepcionada, pero, de pronto, recordó algo.

—Una última cosa. ¿Podría decirme cómo se llamaba? A ver si coincide con el nombre que me dio mi amiga, ya sabe.

—Claro, deje que mire en el registro —asintió la mujer.

Sin esperar respuesta, la posadera se volvió y sacó el libro de registros con fecha de tres años antes. Tras pasar páginas hasta casi el inicio del cuaderno, se detuvo y leyó con atención. Eleanor esperó ansiosa hasta que rompió el silencio.

—Me temo que no está su dirección, solo un nombre de pila: Ted Roberts —señaló, tendiéndole el libro—. Ahí puede ver la fecha de compra, 5 de febrero de 1860.

—Gracias de corazón, señora, su información me ha resultado muy útil. Me pondré en contacto con mi amiga lo antes posible —dijo Eleanor.

—No hay por qué, querida, vuelva cuando quiera —sonrió la mujer.

Eleanor le devolvió el gesto y se despidió antes de salir por la puerta para volver a Cloverfield sin demora. Tenía que estar allí antes de que Aiden y Adams regresasen, así que urgió a Dale y ambos echaron a cabalgar en silencio con la vista fija en el camino. Sin embargo, tenía la cabeza hecha un lío. ¿Ted Roberts? Ninguno de los amigos de Aiden se correspondía con ese nombre, que era, a todas luces, un seudónimo. Aun así, tenía algo con lo que seguir investigando y no pensaba parar hasta llegar al fondo de aquel asunto.

Capítulo 17

GLADIOLO ROSA

Dos días más tarde, Eleanor aún no había llegado a una conclusión clara. Por suerte, se había calmado lo suficiente como para que dejase de parecer que actuaba de forma extraña. Si algo había sacado en claro de su visita a Westlockster era que uno de los amigos de Aiden, o su hermano, era el traidor. Para desenmascararlo, debía ser lista y sutil, y un plan comenzaba a tomar forma en su cabeza. Se le ocurrió que podía invitarlos a tomar un té, tal vez a merendar. De esa forma, podría preguntarles por su pasado sin levantar sospechas.

Sin embargo, sus planes se fueron al traste cuando su marido entró en el salón portando un gladiolo rosa. Eleanor sonrió al ver la flor y entender lo que él quería decirle. El gladiolo rosa representaba amor y citas, así que, sin duda, quería sacarla de paseo, cosa que pensaba aceptar de buena gana. Pasar tiempo a solas con Aiden por iniciativa de él era un regalo que hacía que el corazón le brincara en el pecho. Ese era el efecto que producía sobre ella, se derretía como un trozo de mantequilla al calor.

Cuando llegó a su lado, su marido le ofreció el gladiolo y, tras acercárselo a la nariz para olerlo, la levantó del sofá en brazos.

—Aiden, ¿qué estás haciendo? —rio Eleanor.

—Arrancarte una sonrisa, ya lo estabas necesitando —contestó él y le guiñó un ojo—. No creas que no he notado que me ocultas algo desde hace días y, aunque finges que no es así, te preocupa. Quiero de vuelta a la Ellie de antes, la soñadora y despreocupada. ¿Recuerdas lo que dije antes de casarnos, cuál fue la proposición que te hice?

—Claro, me pediste un mes para conquistarme.

—Pues ahora te pido un día, ya basta de preocupaciones —dijo Aiden—. Estaremos solos tú y yo, me tendrás para disfrutarme enterito, *lady* Wadlington.

—¿No es esa una proposición un tanto indecente, lord Wadlington? —bromeó ella.

El hombre se rio sin poder evitarlo y le rozó la nariz con los labios.

—No tanto, al menos, no en un principio. La feria estará en el pueblo unos días y pienso pasar una tarde encantadora con mi esposa —explicó—. Ya sabes, comeremos algodón de azúcar, manzanas de caramelo, veremos animales exóticos... Será la cita que nunca llegamos a tener. ¿Te animas?

—¿A comer manzanas de caramelo? ¡No sé cómo podías dudarlo! —exclamó Eleanor.

Ambos se miraron y rompieron a reír a la vez y, sin saber quién lo había iniciado, se besaron. Cuando ella se alejó de sus labios, él le acarició la mejilla, la tenía arrebolada. Así era como le gustaba verla, alegre y tímida a la vez, en esa mezcla exquisita de dulce y picante. Esa era la ternura que le encendía, la naturalidad que admiraba y, como no dijo nada y se quedó embobado, las mejillas se le sonrojarón aún más.

—¿Ocurre algo? —preguntó Eleanor.

—No, nada, es que estás preciosa —contestó Aiden—. Me dan ganas de subir al dormitorio y olvidarme del mundo. Esa sí es una proposición indecente, querida esposa.

—¿Y qué pasa con la feria? —murmuró ella con el corazón acelerado.

**

Aquella era la primera feria propiamente dicha en la que había estado. En York no existía ese tipo de espectáculos ambulantes y todo lo que veía la entusiasmaba: desde las tiendas de feriantes llenas de juegos a los puestos de dulces o las atracciones. Había multitud de personas en el recinto: familias enteras con sus hijos, parejas jóvenes, ancianos que paseaban su mascota... Resultaba un ambiente tan festivo que la cautivó.

Aiden sonrió al verla tan entusiasmada y, al notar que los ojos le brillaban al pasar de un puesto a otro, supo que había dado en el clavo con su idea. Esa era la Eleanor de la que él se había quedado prendado. Cuando la joven vio el juego de morder la manzana, abrió los ojos sorprendida y tiró de él hacía allí. Se trataba de un barril lleno de agua en el que flotaban las frutas y, si alguien lograba atrapar una manzana con la boca, se llevaba un pequeño muñeco de lana. Eleanor estaba emocionada.

—¿Podemos intentarlo, Aiden? —inquirió alegre.

El hombre contuvo la sonrisa y miró los adorables muñecos. Después, se volvió hacia ella con el rostro falsamente neutral.

—¿Hay alguno de esos muñecos que te guste más que otro? —quiso saber.

—Sí, el conejo. Es encantador y parece tan suave... ¿Acaso piensas ganarlo para mí?

—Desde luego, y no tardaré ni un instante, querida mía —asintió Aiden.

—Eso será si no lo gano yo antes para ti, querido esposo —le contradijo ella.

—Que gane el mejor entonces, señorita.

Aiden no pudo contenerse más y sonrió. La joven se rio al ver que aceptaba el reto de forma silenciosa y, tras pagarle un par de monedas al feriante, se acercaron al barril para pescar una manzana. Nada más agacharse, se dieron un cabezazo y, al mirarse, volvieron a reír. Después, se pusieron manos a la obra. Eleanor peleó con las frutas, que se le resbalaban y se iban hacia los lados mientras Aiden enganchó una y trató de levantarla. Cinco minutos más tarde, con el pañuelo de la camisa y el chaleco empapados, logró sacarla y su mujer se alzó con el agua goteando por el cuello y las mejillas.

El duque soltó la manzana silvestre y se la lanzó al feriante, que le entregó un conejo blanco mientras asentía con una sonrisa. Aiden elevó las cejas pagado de sí mismo.

—Parece que he ganado, *lady* Wadlington —comentó.

—En realidad, ganamos los dos. Tú ganas el juego, pero yo me llevo el muñeco.

—Entonces, ¿no vas a darme una recompensa por mi arduo esfuerzo?

Eleanor lo tomó por el pañuelo para besarlo, y él se quitó el sombrero para ocultar la escena. No fue hasta que el carraspeo del feriante les sobresaltó cuando se dieron cuenta de dónde se encontraban. Eleanor se puso colorada como un tomate y Aiden se encogió de hombros y la tomó de la mano para alejarse del puesto.

—¿Adónde vamos ahora? —preguntó Eleanor.

—No sé, tal vez debamos comer algo mientras decidimos —propuso Aiden—. ¿Qué prefieres, algodón dulce o una manzana?

—Creo que ya he tenido bastantes manzanas por un día —bromeó Eleanor—. Me decanto por el algodón de azúcar. ¿Puedes creer que solo lo he comido una vez?

—¿Y eso por qué?

—Mi tía no lo permitía —explicó Eleanor—. Decía que me pondría los dientes amarillos y tendría una sonrisa tan horrible que ningún caballero me querría.

—Tonterías, eso no influye en lo más mínimo —resopló Aiden—. Además, tu sonrisa es preciosa. No te preocupes, te resarciré comprando todos los dulces que puedas comer.

—Te tomo la palabra, esposo.

La sonrisa que siguió a sus palabras fue radiante y a Aiden se le encogió el corazón al verla. ¿Qué era ese cosquilleo que le hacía sentir? Cuando más enamorado se había creído de Elisabeth, no se sentía como ahora. Esto era pura emoción, anticipo, como flotar en el aire por no saber qué esperar cuando ella le iba a regalar una sonrisa, una broma, un beso o una ocurrencia alocada. Eleanor era la alegría que necesitaba en su vida, como un pequeño sol radiante, y cada día se descubría más enamorado de ella. «Enamorado», repitió en su mente. Irónico, si recordaba la promesa que se hizo a sí mismo de no volver a entregarse a otra mujer.

Sin embargo, no pudo seguir pensando, pues su esposa dio un gritito que lo sacó de sus ensoñaciones. Volvió la cabeza hacia ella levantando las cejas y, al encontrar a la joven con la mirada fija en un punto, llevó sus claros ojos azules hasta el lugar. Había mucha gente delante, así que no vio el motivo del revuelo.

—¡Mira, Aiden, es el kinematoscopio! —exclamó Eleanor y comenzó a tirar de él—. ¡No puedo creerlo! Leí sobre el aparato en el periódico de York, es un invento de Coleman Sellers, no puedo creer que lo hayan traído hasta Cloverfield. ¿No es maravilloso?

—¿Lo es? —dudó él poco convencido, ya que no sabía lo que era.

—¡Claro que lo es! Ese aparato pone imágenes en movimiento como si estuvieran vivas, ¡es un adelanto de lo que traerá el futuro! —contestó ella—. Vamos a verlo, así podrás comprobarlo tú mismo y ver cuán lejos ha llegado la ciencia.

—Con que la ciencia, ¿eh? Te creía una mujer de método naturalista.

—Una cosa no va reñida con la otra, amor… ahora vamos —contradijo Eleanor.

Aiden se encogió de hombros y poco después llegaron a una carpa oscura bajo la cual había un aparato de aspecto desconcertante. De hierro, tenía un agujero en la parte superior para asomarse. El duque no veía cómo esa cosa podría hacer que las imágenes se moviesen. Sin embargo, cuando llegó su turno de mirar por el agujero y movió la manivela, su sorpresa fue mayúscula. En efecto, en el interior de la caja transcurría una escena viva y en movimiento: un carruaje se paseaba por una ajetreada calle neoyorquina. Aquello era, como decía Ellie, una maravilla de la ciencia.

—¿Te ha gustado? —inquirió ella mientras salían de la tienda.

—Mucho, nunca lo hubiese imaginado —admitió Aiden con una sonrisa mientras le rodeaba los hombros con el brazo—. ¡Eres toda una visionaria, Eleanor Wadlington!

—Rasgo heredado de mi padre —se rio ella—. Sin embargo, espero que esta no sea la última sorpresa que tenga que darte próximamente, Aiden.

—Conociéndote, estoy seguro de eso.

La joven sonrió y cerró los ojos antes de unir sus labios en un beso suave. Aquella estaba siendo una cita perfecta y no quería que terminase nunca. Estaba sintiendo el amor de su esposo sin que a él le importase demostrarlo, se sentía flotar en una nube. Sin embargo, su perfecta burbuja de romanticismo se rompió cuando oyeron que les llamaban a su espalda. Ambos se volvieron para ver a Timothy, Byron y Emily tras ellos. Eleanor se quedó paralizada al encontrarse con la mirada del futuro conde de Armfield, pero disimuló y le sonrió como si no sospechase que era uno de los candidatos a traidor.

—Amigos, qué sorpresa veros aquí —comentó Aiden.

—No pensarías que eras el único que quería venir a divertirse, ¿verdad? —resopló Timothy con una sonrisa cínica—. ¡Sálvame! He tenido que oír las ensoñaciones de Byron durante todo el camino, parece un crío que ha comido demasiado azúcar.

—¡Ay! Eso duele, Tim —dijo Byron.

—Como siempre, va directo al grano —completó Aiden.

Todos se rieron y Emily se acercó a Eleanor para saludarla y dejar solos a los tres amigos con sus charlas. Eleanor sonrió y, tras una breve seña, comenzaron a adelantarse unos pasos. Emily agarró a la futura duquesa del brazo y le dirigió una mirada cómplice.

—Me alegro de ver que os van tan bien las cosas, querida —dijo—. La verdad es que él lo necesitaba. Aiden es como un hermano y todos queríamos que saliese de ese agujero negro en el que se había metido, tan lleno de rencor y desenfreno como estaba. Se ve que te ama y le haces feliz, así que te doy las gracias por eso, por cuidarlo.

—No hay por qué, Emily, yo... le amo más de lo que podría haber soñado nunca —admitió Eleanor—. Sé que para él no ha sido fácil casarse tras todo lo que le ocurrió, pero pongo toda mi voluntad para demostrarle que no todas somos como *lady* Elisabeth.

—Bien dicho, Ellie, y no sabes qué gran verdad es —asintió Emily—. ¡Ahora solo falta Timothy! Sé que, cuando encuentre a la mujer perfecta para él, se le pasará ese eterno tonteo. Aunque no me malinterpretes, todos adoramos su encanto cínico.

—Sí, es un encanto...

A Emily no le pasó inadvertido el tono que su acompañante había usado y enarcó una ceja.

—¿No te agrada Timothy? —inquirió.

—Sí, por supuesto que me agrada. Es simpático y carismático. Es solo que... no sé, a veces siento que me traspasa con la mirada —confesó Eleanor—. No sé qué pensar de él.

—¡Ah, si eso es todo, no te apures! —exclamó Emily—. Tim es un mujeriego, mira así a todas las mujeres hermosas y tú lo eres, Ellie. No pretende robarte de los brazos de Aiden, es solo que es guapo y lo sabe, así que no se cohíbe y actúa de forma atrevida.

—Sí, sí que es muy guapo —admitió Eleanor y se mordió los labios—. ¿Cómo es que no se ha casado todavía? Seguro que tiene multitud de mujeres persiguiéndolo.

Emily asintió y se detuvo, después soltó a la joven y compró algodón de azúcar para las dos en un pequeño puesto que había a su lado. Eleanor lo aceptó con una sonrisa y, mientras comían la dulce sustancia, Emily contestó:

—No creas que no lo he pensado muchas veces —dijo—. Hasta llegué a creer que intentaría cortejar a Elisabeth, pero luego surgió el flechazo entre Aiden y ella y eso no se dio.

—¿Y por qué creías que podría suceder algo así? —inquirió Eleanor.

—Oh, porque había mucha química entre ellos, ¿sabes? Elisabeth sonreía mucho cuando estaba con él y Tim parecía beber los vientos por ella. La verdad es que me sorprendió que eligiese a Aiden teniendo tal complicidad con nuestro Timothy.

—Ya veo —dijo Eleanor, tragando saliva antes de forzar una sonrisa—. Bueno, pues sea como fuere, ya encontrará a la mujer adecuada, estoy segura de que cualidades no le faltan.

—Dios te oiga, querida, Dios te oiga —suspiró Emily.

Eleanor asintió y tomó otro pedazo de algodón. Después, dirigió la mirada a Timothy y luego a Aiden hasta que sus ojos azules se encontraron. Había mucho que hacer.

Capítulo 18

ROSA SILVESTRE

Tan centrada en su investigación había estado, que la llegada de la noche de Samhain la tomó por sorpresa. Desde que se construyó el palacio, en la primavera de 1763, era tradición del ducado de Cloverfield celebrar una fiesta la noche del 31 de octubre en honor a la víspera de Todos los Santos, así que, como futura duquesa Wadlington, le correspondía hacer, junto a la madre de su esposo, de anfitriona. Por primera vez en su vida, no estaba nerviosa por asistir a una fiesta.

La joven estaba tan comprometida en averiguar cuál de los amigos de Aiden era el traidor, que ni siquiera le importaba el protocolo. Según la descripción de ese tal Ted Roberts que la posadera le había dado, Eleanor descartó de la ecuación a Byron, porque era rubio y más bien bajo, no encajaba. La mujer dijo claramente: «Alto, moreno y de ojos claros». Por lo tanto, Avery, Timothy y Frederick eran sus sospechosos.

Ciertamente, Avery, como clérigo protestante, era el menos probable. Pero ¿y su insistencia en que Aiden reconociese al pequeño Eddie como Wadlington? ¿Y si lo hacía porque era hijo suyo y no quería que quedase desamparado? Luego estaba Fred, que era muy rico, y con su cabello negro y sus ojos grises encajaba bien en el perfil. Era guapo, joven y alto; y su carácter alegre e ingenuo podría conquistar a una mujer sin problema. Sin embargo, no le veía con las agallas suficientes como para abandonar a un hijo. Por último, estaba Timothy, el más galán de todos. Mujeriego, atractivo, de cabello castaño oscuro y ojos azules, todo un partido gracias a su herencia como conde de Armfield... Podía ser perfectamente el padre de Edwin, si bien, al ser el mejor amigo de Aiden, no le creía capaz de traicionar su amistad.

Esos eran sus pensamientos cuando la puerta se abrió para dejar entrar a una figura masculina ataviada con una larga capa oscura, un sombrero de pico y una máscara blanca. Eleanor dio un salto sobre sí misma y él se rio mientras se acercaba a ella.

—¿Te he asustado? —dijo—. En tal caso, creo que he cumplido a la perfección con mi cometido al elegir el disfraz. Ya sabes, camuflarse con los espíritus y toda esa tontería.

—Aiden, eres tú... —suspiró Eleanor.

—¿Quién iba a ser si no, el fantasma de Saint James? Ah, Ellie, eres deliciosamente ingenua, esposa mía —comentó, y se acercó hasta detenerse tras ella para acariciarle el cuello—. Veo que aún no estás vestida, ¿quieres que te ayude con el traje?

—Iba a avisar a Helen dentro de un minuto.

—No hace falta, ya lo haré yo —la contradijo él—. Levántate, no tardaré nada.

La joven hizo lo que su esposo le pedía y él se acercó a la cama para recoger el vestido de fiesta que estaba tendido encima. Era un traje negro con volantes de encaje oscuro, un vestido de viuda. Eleanor lo odiaba, pero si era tradición del ducado, cumpliría. Con cuidado, Aiden se lo enfundó y comenzó a atar los lazos a su espalda mientras Eleanor lo miraba a través del espejo. Aún hoy le sorprendía la maestría que tenía su esposo para manejarse entre corsés, vestidos y enaguas. Debía de tener mucha experiencia tanto atando como desatando y la idea hizo que tragara saliva, incómoda. Aiden lo notó y se detuvo.

—¿Estás bien? ¿Lo he apretado demasiado? —preguntó.

—No es nada, pensaba en lo diestro que eres con los lazos —admitió Eleanor—. Seguro que has aprendido practicando con todas las mujeres con las que...

—¿Celosa?

—Tal vez, no. Bueno, sí, lo estoy, pero no es...

—No tienes que estarlo, Eleanor —la interrumpió—. He estado con muchas, es cierto, pero nunca he sido un hombre infiel. Estoy contigo y eres la única mujer que me importa. Además, ¿para qué iba a buscar a otra teniendo a una mujer encantadora, dulce y adorable solo para mí, que se sonroja y salta con mi mera presencia?

El comentario causó la risa de la joven y él se agachó para besarla en el cuello.

—Nunca dudes de mí, Ellie. Soy tuyo, ya lo sabes —dijo.

—Lo sé y te amo.

Aiden la besó y la joven suspiró al sentir en ese gesto lo que él nunca le decía con palabras. Cuando se apartó, el hombre le colocó una mantilla negra sobre la cabeza y ella se miró en el espejo. ¡Estaba horrible vestida de negro como un cuervo, con la mantilla de encaje cubriéndole el rostro para darle un aspecto de viuda tétrica! Se volvió hacia Aiden con el ceño fruncido, incapaz de verse a sí misma con ese aspecto. Ni siquiera la pequeña rosa silvestre que plantó sobre la mantilla logró hacer que se sintiera mejor.

—Odio esta fiesta —confesó—. ¿A quién se le ocurrió la idea de celebrarla?

—Temo que, si quieres poner una reclamación, tendrás que viajar en el tiempo dos mil años o más. —Se rio Aiden—. Es una fiesta de origen celta, así que no hay nada que hacer. Ya conoces a mi madre, si hay una fiesta que celebrar, lo hará. Y, en este caso, ni siquiera es culpa suya, creo que fue cosa de mi tatarabuelo, lord Aldrich Wadlington.

—Entonces, bajemos ya, quiero terminar cuanto antes con esta tétrica charada.

—No temas, mi dulce flor de primavera, estaré a tu lado para protegerte de los horribles fantasmas y los brujos malvados —bromeó él poniéndose la máscara.

La joven volvió a reír y Aiden la tomó de la mano para bajar juntos al salón.

El gran reloj de péndulo del salón marcó las nueve en punto. Todos los invitados estaban ya en el palacio de Cloverfield para entonces. Aquella era una fiesta sin cena, centrada en el baile, con canapés y copas por único tentempié, así que, media hora después de haber bajado al vestíbulo a recibir invitados junto a Aiden, Eleanor suspiró y se adentró en el salón dispuesta a tomar algo fuerte que le quemase la garganta. Absenta fue lo primero que atrapó de una bandeja y, al notar el licor puro bajar por la garganta, parpadeó y tomó aire varias veces. Aquello ardía como mil demonios.

En eso se encontraba, cuando un enmascarado con capa marrón y túnica de monje se puso a su lado para ofrecerle su mano. Eleanor posó la mirada en el rostro del hombre sin saber quién era y él se rio al ver la duda de sus ojos grises azulados.

—Soy yo, Eleanor, no te asustes. Solo quería ofrecerte un baile —dijo.

—¿Timothy? —se sorprendió ella.

—El mismo.

La joven suspiró aliviada y tomó la mano que él le ofrecía para encaminarse juntos hacia la pista de baile que, en ese momento, estaba casi llena. Sonaba el *Vals del adiós,* de Chopin, una pieza bastante más oscura de lo que a ella le gustaba, pero se dejó llevar por la cara alfombra afgana por los firmes brazos de Tim. El joven bailaba de maravilla, como ya le dijo la noche en que se conocieron hacía tantos meses atrás, en la fiesta de primavera. Cuando el vals llegó a la parte del *allegro,* Eleanor sonrió y él rompió el silencio.

—Al fin sonríes. Dios, no te tomes el papel de viuda de forma literal, querida, es un crimen ver una cara como la tuya seria como la de una estatua —dijo.

—Bien, tú tienes suerte de usar máscara, así que no te tienes que preocupar por eso —contestó Eleanor—. ¿De qué vas vestido, por cierto, de monje?

—Pero bueno, Eleanor, ¿acaso no me reconoces? ¡Soy el terrible jinete sin cabeza! —exclamó Timothy—. ¿No has leído la novela de Irving? Ya sabes, *La leyenda de Sleepy Hollow.* Cuenta que un diabólico tipo descabezado asesinaba a los habitantes de una aldea de Norteamérica con una espada antigua. Aterradora, perfecta para estas fechas.

—¡Ay, Dios! Calla, por favor, no me cuentes esas cosas —tembló Eleanor.

—¿Asustada? —aventuró él.

—¿Acaso tú no?

Timothy se rio sin poder evitarlo y tuvo un repentino impulso de quitarse la máscara y besarla. Eleanor podía ser totalmente diferente a las mujeres que le atraían, pero tenía un punto de ingenua dulzura que podía hacer arder de deseo a un hombre. Aiden tenía suerte. Siempre la tenía, en realidad. Apartó esos pensamientos cuando el vals terminó y, antes de que llegaran a salir de la pista de baile, su amigo se acercó y apoyó el brazo sobre su hombro. Timothy sintió que el corazón le daba un brinco, como si Aiden hubiese adivinado lo que había estado pensando hacía un minuto.

—¿Os divertís? —inquirió el heredero de Cloverfield.

—Mucho, resulta que tu mujercita es de espíritu sensible. ¡Qué encanto! Le asustan los cuentos de fantasmas —comentó Timothy—. Tal vez sea mejor que la consueles un poco, Aiden, sácala a bailar y hazla reír. Yo encontraré otra diversión.

—No tengo el espíritu sensible —se defendió Eleanor.

—Claro que no, querida, solo eres un ave diurna atascada en una noche oscura —dijo Aiden y se volvió hacia su amigo—. Está bien, Tim, te tomaré la palabra. Deberías ir a ayudar a tu hermana; por cierto, creo que la señorita Kathleen Vernon ha bebido demasiado y Clarice no podrá contenerla. Que no monte un espectáculo, por favor, hoy no.

—Me ocuparé ahora mismo.

Dicho aquello, Timothy se alejó entre los invitados y Aiden condujo a Eleanor hasta la pista de baile para engancharse al vals que había empezado a sonar en ese instante. La joven volvió a sonreír al notar las cálidas manos de su marido rodeándola por la espalda para atraerla hacia su pecho. Se sentía segura y a salvo entre sus brazos, tranquila y muy feliz. Aiden bailaba tan bien o mejor que Timothy, y ella se sentía flotar. O eso hacía hasta que cayó en la cuenta de sus propios pensamientos. De pronto, recordó algo y alzó la cabeza hacia él.

—No sabía que Timothy tenía una hermana —dijo.

—Sí, Clarice. Es un poco más joven que tú, una mucha-cha encantadora —comentó Aiden—. Tal vez, si no la vie-se como a una hermana pequeña, me hubiese casado con ella. Será una mujer muy codiciada cuando acuda a su baile de debutante, te lo aseguro.

—¿Son de una familia influyente, entonces?

—Desde luego. Los Richemond poseen una gran ri-queza. Sus negocios se sitúan en el norte, en el condado de Armfield —explicó y, de pronto, frunció el ceño—. ¿Por qué te interesa de repente la familia de Timothy?

Eleanor se quedó en blanco y tragó saliva antes de res-ponder.

—Por nada en especial. Es solo que hasta ahora no me has hablado mucho de ellos —dijo—. Un momento... ¿Has dicho, Richemond? ¿Él se llama Timothy Riche-mond?

—Sí, así es.

Timothy Richemond. «Ted Roberts». ¿Podía ser ese el nombre que había tras ese seudónimo? Ambos empe-zaban por TR. ¿Podía venir de allí la firma de la carta? Eleanor le apretó la mano, y él tomó el gesto como una señal de pasión, así que acercó el rostro para besarla. Sin embargo, antes de que se produjera el beso, algo más llamó su atención. Al ver que se detenía, Eleanor volvió la cabeza en la dirección en la que él estaba mirando. Ti-mothy estaba bailando con una mujer, la misma con la que había estado aquella tarde en que Aiden fue de visita a su casa.

Su marido frunció el ceño sin poder evitarlo y ella lo azuzó para que siguiese bailando. Se habían quedado parados y estaban obstaculizando a las demás parejas. Él parpadeó y movió la cabeza para centrar su atención, momento que Eleanor aprovechó para preguntar. No conocía a la joven, pero parecía que algo en ella estaba molestando a su esposo. O quizá fuese solo Timothy, no lo sabía.

—¿Qué ocurre? —preguntó.

—Nada, es una tontería, en realidad —contestó Aiden—. Es solo que me molesta que Timothy siempre elija para sí mujeres que se parecen a Elisabeth, como si disfrutara sacando a colación el pasado. ¡Y ni siquiera se molesta en disimular! Se pone a besarla en nuestra propia fiesta sin inmutarse.

Eleanor miró a la pareja para comprobar que, en efecto, Timothy y la chica se estaban besando de forma apasionada al otro lado de la pista de baile. Después, clavó los ojos en Aiden. No estaba celosa por la confesión, más bien reafirmaba sus sospechas.

—¿Suele hacer mucho eso? —inquirió—. Timothy, quiero decir.

—No llevo la cuenta de todas con las que yace, Eleanor —resopló Aiden—. Pero sí, es algo que suele hacer. Es tonto que me moleste, lo sé, pero es mi mejor amigo. Sabe perfectamente que me incomoda el parecido de sus conquistas y, aunque entiendo que Elisabeth y él fuesen amigos antes de nuestra relación, no tiene por qué hacer eso, parece querer recordármela a cada rato. Es frustrante, a decir verdad.

—Así que Elisabeth y Timothy se conocían antes de que tú la conocieses a ella...

—Sí, él fue quien nos presentó —le confirmó Aiden.

—Mmm, ya veo —asintió Eleanor confirmando lo que ya le había dicho Emily. Entonces, bajó la mirada un instante antes de volver a alzarla de nuevo con una sonrisa—. No te preocupes, Aiden. Por soez que sea, lo más probable es que solo se trate de una coincidencia entre el gusto personal de Timothy y el tuyo. No le culpo, esa mujer es muy guapa y las rubias siempre son llamativas.

El duque elevó las cejas con una sonrisa divertida y, de pronto, olvidó su irritación. Eleanor lo decía sin ningún tipo de malicia, sin incluirse a sí misma en el estatus de rubia. Qué adorable era cuando actuaba de esa forma, se moría de ganas por besarla. Ella, sin embargo, a pesar de no mirar a la pareja para no levantar las sospechas de Aiden, no podía dejar de pensar en lo que acababa de descubrir de boca de su esposo.

Era obvio que si Timothy elegía mujeres parecidas a Elisabeth, no era solo porque le atraía físicamente el patrón de «rubia delicada de ojos azules», sino porque le recordaba a ella. Que la conociese antes que Aiden solo era un «suma y sigue». Después de esa noche, el futuro conde de Armfield se había ganado todos los boletos para ser el traidor que había arruinado la vida de su marido en el pasado. Aún le costaba creerlo, pero las pruebas apuntaban innegablemente hacia él.

—Tienes razón, no tiene sentido molestarse por eso, mejor disfrutemos de la fiesta —dijo Aiden, devolviéndola a la realidad—. La primera de muchas juntos, querida mía.

—Que así sea —asintió ella.

Antes de que el vals terminara, la joven cerró los ojos y ambos unieron sus labios. El beso pronto se transformó en deseo y, cuando el aire les faltó, se apartaron con una sonrisa cómplice. Había pasión y fuego en sus miradas, pero antes de que volviesen a besarse, una voz a su espala logró sacarlos de la ensoñación.

Kathleen Vernon, ebria y disfrazada de novia, los señalaba con un brazo en alto. Estaba tan borracha que se tambaleaba hacia los lados y la mirada de sus ojos parecía desenfocada cuando movió el rostro para mirar a Ellie.

—Disfruta mientras te dure el idilio, ¡zorra! —exclamó la joven.

Eleanor parpadeó y miró a Aiden, que tensó la mandíbula antes de responder.

—¿De qué estás hablando? —fue lo único que acertó a decir.

—Oh, ¿de veras no lo sabes? ¡Si es un secreto a voces! —Se rio la otra y movió las manos de forma teatral—. Lord Aiden Wadlington solo se casó contigo para heredar el título de duque y su fortuna. Pobre estúpida, no eres más que un medio, él nunca te amará.

—Basta ya, Kathleen, no te humilles más —le ordenó Aiden.

—O qué, ¿me expulsarás de aquí como hiciste con Lizzie? —escupió Kathleen.

—Ya ves, tengo la costumbre de sacar la basura de mi casa.

Kathleen se adelantó dispuesta a golpearle, pero se tambaleó y, de no haber sido por Aiden, que la atrapó en el último momento, se hubiese caído de bruces. Al ver que aquello no tenía una solución discreta, el joven la tomó por el brazo y la ayudó a caminar a grandes zancadas hasta que se encontraron fuera del salón. Se ocuparía personalmente de que alguien del servicio la llevase a su casa. Los invitados habían formado un corrillo para presenciar la escena, pero una vez la discusión terminó, volvieron a sus quehaceres: comer, beber y bailar.

Cuando Aiden regresó, ya sin Kathleen, encontró a Eleanor junto a las ventanas que daban al jardín. En la terraza de al lado se habían besado por primera vez y el recuerdo le provocó una sonrisa. Se acercó a ella dispuesto a hacerla olvidar el incidente con aquella mujer.

—Discúlpala, está ebria y no sabe de lo que habla —dijo—. Son los celos y la envidia lo que la carcomen, lo que hace que suelte esas barbaridades. No te creas nada de lo que ha dicho, Ellie.

—¿No es cierto entonces que te casaste conmigo por eso? —le contradijo ella.

—No. Me vi forzado a casarme debido a eso, pero no te elegí a ti por ese motivo —negó—. Por Dios, Eleanor, deberías saberlo mejor que nadie.

La joven suspiró y frunció los labios antes de sonreírle con determinación.

—Te hice una promesa frente al altar, Aiden, y sé que, antes o después, lograré que encuentres el valor para admitir tu amor —aseguró—. Te amaré siempre y haré que seas feliz, lo sepas tú o no.

Dicho aquello, la joven dejó caer la mantilla al suelo y se dio la vuelta para perderse entre los invitados ante un Aiden atónito. El hombre se había quedado tan paralizado por aquellas palabras que solo acertó a agacharse para recoger la tela y mirar el lugar por el que ella había salido instantes antes. ¿Tan transparente era que la joven veía a través de él? ¿Se arriesgaría algún día a decirle que la amaba y lanzarse así al precipicio?

Capítulo 19

FLOR DE RODODENDRO BLANCO

La mañana siguiente a la fiesta, día de Todos los Santos, Eleanor decidió pasarla a solas con Aiden. Se había propuesto terminar con la investigación aquella misma tarde costara lo que costase y, decidida, se pasó la pluma de madera de roble sobre los labios mientras releía la pequeña nota que le había escrito a Timothy con la esperanza de que picase el anzuelo. Era la única forma de saber la verdad, así que la releyó con atención.

Ted Roberts:

Sé lo que hicisteis, conozco la verdad. Si quieres que lo que compartías con la difunta Elisabeth Whitehall siga siendo un secreto, R, preséntate esta tarde a las nueve en la habitación número cinco del hostal

Monte Alto. Tu habitación en Westlockster, seguro que la recuerdas, dado que la compraste para verte con ella. No faltes o todo se sabrá, te doy mi palabra.

E.W.

Satisfecha, dejó la pluma y sopló sobre la tinta húmeda para que se secara cuanto antes. No había forma de que Timothy supiese que la autora era ella, pues debido a una agraciada coincidencia del destino, las iniciales de su firma se correspondían con las de Elisabeth: Eleanor Wadlington, Elisabeth Whitehall. Curioso, pero le añadía cierto misterio al asunto. Tal vez creyese que era alguien que se hacía pasar por ella. Uno nunca podía saber lo que pensaba un paranoico que sabía que lo iban a atrapar.

Una vez la tinta se hubo secado por completo, la joven dobló el papel y lo metió en un sobrecito que no se molestó en sellar. Después, llamó a Helen y se la entregó, pero antes de que la doncella saliese por la puerta, Eleanor hizo que se detuviera.

—Espera, Helen, escúchame, esto es importante —dijo—. Asegúrate de que no te vean cuando la metas en el buzón de los Richemond. Después, espera allí escondida hasta que veas que un criado la recoge. Quiero que la reciba hoy, pero que no te vean, ¿de acuerdo? Actúa con mucho cuidado, te lo ruego.

—No se preocupe, señora, no será un problema —le aseguró Helen.

—Está bien, pero más vale ser precavida.

Helen asintió por toda respuesta y salió de la habitación. Solo entonces, Eleanor se permitió soltar el aire que había estado conteniendo en el pecho. Sabía que Aiden estaba en las caballerizas cuidando de los animales, así que se encaminó hacia allí dispuesta a cumplir con su propósito.

Él estaba arrodillado junto a *Duquesa,* que se hallaba tumbada sobre el heno del establo y cuyo vientre estaba muy abultado debido al potrillo que esperaba. Aiden le pasaba el cepillo por la piel con cuidado para que se relajara y Eleanor sonrió enternecida ante la escena.

Su marido podía parecer frívolo, pero por dentro era dulce y atento. Se lo había demostrado en infinidad de ocasiones, como aquella primera vez que la llevó al campo de girasoles tras la laguna para conquistarla. Tocó un par de veces sobre el poste de madera para llamar la atención y su marido volvió la cabeza y le sonrió. Ella le devolvió el gesto y se acercó despacio.

—Creí que no llegarías nunca —dijo—. Ven, quiero enseñarte algo.

Eleanor se arrodilló junto a él, el duque tomó su mano y la posó sobre el vientre de la yegua. Entonces, un golpe sacudió su palma y Eleanor abrió los ojos con sorpresa. ¡Había notado moverse al potro! Y eso que aún faltaban semanas para que naciera. Una gran sonrisa se instaló en sus labios, que se amplió al notar otro movimiento.

—Increíble, ¿verdad? —comentó Aiden.

—Sí que lo es, nunca había sentido algo así —admitió Eleanor—. ¿Cómo te las arreglas para seguir sorprendiéndome incluso ahora?

—Lo hago sin proponérmelo, amor. Si quisiera sorprenderte, créeme, lo sabrías.

Ambos se miraron y rompieron a reír. El tono que él había usado había sido de clara burla, pero había verdad en sus palabras. Tan distraída estaba con ese pensamiento que, cuando él alzó la mano para acariciarle la mejilla, Eleanor se sobresaltó.

—¿Aún te dura el susto por la fiesta de ayer? —le preguntó Aiden.

—Tal vez, pero conozco el remedio para olvidarlo.

—Estoy seguro de que puedo hacer algo al respecto por complacerte.

La joven se levantó, arrastrándolo con ella antes de abrazarlo para besarle el cuello con delicadeza. Notaba el pulso de Aiden latir contra sus labios y su masculino aroma inundar su olfato. ¡Cómo amaba a ese hombre! Suspiró, estaba muy contenta.

—Antes de que empieces a pensar como un truhan, te aclaro que no es nada de eso —le explicó la joven—. Quiero que vayamos a la laguna, solos tú y yo, como el primer día. La última vez que lo sugeriste, no pude ir, pero ahora soy libre para pasar la mañana contigo, si quieres. Podemos comer allí, pero debo volver antes del anochecer.

—Como en el cuento de Cenicienta, «volverás antes de que suenen las doce campanadas». La traeré de vuelta antes de que se ponga el sol, princesa Eleanor, no se alarme por eso —asintió Aiden y ella rio al oír su tono de voz—. Ahora, siendo serios, me parece perfecto. Deja que ensille a *Caballero,* podemos ir juntos en él, no hace falta sacar a *Rosalina.*

La joven asintió y, un par de minutos más tarde, cabalgaban hacia la laguna que se abría en el bosque a las afueras del pueblo. Sería el último remanso de paz antes de que la tormenta que Eleanor estaba a punto de provocar se desatase.

Westlockster parecía muy oscuro y solitario a esa hora. Eran casi las nueve de la noche y, al ser un pueblo pequeño de campesinos y pastores, no había nadie en sus calles. Las únicas luces que iluminaban el camino eran las que salían de las ventanas de las casas. En esa situación, Eleanor se sentía más nerviosa de lo que admitiría, dado que había insistido en que ni Dale ni Helen la acompañaran y estaba sola ante el peligro. Era una misión que tenía que resolver por sí misma, así que, sin más dilación, espoleó a *Rosalina* y se dirigió al hostal Monte Alto para enfrentarse a su destino.

Una vez que ató la yegua al poste delantero, cruzó las puertas para encontrarse a la posadera que, nada más verla, elevó las cejas, sorprendida. Al parecer, no tenía muchos huéspedes y, menos, de clase alta. Una señorita bien vestida como Eleanor, sin duda, llamaba la atención en aquel lugar. Además, no era la primera visita que tenía esa noche. Sin duda, algo extraño estaba pasando; sin embargo, se limitó a sonreír.

—¡Señora, qué sorpresa verla de nuevo por aquí! —le saludó la mujer—. Ya veo que encontró al caballero, le está esperando en la habitación. Ya sabe, la suya.

—Entonces, ¿ha venido? —Se sorprendió Eleanor.

—¡Desde luego que ha venido y ya le he puesto los puntos sobre las íes! No quiero problemas esta vez, así que, por Dios se lo pido, no hagan nada raro. ¿De acuerdo?

—Por supuesto, señora, no tardaré demasiado —le aseguró Eleanor.

—En tal caso, sígame, la acompañaré hasta la puerta.

—Muchas gracias.

La posadera asintió con un ademán decidido y salió de detrás del mostrador. Después, comenzó a guiarla por un pasillo que recorría la planta baja hacia la habitación que estaba en el extremo, la número cinco. Cuando estaba a punto de abrir la puerta, Eleanor la despidió y, una vez a solas, soltó aire y giró la manecilla para entrar.

La habitación era muy sencilla y rústica, como todo el hostal: las paredes eran de madera con papel pintado, un bodegón de frutas colgaba sobre el gran cabecero y también había un armario de doble puerta y un par de mesillas a cada lado de la cama. Aquello era todo.

La estancia estaba vacía y en penumbra, a pesar de la luz que se colaba por la ventana de cortinas blancas, así que Eleanor se adentró para encender la lamparilla de aceite que había sobre la mesilla. Cuando la pequeña llama iluminó la habitación, la joven se volvió para observarla al detalle y a punto estuvo de dejar caer el quinqué cuando una voz masculina a su espalda rompió el silencio e hizo que saltase.

—Vaya, no esperaba que fueses tú —dijo.

Eleanor tragó saliva y se volvió para encontrarse a Timothy, sereno y vestido por completo de negro. La expresión de su rostro era seria, fría, sin el rastro de diversión e ironía habituales en él, y un deje de temor la invadió por completo. Pero no, tenía que ser fuerte por Aiden, tenía que lograr que su amigo lo admitiese todo costara lo que costase. Era la única forma de que la sombra de Elisabeth desapareciese de sus vidas para siempre.

—Yo sí te esperaba a ti —dijo Eleanor—. En el fondo, quería que fuese otra persona, pero mi intuición estaba en lo cierto, el amante de Elisabeth eras tú. Oh, Timothy, ¿cómo pudiste hacerle eso a Aiden? Sabías que amaba a esa mujer más que a su vida.

—Yo la amaba primero —contestó y se acercó despacio—. Pero, antes de nada, cuéntame cómo te has enterado de todo este asunto. Quiero saber a qué me enfrento.

—No fue muy difícil, a decir verdad. En cuanto conocí a Eddie, empecé a sospechar, el niño no guarda mucho parecido con Aiden. Ahora que lo pienso, se parece mucho a ti. Ambos tenéis los ojos de un azul profundo y tu pelo es tan claro como el del pequeño.

—¿Eso es todo? ¿Una ligera remembranza con un bebé?

—No, eso no es todo. Encontré una carta —admitió Eleanor.

—¿Qué carta? —preguntó Timothy.

Eleanor frunció los labios y sopesó por un momento lo que podía contar o no. Al final, decidió poner todas las cartas sobre la mesa.

—Una que, al parecer, jamás recibiste. Elisabeth la escribió la mañana que Aiden la expulsó de Cloverfield.

Decía que quería verse contigo, que Randolph debía entregártela. Pero ¡sorpresa!, parece que el mayordomo tenía sus propios planes.

—¿De qué estás hablando? —inquirió Timothy.

—¿Acaso no lo sabías? Adams también estaba enamorado de ella —le explicó Eleanor—. Lo sigue estando a día de hoy, él mismo me lo ha confesado. Al parecer, no se fiaba de ti, tal vez por eso te ocultó la carta, porque quería cuidarla él mismo.

—Eso es ridículo. Elisabeth mandó a buscarme aquella misma tarde, antes de venir a Westlockster. Adams no era más que un peón, jamás la habría traicionado.

—Oh, así que ni te molestas en negar que eras tú el traidor...

Timothy se acercó a ella a paso lento, con una sonrisa que bailaba entre irritada y cínica. Eleanor retrocedió sin darse cuenta, pero se detuvo cuando su espalda chocó contra la pared. Recorrió la habitación con un rápido vistazo en busca de una salida y, por suerte para ella, encontró una puerta lateral que daba al exterior. La voz de Timothy la sacó de sus pensamientos y el hombre alzó la mano para rozarle la mejilla en una suave caricia. Eleanor tembló, no supo por qué con exactitud.

—No tiene sentido negar lo que ambos sabemos, querida Ellie. En esta humilde cama le hacía el amor a Elisabeth, la única mujer a la que he amado. En esta cama, engendramos a Edwin, el hijo que debió haber llevado mi apellido desde un inicio. En esta cama, vivíamos lo que siempre debimos haber vivido: nuestro amor —dijo él, sonriendo al ver que la duquesa apartaba la mirada—. No tengas miedo de mí, Eleanor. Eres un encanto, pero si quisiese yacer contigo, lo habría intentado hace mucho.

—¿Intentarías robarle la mujer a Aiden otra vez? —preguntó ella—. ¿Tanto le odias?

—¿Odiarle? —repitió Timothy—. Jamás lo he odiado, al contrario. Aiden es mi mejor amigo, el único al que aprecio, valoro y respeto de verdad. Lo quiero como si fuese mi hermano de sangre. Esa es la única razón por la que no impedí esa condenada boda, porque no quería hacerle daño. ¿Odiarle? No tienes ni idea, Eleanor.

—Entonces, ¿por qué? —murmuró ella.

—¿Por qué traicionarle?

Eleanor asintió y él suspiró antes de alejar la mano de su piel, cansado.

—Yo no traicioné nada. Como ya he dicho, amaba a Elisabeth mucho antes de que él la conociera. Fue ella quien se encaprichó de Aiden, quien quiso casarse con él para ostentar el rango de duquesa —escupió dolido—. Me amaba a mí, pero yo no era suficiente. Elisabeth quería más. Quería ascender de estatus y supongo que mi futuro título de conde no satisfacía sus ambiciones. Pobre desgraciada, si lo hubiese sabido...

—¿Por eso la mataste? ¿Porque jugó contigo? —aventuró Eleanor.

El hombre la miró perplejo y retrocedió como si ella le hubiese golpeado.

—¿De qué estás hablando? Yo no he matado a nadie —dijo Timothy.

—No mientas. Elisabeth fue a reunirse contigo y acabó muerta —rebatió Eleanor—. La posadera me contó que desapareciste como un maldito bastardo y luego la policía estuvo indagando por aquí. No tiene sentido que lo ocultes, es obvio lo que ocurrió.

—¡No tienes ni idea de lo que estás hablando, Eleanor! —exclamó Timothy—. Te lo advierto, no sigas escarbando en asuntos pasados que no comprendes o será peor.

—¡Si no fuiste tú, dime qué ocurrió! Por Dios, Tim, sabes tan bien como yo que este asunto debe terminar de una vez. Aiden te adora y si tú le aprecias a él, deja que su corazón tenga paz, que se libere del recuerdo de Elisabeth, que sea feliz conmigo.

Aquellas palabras parecieron afectarle, pues se acercó a la cama para sentarse y ocultar el rostro entre las manos. Parecía alterado, dolido y muy cansado. Eleanor, sin embargo, no se movió de su sitio, tensa como la cuerda de un arco.

—Que Aiden tenga paz, que Aiden sea feliz, que Aiden tenga fortuna e hijos. Aiden, Aiden, ¡siempre Aiden! —exclamó Timothy—. ¿Qué hay de mí, de lo que siento yo, de lo que quiero yo? Quiero a Aiden como a un hermano, pero, por Dios, no me pidas que me vuelva a sacrificar por él. ¿Matar yo a Elisabeth, dices? Amaba a esa mujer más que a mi vida, Eleanor, nunca le hubiese hecho daño.

—Entonces ¿qué pasó? —insistió ella.

—Un desgraciado accidente, eso fue lo que pasó. Aquella tarde, un criado me dijo que una joven señorita muy alterada le había pedido que me dijese en persona que acudiese a Westlockster. Asumí en el acto que se trataba de Elisabeth, así que me puse en camino nada más enterarme —comenzó Timothy—. Cuando llegué, ella ya me estaba esperando. Me contó que Aiden había descubierto las cartas que nos enviábamos, siempre escritas con seudónimo, pero aun así, la había expulsado del palacio y estaba dispuesto a repudiarla. El engaño sucedió sin más, sin buscarlo yo ni planearlo. Yo la amaba, ella me amaba a mí, sencillamente, no pude evitarlo ni detenerme una vez hubo empezado. Tú debes saber, Ellie, lo que es amar y sentir el dolor del ser amado. Si no, no estarías aquí ahora.

La joven no respondió, así que Timothy continuó.

—Elisabeth era muy desgraciada con él. No me malinterpretes, sé que Aiden la mimaba y cuidaba como a una princesa, pero Lizzie no era así —continuó Timothy—. Era una mujer fuerte, con carácter y quería pasión, fuego. No soportaba la vida de dama rica y cándida que llevaba con él. Al final, fue su ambición lo que la perdió, pues, a pesar de ser tan poderosa, era muy infeliz. Por eso, empezó a mandarme cartas y también por eso empezamos a vernos. No yací con ella de entrada, si es que te lo estás preguntando. Tardé más de un año y medio en ceder a sus proposiciones, hasta ese punto respeté a Aiden.

—Lo entiendo, Tim. No lo justifico, pero entiendo el por qué —contestó Eleanor—. Sin embargo, el motivo de vuestro *affaire* no explica el desenlace. ¿Por qué huiste?

—Cuando me dijo lo que Aiden planeaba hacer, estaba muy alterada. Quería que yo me la llevase a Londres sin importar el escándalo o el daño que le haría y discutimos. Yo no estaba dispuesto a cruzar esa línea, quería pensarlo bien antes de hacer nada, así que empezó a arrojarme cosas como una histérica. Forcejeamos y ella se resbaló con el aceite de la lámpara que había roto, golpeándose la cabeza contra la mesilla. Murió en el acto, no pude hacer nada. Quedé desolado y me entró el pánico. Entiéndelo, Ellie... Elisabeth estaba muerta, no había nada que yo pudiese hacer por ayudarla. Ya había perdido a la mujer que amaba. ¿Por qué perder también a mi hermano? Si Aiden lo hubiese sabido, me habría odiado, y mi corazón no podía enfrentar tanta desesperación. Esa es la verdad: yo no maté a Elisabeth, lo hizo su ambición.

Eleanor asimiló la historia que acababa de escuchar. Timothy había hecho cosas cuestionables e, indudablemente, equivocadas. Por su culpa, Aiden tenía el corazón roto. Pero, en el fondo, también era una víctima de Elisabeth. Esa mujer había arruinado a ambos hombres y jugado con el amor de los dos. Si era cierto que amaba a Timothy, debió haberse casado con él sin importar qué título obtuviese. Sin embargo, eligió casarse con otro por dinero, condenándolos a los tres a una vida desgraciada.

Esa mujer era una arpía que mereció el final que había tenido.

—¿Se lo dirás a Aiden? —inquirió Timothy.

—Debo hacerlo, es la única forma de que entienda que no fue culpa suya.

—Me temo, querida, que no puedo permitirlo —suspiró él—. Como te he dicho cuando has llegado, no esperaba que fueses tú. Es una pena, pero tengo que impedir que hables. Lo siento, Eleanor, me caes bien, de veras... pero eres tú o yo.

Entonces, se puso en pie y se posicionó frente a ella, que miraba las cosas pasar como si las viera a través de una lente. No podía creer lo que estaba pasando. ¿Acaso iba a morir allí, en medio de una habitación de un hostal dejado de la mano de Dios? Tragó saliva al ver que Timothy se llevaba la mano al cinturón para sacar una pistola. Una Colt 1860 c45.

Cerró los ojos y oyó el sonido del percutor. Sin embargo, el disparo nunca llegó. Abrió los ojos y miró a Timothy, cuyo brazo temblaba mientras sujetaba el revólver.

—¡Dios santo, no puedo! ¡No puedo hacerlo! —exclamó y bajó el arma—. Vine aquí a acabar con el intruso que había averiguado la verdad, pero tenías que ser tú, Eleanor. Te aprecio demasiado, no puedo hacerte eso a ti. Ni a ti ni a Aiden.

—Ni a ti mismo, Timothy. Tú no eres un asesino —susurró Eleanor.

Él resopló, dio la vuelta y salió de la habitación a grandes zancadas por la puerta lateral, que abrió de un manotazo. Eleanor se apresuró a seguirlo. Quería arreglar las cosas, pues, a pesar de todo, entendía los motivos que habían llevado a Tim a traicionar a su amigo. El momento llegaría, pero era algo que tendrían que resolver entre los dos. Lo alcanzó a cuatro pasos de la puerta y lo tomó del hombro, pero él se zafó y la empujó para liberarse.

—Déjame en paz, Eleanor, vuelve con Aiden y olvídate de mí —dijo.

La joven no respondió y el conde entendió aquel silencio como una aceptación. Sin volverse a mirarla, Timothy dio la vuelta al edificio y se perdió en la oscuridad. Eleanor había chocado contra la jamba de la puerta y, al bajar la vista hacia su abdomen, encontró un tubo de metal que le atravesaba la carne y manchaba el vestido. La sangre comenzó a empaparlo todo y, sin dar crédito a lo que estaba pasando, avanzó un par de pasos intentando averiguar con qué se había herido. Encontró un gancho para caballos justo en ese poste, que la atravesó por completo al chocar contra él. Timothy ya se había ido, así que estaba sola desangrándose.

Cuando la oscuridad comenzó a teñirle la visión y cayó redonda al suelo, vio las flores de rododendro blanco que crecían en los arbustos que la rodeaban. Curioso, pensó. Implicaban peligro, así que, tal vez, moriría allí después de todo, a causa de un accidente.

Sonrió con los ojos cerrados. Segundos después, todo se tornó negro.

Capítulo 20

CRISANTEMOS VIOLETAS

Helen se mordía los labios. A su lado, Dale se mostraba divertido y exasperado a partes iguales. La doncella lo convenció para que acompañaran en la distancia a *lady* Wandlintong y, desde que habían salido de Cloverfield, le insistía en que no la perdiesen de vista. Dale le había seguido la corriente de buena gana. Apreciaba a la joven Eleanor y, como Helen, también encontraba bastante sospechoso todo aquel asunto.

Desde que Eleanor le preguntó por el hostal y la acompañó hasta Westlockster, había sospechado que algo extraño sucedía. No era normal que las dos mujeres de lord Aiden sintiesen tal interés por un pueblo de pastores y la petición de Helen de seguir a la señora para averiguar de qué iba todo aquel misterio le pareció que llegaba en el momento adecuado. *Lady* Eleanor había llegado al Monte

Alto a las nueve menos cuarto y aún no sabían nada de ella. Hacía unos minutos que habían visto salir a un caballero vestido de negro por la parte de atrás; luego, nada.

Debido a la oscuridad, no habían logrado verle la cara. Por eso, Helen no paraba de moverse, inquieta como una ardilla. Estaba preocupada y Dale lo sabía.

—Por Dios, Helen, cálmate. No ha pasado tanto tiempo desde que entró —dijo en un intento por tranquilizarla.

—Tiene problemas, Dale, estoy segura —rebatió—. Por favor, vamos a ver qué pasa. Si no ocurre nada, nos iremos, pero hay algo que no me da buena espina.

El chico suspiró, resignado. Sabía que, hasta que no cediera, Helen no dejaría de insistir.

—De acuerdo, vamos a acercarnos por la parte trasera.

Helen asintió y juntos dieron la vuelta a la posada para investigar la situación. Para su asombro, notaron que una de las entradas laterales estaba abierta, por la que salía luz. Por esa puerta debía de haber salido el caballero vestido de negro que vieron antes, así que se agacharon y caminaron entre la hierba en dirección a ella. Entonces, toparon con algo que había tendido en el suelo. Helen abrió mucho los ojos al entender lo que era y un grito de pánico salió de sus labios mientras zarandeaba a su amiga.

—¡*Lady* Eleanor! —exclamó—. Oh, Dios, ¡Dale, ayúdame a darle la vuelta!

—¡Aparta, Helen, ya lo hago yo, no la muevas o será peor! —dijo el mozo.

Dale volteó con cuidado a Eleanor y, al ver su vestido de rosas amarillas teñido de rojo, Helen rompió a llorar.

Entonces, Dale puso los dedos en el cuello de la joven y notó su pulso errático. Suspiró con alivio y llevó ambas manos a la herida para taponar la hemorragia. Después, se volvió hacia Helen y la miró con determinación.

—¿Crees que podrás llegar a Cloverfield tú sola? Hay que avisar a lord Aiden.

—¿Por qué no vas tú? —balbuceó Helen aterrorizada—. Yo m-me perdería y tú cabalgas mucho mejor. Por favor, Dale... morirá si no hacemos nada pronto.

—No puedo, alguien tiene que taponar la hemorragia y tengo las manos más grandes que tú —razonó el mozo—. No podemos moverla o se desangrará, y mucho menos, cabalgar con ella. Solamente queda esa opción, Helen, debes ir tú.

La sirvienta miró a su amiga inconsciente, dejó de dudar y asintió. Si la vida de Eleanor estaba en sus manos, cabalgaría rápida como el viento, así que corrió hacia el árbol donde habían atado a *Lancelot* y subió a él de un salto. La ayuda estaba al llegar.

❊❊❊

Hacía rato que habían servido la cena, pero Aiden no había querido bajar. Se había acostumbrado a la compañía de Eleanor en la mesa y cenar sin ella le resultaba extraño. Además, no podía negar que estaba preocupado. Eran más de las diez de la noche y su esposa aún no había regresado de su paseo. Era una mujer responsable y sensata, nunca se hubiese aventurado a salir de noche, aunque fuera con escolta; así que, cuando el reloj tocó las diez y media, comenzó a tamborilear los dedos sobre el reposabrazos del sofá de su dormitorio.

Un rato después, incapaz ya de soportar aquella situación, se puso en pie y se dirigió al salón para esperarla. Solo deseaba que no la hubiesen asaltado, no sería la primera vez que ocurría algo así en aquellos caminos de los alrededores y se moría de preocupación. Al notarlo, *lady* Adeline dejó el ejemplar de *David Copperfield* que estaba leyendo sobre la mesita del té y se levantó para acomodarse a su lado. Aiden era pésimo disimulando que estaba nervioso, así que la mujer tomó la mano de su hijo entre las suyas y logró que el joven la mirara sobresaltado.

—¿Qué te ocurre, hijo? —preguntó.

—¿Padre ya está dormido? —inquirió él evitando la pregunta.

—Sí. Duerme plácidamente desde hace una hora, se sentía muy fatigado y lo envié a descansar —repuso su madre e insistió—. ¿Es por Eleanor, os habéis peleado?

—No, ni mucho menos, es solo que aún no ha regresado. Salió a las siete y son más de las diez y media —explicó Aiden—. ¿Adónde habrá ido?

Adeline sonrió y apretó la mano de su hijo para darle ánimos.

—Veo que las cosas se han encauzado desde que os casasteis... Te has enamorado de ella como un chiquillo, ¿verdad?

—¿Tan raro sería si así fuese? —contestó Aiden irritado.

—¡Claro que no, hijo, no te enfades! Es una gran noticia, me alegro por ti. Por los dos, en realidad —exclamó

Adeline—. Eleanor es una mujer excelente, tan dulce y buena que supe, desde el primer día, que era perfecta para ti. No te preocupes por ella, si ha salido de noche, seguro que ha sido por una buena razón. Tal vez quiera darte una sorpresa de enamorados, ¿eh?

—Nunca cambias, madre...

La duquesa se rio al ver la cara de exasperación de su hijo. Sin embargo, su risa fue interrumpida cuando la puerta del salón se abrió de forma brusca y entró Helen como un tifón. Tenía un aspecto desastroso: el cabello revuelto, las mejillas rojas y el vestido manchado de sangre. ¡Sangre! Nada más verlo, Aiden se puso en pie y cruzó la distancia que los separaba de cuatro zancadas para acercarse a ella. Entonces, Helen comenzó a llorar de forma descontrolada. Él se asustó y trató de calmarla.

—Helen, tranquilízate y habla despacio. ¿Qué ha pasado? ¿Dónde está *lady* Eleanor?

—Ella está... ¡Está herida! —balbuceó la joven sirvienta—. ¡Se va a morir si no...!

—¿Herida? —interrumpió Aiden—. ¿De qué estás hablando?

—Sí, por Dios, explícate, muchacha —intervino Adeline.

—Tiene que venir, lord Aiden, ¡no hay tiempo que perder! —dijo Helen—. *Lady* Eleanor está herida, Dale y yo la seguimos hasta Westlockster y...

Aiden se alteró al oír aquel nombre y tomó a la sirvienta por los hombros.

—¿Westlockster has dicho? —inquirió—. ¿Qué fue a hacer allí?

—¡No lo sé, pero vimos salir del lugar a un tipo vestido de negro y luego a *lady* Eleanor tendida y sangrando sobre la hierba! —contestó Helen para acto seguido volver a sollozar—. ¡Dios mío, lord Aiden, hay que salir ya o morirá!

No fueron necesarias más palabras. Aiden arrancó a correr sin importarle los gritos de su madre, que le rogaba que esperase a *sir* Charles, o de Helen, que le pedía que la llevase consigo. Aquello parecía una pesadilla y que Eleanor estuviese sangrando en un prado de Dios sabía qué lugar era un castigo contra su arrogancia, por no haberle confesado que la amaba desde hacía mucho tiempo. Si moría sin oírlo de sus labios, jamás se lo perdonaría.

Por eso, cuando subió de un salto a lomos de *Caballero* sin molestarse en ensillarlo y echó a cabalgar seguido de Helen, que estaba histérica, el tiempo pareció volar bajo sus pasos. Westlockster. ¡Cómo odiaba ese lugar! Elisabeth lo había usado de tapadera para verse con su amante, estaba seguro. Nunca había podido constatarlo, pero lo había deducido tras leer las cartas entre ella y aquel hombre. Que Eleanor estuviese allí no podía significar nada bueno. Sin embargo, no le importaba el motivo de esa visita. Solo quería encontrarla y asegurarse de que estuviese a salvo, de que sobreviviría a sus heridas.

Cabalgaron como alma que lleva el diablo y, veinte minutos después, avistaron las casas de la pequeña aldea. Helen lo condujo entre las callejuelas y pronto avistaron el hostal Monte Alto. Dieron la vuelta al edificio sin desmontar y, una vez frente a Dale y una mujer desconocida que supuso sería la posadera, saltó de la silla y se arrodilló junto a su esposa, que estaba pálida como un espectro y con el vestido empapado de sangre. El pánico le recorrió las venas cuando tomó a la joven de manos del criado y la sostuvo entre sus brazos. Quería despertarla, pero sabía que era mejor no hacerlo para evitarle dolor. En vez de eso, se incorporó con cuidado y subió a lomos de *Caballero*.

Debía llegar a Cloverfield y avisar a *sir* Charles. Eleanor tenía que salvarse.

Si no sobrevivía... ¿qué haría?

✦✦✦

Las horas que se sucedieron volaron en la mente de Aiden. Nada más llegar al palacio de Cloverfield, encontró a su madre, que ya había avisado al médico. *Sir* Charles los estaba esperando en el dormitorio que Eleanor y él compartían con su instrumental médico preparado. Aiden dejó a la joven en manos del reputado doctor, pero no se separó de ella ni un instante. De algún modo, un objeto punzante le había atravesado el abdomen, pero por suerte, no había tocado los pulmones. Eso dijo *sir* Charles: no era una herida de arma, así que debió de tratarse de un accidente.

Sin embargo, no podrían salir de dudas hasta que ella recuperase la consciencia y les contase lo que había pasado. En lo que a Aiden respectaba, nada en toda aquella situación había sucedido por accidente. Solo cuando el médico le aseguró que la herida estaba limpia, cosida y libre de infecciones, el joven heredero se permitió volver a respirar. Besó a su esposa en los labios mientras esta dormía apaciblemente bajo los efectos del láudano y salió de la habitación dispuesto a hablar con Dale y Helen. Tenía que averiguar qué había ocurrido.

Cruzó el corredor y se dirigió al ala de los empleados. Lo más probable era que ambos estuviesen en la sala de descanso, así que se encaminó hacia allí. No se equivocaba. Al abrir la puerta del salón de recreo de los criados, encontró a varios de ellos agrupados mientras hablaban en voz baja con sendas tazas de té en las manos. Carraspeó y, en un instante, los criados se pusieron en pie como accionados por un resorte. Aiden los calmó con un ademán y se acercó a la mesa donde se encontraban Helen y Dale. Entonces, se cruzó de brazos y ambos, mozo y doncella, elevaron la mirada hasta él. Sabían lo que se les venía encima.

—Dejadnos a solas —pidió lord Aiden a los demás—. Ahora los dos me vais a contar exactamente qué es lo que está pasando aquí. ¿Cómo ha llegado mi esposa a esta situación? Hablad ya, sé que lo sabéis todo.

Helen y Dale se miraron y la joven tragó saliva antes de romper el silencio.

—Lord Aiden, yo... quiero disculparme —comenzó—. Sé que debí habérselo dicho desde el principio, pero *lady* Eleanor no quería que lo hiciese. Ella deseaba darle una sorpresa y ahora me siento tan culpable... Lo siento, ¡lo siento tanto!

—No importa, puedes decírmelo ahora. ¿De qué sorpresa hablas?

—Verá, *lady* Eleanor encontró una carta de su difunta esposa, *lady* Elisabeth —explicó Helen, y continuó al ver la cara de perplejidad de Aiden—. La carta iba dirigida a un hombre, a su... bueno, su amante. En ella, reconocía la paternidad del pequeño Edwin y confesaba su temor de que usted la descubriera.

Aiden la miró desconcertado, pues creía haber quemado todas y cada una de las cartas de Elisabeth hacía más de dos años. Que Eleanor hubiese encontrado una era una sorpresa, pero no buena. Helen continuó tras aquella breve pausa.

—Esa carta mencionaba el hostal de ese pueblo, Westlockster, y *lady* Eleanor se propuso ir allí para descubrir la verdad. Ella sospechaba de alguien, así que me hizo enviarle un mensaje a lord Richemond, tal vez para pedir su ayuda...

—¿Timothy? —repitió Aiden sorprendido—. ¿Estás segura de eso?

—Completamente. Yo misma entregué la carta en la mansión Armfield.

—Continúa.

—Esta mañana, *lady* Eleanor me comunicó su intención de ir a ese lugar para encontrarse con el amante de *lady* Elisabeth. Quería descubrir quién era para decírselo a usted, para que viese que nada de lo ocurrido había sido culpa suya —dijo Helen—. Quería ayudarlo a sanar su corazón, eso fue lo que dijo. Por eso, quería acudir a Westlockster sola, insistió en que ni Dale ni yo la acompañásemos, pero, por suerte, no le hicimos caso y la seguimos.

Una sombra de dolor le cruzó el rostro. Cerró los ojos, incapaz de asimilar lo que oía. Eleanor se debatía con la muerte porque había pretendido ayudarlo a sanar el dolor que lo ocurrido con Elisabeth le había provocado. Elisabeth, ¡maldita fuera esa ramera! Incluso desde la tumba seguía arruinándole la vida. Si Eleanor moría por eso, se volvería loco. Ahora que al fin era capaz de abrir el corazón lo suficiente como para volver a amar, se enfrentaba a la pérdida de su mujer. De la mujer que verdaderamente lo amaba. De la única mujer que lo había valorado por quien era, no por su dinero, su título o su posición. Sintió que un dolor crudo se le instalaba en el pecho antes de volver a abrir los ojos para clavarlos en los de Dale, que lo miraba entre compasivo y asustado.

—¿Tú también sabías todo esto? —inquirió Aiden.

—No, milord, no lo sabía —contestó el mozo de cuadras—. *Lady* Eleanor me pidió hace unos días que la llevase al hostal en Westlockster y eso fue lo que hice. Nunca mencionó su propósito y, mucho menos, que quería volver allí. Lo siento, lord Aiden.

—No importa, no es culpa vuestra —dijo el duque, que luego se volvió hacia Helen—. Dime, Helen, ¿dónde encontró la carta? ¿Fue en esta casa o en la de Timothy?

La criada dudó y se mordió los labios, avergonzada.

—¡Vamos, habla, no te va a pasar nada! —exclamó Aiden.

—Es que... me asusta decirlo, lord Aiden. El señor Adams me intimida demasiado.

—¿Randolph? —repitió Aiden confuso—. ¿Qué tiene él que ver con todo esto?

—¡Ay, señor, si usted supiera! —suspiró—. Resulta que el señor Adams ha estado molestando a *lady* Eleanor desde el día que llegó. Ella misma me lo dijo, por eso me hizo venir desde la mansión Hallbrooke, porque le daba miedo ese hombre. ¿Sabe que le propuso ser su ayuda de cámara? Ella lo rechazó, desde luego, pero ¡maldita sea! Eso no es todo. Le confesó que estaba enamorado de *lady* Elisabeth, que ella era una basura comparada con la difunta. ¿Cómo puede alguien ser tan mezquino y ruin, lord Aiden? —dijo llorando.

El futuro duque la miraba con un ademán, furioso. Temblaba de ira. No podía creer lo que oía, que Randolph hubiese estado tramando tales artimañas desde hacía años. Ahora entendía por qué Elisabeth lo defendía a capa y espada. Tal vez se lo llevaba a su propia cama. ¡Maldito hijo de perra! Se lo haría pagar caro. Y lo peor era que hubiese intentado hacer lo mismo con Eleanor, tan dulce y compasiva como era, aunque ella nunca cedería.

La idea de que Randolph Adams le hiciese algo a su esposa reavivó sus ganas de matarlo, pero la voz de Helen rompió su línea de pensamientos y le devolvió a la realidad.

—Ese fue el motivo por el que *lady* Eleanor comenzó a sospechar de que él era el traidor, así que se apresuró a buscar entre sus cosas —explicó Helen entre hipidos—. La carta de *lady* Elisabeth la tenía él, y así se enteró de todo.

—¿Puedo ver esa carta, por favor? —le pidió Aiden.

—Desde luego, milord, ahora mismo se la traigo.

Sin esperar respuesta, la joven salió corriendo de la sala y dejó a Aiden sumido en sus pensamientos. Llegado a ese punto, lo que dijesen sus padres no le importaba lo más mínimo;

debía alejar a Randolph Adams de Coverfield para siempre. También tenía que hablar con Timothy para averiguar cuál era su participación en aquel asunto. Que la joven le hubiese escrito tenía que significar algo y debía descubrir qué era. Aunque todo eso lo llevaría a cabo cuando su esposa se recuperara. Hasta entonces, ella era lo único que le importaba.

Unos minutos más tarde, llegó Helen con la famosa carta en la mano. La chica respiraba de forma agitada cuando le entregó el sobre. Aiden la abrió, sacó la carta y arrojó el sobre al suelo. Leyó con avidez y, una vez hubo terminado, dejó caer la carta y apretó los puños. Maldita Elisabeth. ¡Maldita fuera! ¡Cómo se arrepentía de haberse casado con ella!

Una teoría tomaba ya forma en su mente, pero antes de hacer nada al respecto, tenía que cuidar de Eleanor. Debía avisar a su madre y a sus tíos, que ignoraban por completo todo lo que le había pasado. Si, Dios no lo quisiera, ocurría lo peor, debían estar a su lado. Un suspiro se le escapó de los labios cuando se dio la vuelta para salir. Escribir esa carta era algo que le correspondía solo a él, así que se encerró en su despacho y redactó una pequeña misiva para los Hallbrooke. Después, salió y se fue directamente a la botella de *whisky* de doce años que guardaba en el salón dispuesto a que el alcohol se llevase sus penas.

En todos los meses que llevaba casado con Eleanor, había aprendido mucho y los crisantemos violetas que decoraban la chimenea le parecieron adecuados. En definitiva, al igual que las delicadas flores, tampoco él soportaba la idea de perder su amor.

Capítulo 21

Malva real

Londres.
Primavera, 1853

El trayecto hacia el teatro estaba siendo una pequeña tortura y el joven heredero del condado de Armfield se ajustó el pañuelo que le ceñía el cuello en un intento por respirar mejor. ¡Cómo odiaba la manía de su padre de lucirlo en sociedad como a un semental listo para subastar! ¿Era eso lo que le consideraba? Estaba harto de conocer a niñas mimadas que lo miraban como se mira a un dulce en almíbar. Faltaban tres días para su vigésimo tercer cumpleaños y Timothy odiaba la idea de acudir a su propia fiesta con todas sus fuerzas. Sabía lo que sus padres planeaban: presentarle a tantas herederas como pudieran para que alguna le echase el lazo. Exactamente igual que a un caballo.

Su padre podía decir lo que quisiera, pero la representación a la que se dirigían, *Flore et Zéphir,* no le interesaba lo más mínimo. Lord William Richemond detestaba el *ballet,* le aburría sobremanera, y que hubiese insistido tanto en ir era un claro síntoma de que algo había planeado. Timothy frunció los labios. No le contrariaría, así que aguardó en silencio a que el carruaje se detuviese frente a las escaleras del Royal Opera House.

—¿Listo para la función, Timothy? —inquirió lord William con una sonrisa al bajar.

—Desde luego, padre. Ofreceré mi mejor actuación, no te preocupes.

—No tengo ni idea de qué estás hablando, Tim. ¡A veces te pones demasiado paranoico, hijo mío! —exclamó el hombre con una sonrisa, al tiempo que le palmeaba la espalda—. Anda, entremos ya, a ver qué vemos por ahí. Nunca se sabe a quién va uno a encontrarse.

—Sí, nunca se sabe —resopló Timothy.

El conde hizo un gesto de fastidio y arrastró a su hijo al interior del teatro. A ninguno de los dos le importaba un comino la belleza de la arquitectura neoclásica del edificio ni el blanco impoluto de las columnas. El padre caminaba resuelto, como si supiese adónde iba, y en cuanto subieron las escaleras de mármol, Timothy lo entendió.

Oh, Dios, ¡no! Se dirigían hacia los Vernon y su hija Kathleen, la joven más soez y libertina de Londres. La conocía bien, ya había estado con ella dos veces y no quería a alguien así para que fuera la madre de sus hijos. Tenía que encontrar un modo de escabullirse, así que, aprovechando el gentío, se separó de su padre y se alejó en sentido contrario. Recorrió el vestíbulo hasta llegar a un pasillo de palcos y, por suerte para él, encontró uno con una puerta entreabierta. Supuso que a los dueños no les importaría que se escondiese allí un rato antes de volver a reunirse con su padre.

Estaba a punto de posar la mano sobre la manecilla de la puerta cuando esta se abrió de golpe y chocó con alguien. Al mirarla, el aliento se le atascó en el pecho. Ante él se encontraba la joven más hermosa que jamás había visto, parecía un ángel caído del cielo: con el cabello rubio como el oro fundido, los ojos azul celeste, las cejas finas y arqueadas, los labios en forma de corazón y una piel clara como la porcelana. No tenía mucho pecho, pero su figura era armoniosa, delicada. Si visión le dejó paralizado como si le hubiese caído un rayo.

Al ver que no se movía, la muchacha frunció el ceño.

—Disculpe, ¿le importaría hacerse a un lado? Tengo que salir —dijo.

—¿Qué? Sí, por supuesto. Lo siento, solo quería entrar, no pretendía molestarla.

—¿Entrar? —preguntó la joven, confusa, antes de alzar una ceja con una sonrisa—. Que yo sepa, este palco está reservado para los Whitehall. Creo que se ha confundido; sin embargo, permitiré que se esconda aquí hasta que pasen sus temores.

El joven sonrió al escuchar aquella respuesta y el corazón le empezó a latir acelerado.

—Una afirmación bastante audaz para no conocerme de nada, señorita —dijo—. ¿Qué le hace pensar que me estoy escondiendo?

—¿Un rico y atractivo caballero entrando en un palco ajeno? —repitió ella—. Mmm, no sé yo... O se está escondiendo o se dirige a una cita que no tiene que ver con el *ballet*. ¿Cuál de las dos posibilidades se aproxima más a la realidad?

—¿Le sorprendería si le digo que ambas? —contestó Timothy.

—Viendo dónde estamos, no demasiado —afirmó la joven.

Ambos se miraron y rompieron a reír. La sonrisa de la muchacha era la cosa más bonita que había visto y el sonido de su risa, música para sus oídos. Se hizo a un lado y le ofreció la mano, que ella estrechó con alegría. Ambos se clavaron la mirada. Fue la joven quien rompió el contacto, ruborizándose sin poder evitarlo.

—Elisabeth Whitehall —dijo sin apartar la mirada.

—Yo soy Tim... lord Timothy Richemond —contestó él y carraspeó—. ¿Le parece bien que nos escondamos juntos, señorita Whitehall?

—Con tal de evitar a esos moscardones que me siguen para engatusarme, desde luego —afirmó Elisabeth—. Encantada de conocerlo, lord Richemond.

—El placer es todo mío, señorita Whitehall.

Londres.
Verano, 1858

El canto alegre de los pájaros sobre las frondosas ramas de Hyde Park debería haber calmado el agitado ánimo de Timothy, pero, en vez de eso, solo lo alteraba más. Había paseado innumerables veces bajo aquellos árboles con Elisabeth y ahora, con ella a su lado hablándole de Aiden, se sentía como un idiota. Maldecía la hora en la que los había presentado en la fiesta de la víspera de Todos los Santos de la duquesa de Cloverfield. De no haber sido por eso, ahora podría estar expresándole su amor, en vez de oírla hablar de otro.

—¿Tim, me estás escuchando? —inquirió Elisabeth.

—Sí, te estoy escuchando y no me hace ninguna gracia lo que estoy oyendo. ¿Por qué, Lizzie? —espetó él—. ¿Por qué Aiden y no yo? ¡Maldita sea! Sé que me amas, pero te vas a meter en la cama de mi mejor amigo Dios sabe por qué.

—No empieces otra vez con eso, Tim, ya sabes por qué. Deberías entenderlo.

—¡No, no lo entiendo! —exclamó—. El amor es simple, Elisabeth. ¡Yo te amo, tú me amas, casémonos y punto! ¿A quién le importa lo que piensen los demás?

La joven suspiró y cerró la sombrilla de encaje antes de dirigirse a uno de los bancos de madera del parque. Brillaba el sol y hacía bastante calor, así que los rayos iluminaban su cabello y lo hacían resplandecer. Frunció los labios un instante antes de responder.

—A mí me importa, Timothy, ya lo sabes —dijo—. Siempre he sabido que estaba destinada a cosas grandes y Aiden es la llave que me abrirá las puertas. No sé por qué no lo entiendes... Es cierto que te amo, ya lo sabes, pero tú no eres el hijo del duque, ni tu padre es el mejor amigo del príncipe consorte de Inglaterra. Cuando me case con él, podré entrar en el círculo de la reina Victoria, cumplir todos mis sueños y aspiraciones. Te amo, pero me amo más a mí misma, cariño.

—¿Y ya está, eso es todo? —resopló Timothy—. ¿Debo resignarme a ver cómo lo besas? ¿A saber que yaces con él cuando deberías ser mía? No solo me vas a destrozar a mí, Lizzie, le vas a hacer daño también a él. Aiden está enamorado de ti como un idiota, lo sé mejor que nadie. ¡Por Dios, conozco a ese hombre desde que éramos niños!

—¿Ser una amante esposa es destrozarlo? —dijo ella en tono burlón—. Vamos, Tim, no me hagas reír. Sé perfectamente que me adora. Será más que feliz teniéndome en su cama. Comeré de su mano como una perfecta dama, jugaré a ser una heredera modelo, la mujer delicada y cándida que él espera. Nunca sabrá que no le amo, fingir es mi maestría... Olvídate de él, esto no cambia nada entre nosotros dos, mi amor.

—¿Que no cambia nada? —repitió Timothy—. Santo Dios, ¿te das cuenta de lo que estás diciendo?

Elisabeth le miró confusa al tiempo que fruncía el ceño por primera vez. Timothy, sin embargo, había perdido la paciencia y se puso en pie, furioso. No le importaban las miradas de los viandantes o si estaba montando una escena. Sentía que iba a explotar.

—Antes de que digas nada, entérate de esto, Elisabeth Whitehall. Si te casas con Aiden, me perderás para siempre. ¿Me oyes? No pienso traicionar a un amigo —dijo—. Puede que para ti sea muy fácil fingir, pero para mí no lo es. No pienso ser tu amante y ver cómo Aiden sufre, o peor, ser cómplice de su humillación. Piénsatelo bien antes de casarte con él, pues te juro que no te volveré a tocar. Buscaré a otras.

—No seas melodramático, amor, sabes que no hay nadie como yo.

Aquella fue la gota que colmó la paciencia del futuro conde, que se volvió y comenzó a caminar en dirección opuesta sin importarle dejar sola y plantada a Elisabeth en medio del parque. La joven se levantó, perpleja.

—¡Timothy! —gritó—. ¡Timothy, vuelve aquí ahora mismo!

Pero él no regresó. Siguió caminando hasta perderla de vista, a ella y a su corazón, que quería ahogar en un mar de licor y lágrimas.

Cloverfield.
Invierno, 1858

—¡Por el novio, el mejor amigo que uno pueda soñar! —exclamó Timothy.

Los presentes alzaron las copas de champán para brindar, pero Timothy hizo que se detuvieran con un gesto y bajó la mirada con una sonrisa resignada antes de alzarla hasta Elisabeth.

—¡Por la novia, la mujer más bella e increíble que jamás he conocido! —dijo—. Te deseo lo mejor, *lady* Elisabeth Wadlington, que encuentres la felicidad con mi gran amigo lord Aiden.

Un mar de aplausos recorrió la sala y el radiante novio dejó la copa sobre la mesa para acercarse a su padrino y abrazarlo por los hombros. Timothy tragó saliva y forzó una sonrisa mientras devolvía el gesto a su amigo, sintiendo que el estómago se le revolvía. Estaba viviendo una pesadilla y quería despertarse cuanto antes. La voz alegre de Aiden lo devolvió a la realidad e hizo que se sintiera aún peor.

—Si me disculpáis, amigos, yo también voy a hacer un brindis. ¡Por mi padrino, lord Timothy Richemond, el hombre al que quiero como a un hermano, el mejor amigo que nunca pude haber tenido! —dijo sonriente—. No cambies nunca, truhan.

—No lo haré, amigo mío, no lo haré...

Aiden alzó la copa con una sonrisa de felicidad genuina y los invitados le imitaron y vaciaron las copas de un trago. Al tragar el champán, Timothy sintió que le quemaba la garganta, aunque, por mucho que ardiese, no lo hacía tanto como su dolor.

Cloverfield.
Verano, 1860.

Limpió las lágrimas que corrían por las mejillas de la mujer. Parecía desolada y no soportaba verla en ese estado. Podía ser que yaciera con muchas ahora, ya que para él la fidelidad era irrelevante, pero, a pesar de ser un mujeriego, su corazón le pertenecía a ella. A ella, que pronto le daría un hijo; a ella, que parecía hundida por ese motivo. Cuando un nuevo sollozo sacudió el pecho de Elisabeth, él suspiró y la abrazó.

—Cálmate, mi vida, aún estás a tiempo de dejarle. Yo te protegeré del escándalo, me casaré contigo y el pequeño llevará el apellido Richemond —dijo.

—¿Dejarle? —sollozó Elisabeth, alejándose de él—. Timothy, no quiero dejarle.

—Entonces, ¿por qué lloras? —preguntó él—. Creí que deseabas que yo…

La mujer gruñó y se dejó caer sobre la cama del hostal Monte Alto, exasperada.

—¡Eres tan simple, Tim! Por supuesto que no voy a dejar a Aiden —exclamó—. Lo que me asusta es que se dé cuenta de que el hijo que estoy esperando no es suyo. Dios mío, si el bebé tiene tus ojos o el pelo color avellana como el tuyo… ¡Ay, qué haré!

—No notará nada, te ama demasiado —suspiró decepcionado—. Además, ambos tenemos los ojos azules. Si ese es el motivo de tu angustia, despreocúpate.

—¿Acaso no estás contento? —preguntó Elisabeth.

—¿De ver cómo mi hijo crece llamando padre a otro? —resopló él.

—No empieces otra vez con eso, Tim. ¿Es que tenerme no es suficiente para ti?

«¿Suficiente?», pensó Timothy. Jamás sería suficiente.

Cloverfield.
Primavera, 1861.

Aquella mañana, Timothy supo que había llegado al límite y pensó en terminar con todo ese desgraciado asunto de una vez por todas. Rompería con Elisabeth, no soportaba más seguir amándola sin tenerla. Incluso le pidió a su jardinero, Thomas, que le cortase un ramo de flores que, en su opinión, eran perfectas para ella: malvas reales. El símbolo de la ambición, defecto que, en su opinión, había arruinado la vida de ambos.

Sin embargo, la tarde le trajo noticias que volatilizaron su determinación. Cuando llegó de la ciudad, su mayordomo le informó de que, apenas hacía un rato, una mujer había venido a verlo con el mensaje de reunirse en Westlockster. Una mujer muy alterada. Era obvio que se trataba de Elisabeth, así que frunció los labios y salió hacia allí dejando el ramo de malvas olvidado sobre la mesa del salón. Cabalgó a lomos de *Ébano* veloz como un tornado y alcanzó el pueblo en apenas unos minutos. Era casi de noche cuando entró en la habitación del hostal Monte Alto, pero ella aún estaba allí esperándolo.

Parecía desolada, enfadada y asustada al mismo tiempo y, al notar tales sentimientos en el rostro de la mujer que amaba, sintió cómo el corazón se le ponía a temblar.

—¿Qué ha pasado? —fue lo único que acertó a decir.

—¿Qué ha pasado? —repitió Elisabeth—. ¡Ha pasado que Aiden lo sabe todo, Tim! ¡Me ha echado de casa, quiere repudiarme! Dios mío, ¡incluso se niega a reconocer a Edwin! ¿Te das cuenta de cómo es?

—Está en su derecho, yo haría lo mismo de estar en su lugar —dijo Timothy.

—¿Cómo dices?

El hombre suspiró y se mesó la barba, perplejo. Nunca creyó que su amigo llegaría a descubrir su engaño y no tenía ni idea de qué hacer en ese momento. Miró a Elisabeth en silencio, pero ella parecía furiosa, como si hubiese esperado otra reacción.

—¿Es que no vas a decir nada? —espetó la joven.

—¿Qué quieres que diga, Lizzie? ¿Qué puedo hacer yo?

—Vámonos a Londres, Tim, solos tú, yo y Eddie —dijo—. Compra una casa para que vivamos el niño y yo, y cuando salgas de Cloverfield, podremos vernos allí. ¡Ah, mi amor, al fin se cumplirá tu sueño de ser una familia! ¡Podremos estar juntos!

—¿Y qué pasa con Aiden? —dudó Timothy.

—¡Al infierno con Aiden! ¡Que se pudra en su asqueroso ducado con todo su maldito dinero! ¿Es que no lo ves? Es un malnacido, se niega a aceptar a un pobre niño...

Timothy resopló y se alejó de ella para apoyar la mano contra la puerta lateral de la habitación. Le daba la espalda, pero Elisabeth no pensaba aceptar eso. Nada estaba saliendo como ella quería en ese maldito día y estaba perdiendo la paciencia.

—¡Mírame, Timothy! —rugió y, cuando él se volvió, exclamó sonrojada—: ¡Di algo!

—No pienso hacer nada sin pensarlo bien antes, Elisabeth —dijo él—. Puede que tú lo des todo por perdido, pero yo no. Dudo que Aiden sepa de mi implicación contigo, pero, aunque no fuese así, no pienso armar un escándalo que lo arruine aún más.

—¿Arruinarlo?

—Sí, arruinarlo, a él y a su familia. Tú no los conoces como yo, Lizzie —contestó Timothy—. Te amo, pero no pienso seguir haciéndole esto a un amigo. Buscaremos una solución para estar juntos, te lo prometo, todo saldrá bien, pero hay que encontrar una manera mejor de hacerlo que lanzarse a la desesperada. Aún no te ha repudiado, por Dios.

Elisabeth negó con la cabeza, roja como una guinda. Se le saltaban las lágrimas de rabia. Estaba tan furiosa que se volvió y le arrojó un jarrón que había sobre la mesilla, que estalló contra la pared rompiéndose en mil pedazos. Timothy la miró atónito, pero ella siguió.

—¡Eres un desgraciado, Timothy Richemond! —gritó—. ¡Me has fallado!

—¡Basta, Lizzie!

—¡Cállate, malnacido, cállate! ¿Cómo pude confiar en que me serías leal?

Sin poder contenerse, tomó la lamparilla de aceite y la arrojó al suelo, rompiendo el cristal y derramando el líquido por todas partes. El mismo destino sufrieron la jofaina de porcelana y el plato. Elisabeth temblaba de furia y Timothy solo podía esquivar sus ataques para que no le golpeara. Cuando un cristal le rozó la mejilla, se plantó.

—¡Para, Elisabeth, tranquilízate! —exclamó—. ¡No voy a abandonarte!

—¡Mientes! —gritó ella.

Furiosa, se adelantó para golpearlo, pero, al levantar el pie, resbaló con el aceite de la lámpara que se había esparcido por el suelo y se tambaleó hacia atrás. Timothy se lanzó para ayudarla, pero no llegó a tiempo. La joven cayó y se golpeó la nuca contra la mesilla. Para horror del joven, la sangre comenzó a manar de su cabeza y su cuerpo inerte cayó al suelo como el de una muñeca de trapo. Timothy lo supo sin necesidad de acercarse siquiera: su amor se había ido.

Capítulo 22

LILAS VIOLETAS

El sol rompía la línea del horizonte con sus pálidos rosas claros cuando la madre y los tíos de Eleanor llegaron al palacio. Margaret atravesó el vestíbulo y se paró frente a Aiden, que salía del salón con aspecto desaliñado: la camisa arrugada y medio abierta, el cabello alborotado y una botella de licor en la mano. Al verlo, la mujer alzó la mano y le cruzó la cara con una bofetada. Él no reaccionó, así que Margaret le propinó otra bofetada y Frances ahogó un grito como si no diese crédito a los actos de su hermana.

—¿Q-qué estás haciendo, Maggie? —se atrevió a preguntar.

—Hacer que la razón penetre en la cabeza de este hombre —contestó Margaret, señalándolo con un dedo acusador—. Lord Aiden Wadlington, en vez de estar aquí bebiendo y llorando como un necio, deberías estar con mi hija. ¡Eleanor vive y saldrá de esta!

—Señora Hallbrooke, yo... —comenzó a decir el hombre.

—No digas nada más, ve y aséate —dijo Margaret—. Después, reúnete con Ellie.

No hizo falta que se lo repitiera dos veces. Aiden asintió y salió a paso rápido del salón. Las dos mujeres y el barón subieron las escaleras para ver a la joven. Por suerte para todos, parecía que Eleanor se recuperaría de la herida. *Sir* Charles y el abad Avery habían pasado la noche junto a ella, médico y clérigo unidos, y la fiebre había bajado.

No había infecciones y *sir* Charles operó a la joven para cerrarle la herida desde el interior. Por suerte, el tubo de metal que la atravesó no era más ancho de uno o dos centímetros, el tamaño de una bala. La paciente había reaccionado bien a la cirugía, ahora solo tenía que sanar poco a poco gracias a la medicina y los cuidados de aquellos que la querían.

Al ver a su hija tendida en la cama, pálida y quieta como una muñeca, Margaret se sentó a su lado y le tomó la mano, besándola en un gesto que imitaron Miles y Frances.

—¡Ay, Ellie, mi niña, mi niña! —dijo Margaret—. ¿Qué te han hecho, hija mía?

—No se preocupe, señora Hallbrooke, su hija va a estar bien —dijo el abad—. *Sir* Charles ha dicho que ha superado las horas más críticas y la operación ha salido bien. Solo tiene que reposar hasta que sane su herida. Hemos tenido mucha suerte.

—¿Suerte? —repitió Frances—. No sé dónde ve usted la suerte, abad Wadlington.

—Suerte de que mi hermano la trajese a tiempo. Unas horas más y habría muerto.

Frances abrió la boca para responder, pero un gesto de su hermana se lo impidió. Margaret se incorporó y clavó sus ojos verdes en los de aquel hombre, que le sostuvo la mirada sin titubear. Tras el mudo intercambio, volvió a mirar a su hija.

—Me alegra oír eso. Sé que su hermano la ama y mi niña bebe los vientos por él —dijo—. Cuando Ellie esté recuperada, no dude en que se lo agradeceré, aunque me gustaría saber cuál ha sido el motivo del accidente antes de dirigirme a nadie.

—Eso mismo queremos saber todos, señora Hallbrooke —contestó Avery despacio—. *Sir* Charles ha dicho que, por el aspecto de la herida, parece ser que hubo una segunda persona implicada, pero hasta que Eleanor no nos diga lo que ocurrió, estamos en la misma página, me temo.

—En realidad, no, Ave —dijo una voz a su espalda.

Todos los presentes se volvieron para encontrar a Aiden en el umbral de la puerta, que cerró con cuidado tras él. Su aspecto había mejorado considerablemente. Estaba recién bañado, con el cabello húmedo y la ropa, limpia e impecable. Olía a limón, bergamota y flor de azahar. Fue Avery quien rompió el silencio, confundido.

—¿De qué estás hablando, Aiden? —preguntó.

—Sé por qué fue Eleanor a Westlockster, lo que no sé es quién la agredió —explicó el joven—. Tengo una teoría en la cabeza, pero no voy a hacer nada hasta que despierte. Antes de nada, Avery, ordena a los criados que encierren a Randolph Adams en sus habitaciones. A ese hijo de perra le espera una cita conmigo.

—¿Randolph? —repitió el clérigo, perplejo—. ¿Qué tiene él que ver con nada de todo esto?

—Luego, Avery, luego.

—Como tú quieras, hermano. Espero que sepas lo que haces.

Dicho aquello, el clérigo se despidió de los Hall-brooke y salió de la habitación. Entonces, el joven se acercó a la cama, donde Margaret había estado sentada un minuto antes, y miró a la madre de su mujer. Ella asintió como si le diera su permiso y, entonces, Aiden se acomodó junto a Eleanor. Alzó la mano para acariciar su rostro, observando que respiraba con suavidad antes de fruncir el ceño levemente. El corazón le dio un brinco y se acercó para besar a su mujer en la mejilla. Se estaba despertando y notarlo hizo que vibrara de emoción.

—Ellie, mi vida. Estás bien, tranquila, estás en casa, estás a salvo —susurró—. ¿Me oyes, Eleanor?

—Aiden... —murmuró ella.

—Sí, soy yo, estoy aquí contigo.

Lentamente, la joven abrió los ojos, con una mirada borrosa al inicio y más clara después. Al enfocar, observó a Aiden pletórico y a su madre. Sus tíos estaban al fondo, parecían entre preocupados y aliviados.

—¿Qué ha pasado? —preguntó Eleanor.

—Te hirieron en el hostal, pero Dale y Helen te encontraron y me avisaron. Yo te traje a casa justo a tiempo. ¡Gracias a Dios, Ellie, un par de horas más y te habría perdido! —explicó Aiden—. Ahora debes decirme quién te hizo esto, quién te atacó.

—No me atacó nadie, fue un accidente —contestó.

Miles resopló y se cruzó de brazos, incrédulo.

—Tonterías, sobrina, ¡una no se apuñala a sí misma por accidente! —señaló.

—Fue así, tío Miles. Estaba hablando con Timothy, pero él no fue el que...

—¿Timothy? —la interrumpió Aiden—. Otra vez Timothy... Primero, le escribes para hablar de la carta y ¿luego te reúnes con él en Westlockster sin decirme nada? Explícame qué demonios tiene que ver Tim con todo esto, Eleanor, te lo pido por favor.

—Él era... él era el hombre al que Elisabeth amaba —contestó cuidándose de mencionar la palabra «amante». Sin embargo, Aiden se tensó, pues no hacía falta usar esa palabra para que lo entendiera.

—Timothy...

Mirando sin ver, el hombre se levantó y comenzó a respirar de forma agitada, tanto, que Eleanor se asustó y trató de incorporarse. Al hacerlo, un pinchazo de dolor la atravesó y emitió un quejido. Aquello fue suficiente para devolver a Aiden a la realidad.

—Tranquilízate, cielo, no trates de moverte —dijo acercándose de nuevo a ella.

La preocupación no abandonaba a la joven.

—No hagas una locura, Aiden, te lo ruego, él es otra víctima —insistió—. Fue ella, Elisabeth es la culpable, Timothy es...

—Basta ya de hablar, hija mía, la herida volverá a sangrar si sigues así —interrumpió Margaret.

—Aiden, por favor, no hagas una locura —suplicó una vez más la joven de forma agitada—. Te amo.

Esas palabras fueron suficientes para conmoverlo. Su intención era obvia: exigir una explicación a Timothy en ese mismo instante y, de ser cierto lo que decía Ellie, enfrentarse a él. Pero, al ver el rostro pálido y agitado de Eleanor, supo que no podía. El amor que sentía por ella era más fuerte que el deseo de venganza que le envolvía. Esperaría, si eso la hacía feliz. Por primera vez en meses, sintió que estaba listo para sincerarse.

El destino le había dado otra oportunidad y no pensaba desperdiciarla.

—Yo también te amo, Eleanor —dijo.

—¿Qué has dicho? —preguntó ella abriendo los ojos.

—He dicho que te amo, Ellie, ya era hora de que lo supieses. Que lo sepan todos, estoy enamorado de ti y haré lo que esté en mis manos por hacerte feliz —declaró en voz alta—. No temas, no pienso irme a ninguna parte.

—¿Me lo prometes?

—Eso y todo lo que quieras —sonrió Aiden—. Ahora descansa, cielo, volveré dentro de un rato, hay algo que quiero hacer y no puede esperar.

Eleanor suspiró antes de asentir, resignada, y el hombre se inclinó sobre ella para besarla. Fue un beso fugaz, pero cargado de emociones. Cuando se separaron, ambos sonreían. Después, Aiden salió con el corazón latiendo fuertemente.

✳ ✳ ✳

Los jardines del palacio de Cloverfield nunca le habían llamado mucho la atención. Primero, por las incesantes fiestas de su madre, a las que, ya desde su tierna infancia, había insistido en que asistiese. Él había jugado con Timothy, Avery y Byron entre aquellos setos antes de conocer a Frederick. Luego, al crecer, dejó de pensar en el lugar hasta que conoció a Elisabeth. Siempre había creído que las mujeres y las flores iban de la mano, pero su primera mujer le demostró lo contrario: las flores le importaban un comino, prefería las joyas.

Por eso, cuando se enteró de su traición y posterior muerte, Aiden arrasó con su jardín como un huracán y lo quemó todo esperando que las cenizas purgaran su recuerdo.

No se merecía aquel lugar y deseó borrarlo de Cloverfield para siempre.

Con Eleanor, todo tomó una nueva senda. La joven amaba las flores y los árboles, las plantas y todo aquello que crecía en la tierra, así que los jardines del ducado le habían parecido un pequeño paraíso. Por eso, Aiden caminaba por ese mismo lugar, hacia el mismo rincón que una vez había odiado con toda su alma. Su madre le había contado la loca idea de la joven de ocupar el jardín de Elisabeth para darle otra oportunidad y, aunque no lo entendió entonces, lo hacía ahora. Eleanor era tan buena que pretendía sanarlo incluso con aquel pequeño acto y, al darse cuenta, se le aceleró el corazón.

Le devolvería el favor con sus propias manos y su alma, que vertería en aquella tierra.

Cuando llegó al pequeño jardincillo, lo encontró irreconocible. La última vez que lo vio era un montón de llamas y humo negro, de árboles que perecían. Ahora, rebosaba vida por todas partes, parecía una pequeña jungla. Aunque pudiera parecer un hombre sin gusto o sensibilidad, no lo era en absoluto, esa percepción estaba bastante lejos de la realidad. Sin dudarlo un instante y sin importarle que la ropa se le manchara, avanzó y comenzó a arrancar una a una las enredaderas que aún ahogaban a algunos arbustos frutales. Hizo lo mismo con las malas hierbas que crecían entre las flores y el prado, y un par de horas después, un montón de hojarasca se apilaba en un rincón del ya más civilizado jardín.

En su mente, el lugar era un lienzo en blanco en el que podía visualizar su potencial: un camino de gravilla blanca con rosales rosas a ambos lados, un topiario de arbustos con forma de esfera llenos de flores de colores, pequeños frutales alrededor de la fuente... Sin pensarlo más, Aiden sacó una navaja del interior de su bota y comenzó a podar las ramas de las moreras que crecían junto a los bancos de piedra blanca.

Eso estaba haciendo, cuando una voz a su espalda hizo que se detuviera.

—Este es el último lugar en el que pensaba encontrarte, hermano —dijo Avery.

—¿Qué haces aquí, Ave? —inquirió Aiden—. ¿Es por Eleanor, está bien?

—Sí, está bien. Su madre y Helen la están ayudando a tomar un caldo, Charles dijo que eso le haría bien —explicó el clérigo—. No quería hablar contigo por eso.

—Entonces ¿por qué? Hablar nunca ha sido nuestro fuerte, hermano.

Avery suspiró y se acercó, sin que le importara mancharse el hábito de tierra.

—Sé que hemos tenido tiranteces, Aiden, pero eres mi hermano y te quiero. Sé lo que piensas, que te di la espalda cuando explotó el asunto de Elisabeth y apoyé al niño a pesar de que él no lleva mi sangre y tú sí —comenzó—. Te equivocas. Sé cuánto has sufrido y me dolió a mí también. Por eso, me alegré tanto de que encontrases a Eleanor, que es una mujer sensata que, sin duda, templará tu carácter... Dios sabe que lo necesitas.

—¿Qué quieres, Avery? —preguntó Aiden y se dio la vuelta para encararse con él.

—Quiero que perdones, hermano, que liberes tu alma y hagas las paces con Dios. El señor te ha dado otra oportunidad con Eleanor, la oportunidad de tener una familia, una vida plena y llena de alegría. Esa mujer quiere criar al niño a pesar de que no es suyo, así de grande es el corazón de tu esposa. Tal vez debas escuchar al destino y reconocer a Edwin, para que encuentre una madre amorosa en Eleanor y un padre en ti.

Entonces, fue el turno de Aiden, que suspiró, dejó la navaja y se sentó, derrotado.

—No creas que no lo he pensado, Ave —confesó—. No soy imbécil, sé que el niño no tiene la culpa de lo que hizo su madre. Sé que sería feliz con Eleanor, que ella lo querría como suyo. Supongo que el asunto me dolía más de lo que yo mismo quería admitir y ver a Edwin me recordaba tanto a Lizzie que le odié... Las cosas son distintas ahora, gracias a Ellie. Darme cuenta de que la amo me ha abierto los ojos más de lo que crees.

—¿Lo considerarás, entonces? —preguntó Avery.

—Lo haré.

El clérigo sonrió y le ofreció la mano para ayudarlo a que se levantara. Al ver su aspecto desaliñado, se permitió una leve risa.

—¿Desde cuándo tienes vocación de jardinero, hermanito? —preguntó.

—Oh, desde el principio. Soy una caja de sorpresas, ¿no lo sabías? —se burló Aiden y sonrió alegre—. No, no, estoy de broma. En realidad, lo estoy haciendo por Eleanor, porque deseo hacerle un regalo que la haga feliz cuando se recupere.

—Tienes un gran corazón ahí dentro, Aiden, nunca lo olvides —dijo Avery—. Por eso mismo, te debo una disculpa. No fui justo contigo y lo siento. ¿Podrás perdonarme?

—¿San Avery, el magnánimo, disculpándose?

—Aiden...

—Te perdono, Ave —sonrió—. Eres mi hermano mayor, llevaba esperando estas palabras desde hace más de dos años. Mejor tarde que nunca, idiota estirado.

Avery, con un gesto de burla, lo estrechó en un abrazo que Aiden le devolvió de buena gana. Ambos estaban llorando de alegría cuando se separaron y Avery sacudió unos restos de hojarasca que se habían adherido al chaleco de seda azul de su hermano.

—Anda, deja que te ayude. Terminaremos antes entre los dos —dijo.

—Te vas a ensuciar, lo sabes, ¿verdad? —bromeó Aiden.

—Consecuencia que estoy dispuesto a aceptar —aseveró el religioso.

—Pues, manos a la obra.

Avery asintió y, unidos como hermanos, comenzaron a arreglar el pequeño jardín.

Capítulo 23

FLOR DE LIS

Transcurrió casi un mes hasta que Eleanor fue capaz de levantarse de la cama y caminar cortos trayectos por el interior del palacio de Cloverfield. Ni su madre ni *lady* Adeline le permitían salir a la calle, inseguras por el aire fresco de finales de otoño que podía afectar su salud. La parte positiva de todo aquello fue que, contra todo pronóstico, Margaret mejoró considerablemente. Tal vez centrar su energía en su hija y la comida de la señora McArthur fueron los responsables, pero cuando *sir* Charles la examinó, encontró que tenía los pulmones más fuertes desde su llegada de York, a finales de la primavera.

Eleanor estaba muy contenta. Desde que Aiden admitió que la amaba, su matrimonio era, aún más, un sueño: él se desvivía por ella, le abría su alma como un libro y hacían planes de futuro juntos como dos tortolitos enamorados. Ahora que estaba a salvo no importaba nada más que ellos dos y su vida. Ni siquiera la fea cicatriz que le quedó entre el ombligo y el pecho mermó su pasión. Era un detalle menor si tenían en cuenta que había sobrevivido a duras penas a una gran herida que, accidental o no, parecía una puñalada.

Aiden no había vuelto a sacar a colación el asunto de Timothy, aunque no había estado ocioso. En primer lugar, se ocupó de Randolph Adams. No quiso que Eleanor se enterase para no alterarla, pero en cuanto salió de su cuarto aquella mañana, le obligó a confesar todo lo que sabía. Después, le dio un puñetazo y lo echó del palacio con lo puesto, asegurándose de que se alejara de Cloverfield para siempre. Tanto él como la sombra de Elisabeth serían para ellos un recuerdo lejano que no volvería jamás.

Luego pensó en Edwin y Timothy. Desde que Aiden descubrió que su mejor amigo era el hombre que lo había traicionado, no había dejado de pensar en él, de recordar y, en su mente, el pasado tomó sentido. Ahora lo entendía todo: la reticencia de Tim a que se casara con Elisabeth, la manía de llevarla en su carruaje a todas partes, las miradas que compartían, la horrible fijación que tenía por estar con mujeres que se le parecían físicamente... Tim nunca había dejado de amarla. Sin embargo, aunque intuyese, por las palabras de Eleanor, que no había sido el culpable, no le dolía menos que lo hubiera traicionado como lo había hecho.

El niño era otro asunto polémico en su corazón contra el que se debatía sin descanso. Entendía que Edwin era inocente de cualquier cosa que hubiera hecho su madre y, ahora que sabía que su progenitor era Timothy, su reticencia a aceptarlo disminuyó. Tal vez todos tenían razón y debería darle un apellido... Si Eleanor se lo pedía de nuevo, aceptaría.

Aquella mañana estaba siendo tranquila. Por eso, cuando la señora Walton le entregó una carta sin previo aviso, alzó las cejas por la sorpresa. No esperaba correspondencia. La mujer había ascendido de ama de llaves a gobernanta ocupando así el puesto que antes tenía Randolph, y todos en la casa estaban contentos. Grace Walton no se parecía en nada a aquel hombre: era sencilla, gentil y educada. Estricta, pero bondadosa. Como una tía abuela regañona a la que todos quieren.

Aiden abrió el sobre y encontró una misiva escrita del puño y letra de Timothy. Sintió que se le aceleraba el corazón y que el pulso le temblaba ligeramente aún con el papel en las manos, así que tragó saliva y leyó aquellas palabras con avidez:

Aiden, no rompas la carta. Léela primero, por favor.

Sé que lo sabes todo, Adams me lo ha contado. El muy desgraciado ha tenido la poca vergüenza de presentarse en mi casa para exigirme dinero, alegando que cubrió mi secreto durante años. Lo expulsé sin miramientos, no temas. Ahora, escúchame, te lo ruego. Quiero hablar contigo en persona, que entiendas lo que ocurrió, explicarte por qué nunca dije nada. Sé que lo necesitas y no quiero perder tu amistad. Sí,

299

amistad, pues, a pesar de Lizzie, siempre te he consi-
derado mi hermano.

Si estás de acuerdo en que hablemos, reúnete conmi-
go a las doce en el bosquecillo que hay entre tu casa y el
camino romano, el mismo que separa Cloverfield de la
mansión Hallbrooke. Tranquilo, no busco hacerte
daño, si es lo que temes. Nunca lo quise y no lo deseo
ahora. Si no te presentas, entenderé que has dado por
zanjada nuestra amistad, así que me iré de Armfield
y no volverás a verme. A mediodía, Aiden, no lo olvides.

Timothy

Aiden dejó caer la carta y miró el reloj que había sobre la
pared frente a la mesa de su despacho. Eran las doce menos
veinte, tenía el tiempo justo para acudir a esa extraña cita.
La cuestión era: ¿quería hacerlo? ¿Podía perdonar a Timothy a pesar de todo? Frunció los labios un instante,
pensativo, y lo tuvo claro. Después, se dirigió al armario
donde guardaba sus armas y dudó entre escoger la pistola
o el sable. Al final, optó por una espada. Aquel asunto estaba
a punto de llegar al punto final.

El cielo estaba encapotado, tan gris y negro como se podía
esperar de una mañana de octubre. Las primeras gotas de
agua cayeron sobre su rostro cuando cruzó la línea de árboles que había tras su jardín y, para cuando llegó al camino

romano y se adentró en el bosque, había dejado de chispear y la casa se había convertido en una lluvia en toda regla. No le importó, continuó avanzando hasta que llegó al claro rodeado de flores de lis salvajes, donde lo había citado Timothy. Él ya estaba allí. Tal como había supuesto, su amigo estaba esperando, con la camisa, el chaleco y los pantalones completamente empapados. *Ébano* aguardaba unos pasos más allá, atado al tronco de un abedul. Al ver a Aiden, Tim alzó la cabeza.

Cruzaron las miradas, azul contra azul, celeste contra índigo, y Timothy notó el brillo del acero que pendía del cinturón de Aiden, alabando su elección, como si se tratara de alguno de aquellos juegos infantiles que un día compartieron. Fue el primero en romper el silencio.

—Lamento lo que le ha sucedido a Eleanor, no tenía ni idea de que quedó herida en Westlockster —comenzó Timothy—. Lo juro por Dios y lo más sagrado; de haberlo sabido, me habría quedado a ayudarla. Jamás le habría hecho daño... Me conoces, Aiden.

—¿De veras te conozco, Timothy? —contestó él e hizo caso omiso de la disculpa—. Ya no estoy seguro de eso, «amigo». Ni siquiera estoy seguro de haberte conocido alguna vez.

—Bien, sabía que no me lo pondrías fácil. No serías tú de ser de otra manera.

Timothy suspiró con resignación, pero una pequeña sonrisa triste brillaba en sus labios, que Aiden no le devolvió. No tenía humor para sutilezas y Timothy tampoco.

—¿Has venido a matarme? —dijo, señalando la espada.

—Tal vez, no lo sabré hasta que haya escuchado lo que tienes que decir —contestó Aiden.

—Como quieras. Te conozco demasiado como para no venir preparado, a pesar de no ser lo que quiero. Antes de batirnos, permite que me explique al menos.

—Habla, no me hagas cambiar de opinión antes de tiempo —replicó Aiden.

—Bien, empezaré por el principio —suspiró Timothy—. Tal vez recuerdes la promesa que hicimos Byron, tú y yo al cumplir los dieciséis aquella tarde en su casa. «Amistad antes que damas», dijimos, y no sabes hasta qué punto cumplí esa promesa.

Aiden resopló, pero Timothy no se inmutó ni se desanimó por ello.

—Conocí a Elisabeth cuando tú aún estabas en el ejército. Yo me encontraba en Londres con mi padre de visita comercial y él no paraba de intentar emparejarme con cualquier mujer, como si fuera una alcahueta. Nos conocimos por casualidad en la ópera y para mí fue amor a primera vista —explicó—. Después de aquello, empezamos a vernos y lo que sentía por ella se consolidó. Pasaron casi dos años entre idas y venidas, hasta que decidí proponerle matrimonio. Sin embargo, ella quería tiempo, tiempo, siempre tiempo... Solo ponía excusas. Para cuando os presenté en aquella fiesta, me subía por las paredes. Imagina cómo me sentí cuando me contó su intención de casarse contigo. Me rompió el corazón en mil pedazos.

—¿Por qué no me dijiste que la amabas? —le espetó Aiden—. No me habría casado con ella de haberlo sabido, Timothy, jamás le hubiese hecho algo así a un amigo.

—¡Porque te habías enamorado de ella! —exclamó—. Maldición, parecía que nadaba contracorriente: tú la amabas y ella te deseaba a ti en vez de a mí. ¿Qué podía hacer yo? Actué lo menos egoístamente que pude, me aparté y dejé que fuese feliz contigo.

Aiden no respondió, agachó la cabeza y pensó en todo lo que estaba escuchando. Tenía sentido y las piezas encajaban en su cerebro de la misma forma en la que él mismo había armado el puzle. El agua le resbalaba por el cabello y el cuello, pero no le importó. Alzó la mirada y la clavó de nuevo en Timothy, que abría y cerraba los puños ansiosamente.

—Lo entiendo, créeme, y no puedo culparte. Elisabeth era una arpía, habría logrado seducir a un santo, así que no te condeno por amarla —dijo Aiden—. Sin embargo, si habías decidido renunciar a ella para que pudiese casarse conmigo, ¿por qué accediste a ser su amante? ¿Por qué traicionaste mi amistad?

—No voy a tratar de justificarme. Podría poner mil excusas, pero lo que ves es lo que hay —contestó Timothy—. La verdad es que me resistí a ella durante más de un año para no hacerte daño, porque no lo veía correcto. De hecho, no sucedió hasta apenas unos meses antes de engendrar a Edwin. ¿Por qué cedí al final? Mierda, porque la amaba, Aiden. Tú sabes lo que es eso. ¿Acaso no harías por Eleanor lo que ella te pidiese si la vieses desolada, si te suplicase con lágrimas en los ojos? Eso fue lo que pasó.

—¿Y ya está? ¿El amor es tu respuesta? —preguntó Aiden.

—¿Acaso hay una fuerza mayor en esta vida?

—Sí que la hay. El odio es una pasión tan fuerte como el amor, amigo mío.

Timothy se llevó la mano al mango de la espada de forma instintiva y, al verlo, Aiden sonrió. Habían peleado tantas veces que conocían de sobra sus movimientos. Le pareció incluso adecuado pensando en dónde estaban. Las flores de lis simbolizaban la pasión intensa y, como él mismo había dicho, el odio era una gran pasión.

—¿Debe terminar con sangre, entonces? —inquirió Timothy.

—Que lo decida el destino —contestó Aiden, y luego desenvainó.

Timothy frunció los labios y, sin pensarlo más, hizo lo mismo y se lanzó hacia delante. Aiden detuvo la embestida con su hoja, que sostenía con una mano; después, fue su turno para mover el arma y lanzar un ataque contra su adversario, que retrocedió. Y así, en una pelea tan familiar como el lugar que estaban pisando, ambos pelearon hasta que les faltó el aliento. La lluvia cegaba sus ojos, empapaba sus ropas y entorpecía sus pasos, y cuando alcanzó a Timothy en la mejilla y le cortó la piel, Aiden vio la victoria al alcance de la mano.

Entonces, miró los ojos azules como un océano de su amigo y tiró la espada para propinarle un puñetazo, que lo empujó varios pasos atrás. Timothy le observó perplejo y, al ver que Aiden soltaba su arma, hizo lo mismo y se lanzó hacia delante para derribarlo. Ambos cayeron y rodaron sobre la hierba embarrada entre empujones, puñetazos y patadas; y cuando Aiden lo inmovilizó con el brazo para asestar el golpe que lo noquearía, detuvo el puño a un par de centímetros de su cara. Timothy respiraba entrecortadamente y sangraba por la nariz por un golpe anterior. Entonces, frunció el ceño al ver que paraba.

—¡Hazlo, vamos, hazlo! —exigió—. ¡Desquítate, Aiden, véngate!

—¡No quiero hacerlo, imbécil! ¿No lo ves? Maldita sea, ¿por qué tenías que mentir? —exclamó él—. ¡Te odié, Tim, odié a ese hombre sin rostro durante años sin saber que no era más que otra víctima de Elisabeth! ¡Que ella era la villana del cuento y no él! No sabes cuánto he sufrido y rabiado por eso... Hasta el punto de sentir el alma convertido en un montón de cenizas.

Timothy jadeó y cerró los ojos. Estaba muy cansado, solo quería volver atrás.

—Si no vas a matarme, ¿dónde nos deja esto, Aiden Wadlington? —inquirió.

—Nos deja en tablas, Timothy Richemond —contestó—. Yo te robé a la mujer que amabas, tú me hiciste sufrir al reclamarla... Estamos en paz. Elisabeth jugó con los dos y, al menos, yo soy fiel a la promesa que hicimos hace tantos años. Sin embargo, estoy enfadado porque no confiaste en mí desde el principio. Llegados a este punto, ni siquiera me importa que yacieras con ella, sino que no me lo dijeses.

No había terminado la frase, cuando soltó a Timothy y se puso en pie para recoger la espada y volver a envainarla en su cinturón. Le daba la espalda cuando, desde el suelo, Tim rompió el silencio e hizo que volviera levemente la cabeza.

—Que el tiempo sea mi juez, pues. Me iré de aquí tal y como prometí —afirmó—. Si algún día logras perdonarme, volveré a Cloverfield y retomaremos nuestra amistad como si Elisabeth Whitehall no hubiese existido. Amistad antes que damas.

—Que así sea —contestó Aiden.

Al ver que no añadía nada más, Timothy se levantó y se dirigió hacia el abedul en el que había atado a *Ébano*. Subió a la silla con dificultad y lo espoleó para perderse a la carrera bajo la incesante lluvia. Aiden no se volvió; en vez de eso, cerró los ojos y suspiró.

Como había dicho Timothy, el tiempo habría de ser su juez.

Capítulo 24

TULIPÁN ROJO

Cloverfield, Inglaterra.
Primavera de 1864.

E l repicar de las campanas de la abadía de Cloverfield se oía por todo el lugar. El sol brillaba en cada rincón e iluminaba las altas vidrieras de colores, dándole al templo una atmosfera mágica. Se respiraba alegría y a todos los presentes les parecía increíble que hubiesen pasado ya tres años desde el nacimiento del pequeño Eddie hasta que, al fin, su padre se había decidido a reconocerlo. El escándalo había sido mayúsculo, pero había llegado el día. Aquella mañana de mayo, el pequeño Edwin sería bautizado, tendría el apellido Wadlington y todos los lores de Inglaterra estaban invitados a la ceremonia.

En esas circunstancias, Aiden le había escrito a Timothy. No le parecía correcto que se bautizase a su hijo sin que él estuviera presente y, tras hablarlo con Eleanor, habían decidido contarle la verdad al niño. Edwin llevaría el nombre Wadlington, pero sabría que era un Richemond y quiénes eran sus padres. Una suerte de custodia compartida entre ambas familias. En el medio año transcurrido desde la pelea de los dos amigos, Aiden había hecho las paces consigo mismo, como su hermano Avery le aconsejó. Había llegado a perdonar a Timothy por su traición, pues sabía que amar, en sí mismo, no era pecado. Además, él se sentía el ladrón en primer lugar.

Esos eran sus pensamientos mientras se ajustaba el lazo de la corbata sobre la camisa y se miraba en el espejo. Estaba impecable, con el cabello bien peinado, la barba pulcra y recortada, y la camisa blanca, el *blazer* y los pantalones azules. Dos golpes sobre la puerta hicieron que desviase la mirada para encontrar a su padre apoyado en el umbral. Al ver que lo observaba, lord Albert se acercó. Estaba pálido como un espectro y muy delgado, pero todavía tenía energías, y Aiden esperaba que viviese muchos meses más. El duque sonrió al llegar junto a su hijo.

—Estoy orgulloso de ti, hijo mío —dijo.

—¿Y qué he hecho para ganarme tu admiración, padre? —bromeó Aiden.

—Bien sabes lo que has hecho, Aiden, madurar como un hombre. Ahora que mi tiempo está al límite, me alegra comprobar que, cuando me vaya, el ducado estará en buenas manos.

—Padre, no digas eso, por favor.

—No importa, lo digo en serio. Estoy muy contento —continuó su progenitor—. Pero, sobre todo, porque sé que tu vida estará encauzada y serás feliz. Lo único que lamento es no poder conocer a los nietos que Eleanor y tú podáis darme. Te deseo todo lo mejor junto a ella, que la cuides y dejes que ella cuide de ti. Sé que lo harás, hijo.

—Esa es una promesa que no me costará mantener —sonrió Aiden.

—Entonces, no hagamos esperar más a los invitados. Tu hermano está con Ellie y el niño se estará impacientando, ya lo conoces —bromeó.

Aiden asintió y padre e hijo cruzaron del cuarto trasero para salir hacia el altar mayor. Tal como había dicho lord Albert, Eleanor estaba allí con Edwin en brazos, y Aiden sonrió con dulzura al acercarse a ella y rozarle la sién con los labios; después, recorrió la abadía con la mirada y vio a Timothy sentado en la segunda fila. Lo saludó con un gesto y volvió la vista al frente. Entonces, la ceremonia dio comienzo y su destino quedó sellado. Oficialmente, el pequeño Edwin entraba a formar parte de la familia Wadlington.

Un par de días más tarde, Aiden despertó al sentir un roce sobre la nariz. Frunció el ceño al volver a sentirlo y trató de recordar dónde se encontraba. Había salido temprano con Eleanor, a pasar el día al sol. Habían desayunado al aire libre y luego se habían tumbado a mirar las nubes bajo los frutales del jardín. Cuando levantó los párpados, vio los pétalos rojos de una flor y una sonrisa divertida se instaló en sus labios. La joven estaba sentada con las piernas cruzadas a su lado y era ella la que sostenía aquel tulipán rojo.

—Buena forma de despertarme, amor, pero se me ocurren algunas mejores.

—Sin duda, sin duda, no serías tú si fuese de otra forma —resopló Eleanor.

—¿Alguna objeción? —bromeó Aiden.

—¿Quejarme yo de tu encanto? Ay, Aiden, ¡qué ocurrencias las tuyas!

El joven rio ante el descarado sarcasmo de su esposa y, ya que conocía su punto débil, se lanzó sobre ella y comenzó a hacerle cosquillas en la cintura hasta tenerla doblada de risa. Igual que siempre, Eleanor terminó por suplicar piedad entre sus brazos, con las mejillas sonrojadas y el pulso acelerado. Aiden clavó sus ojos azules en los grisáceos de ella y sintió que el calor invadía su pecho. Nunca en su vida había soñado que sería posible tener tanta suerte de encontrar a una mujer así.

Eleanor lo había ayudado a sanar, a perdonar y olvidar el pasado, y sentía que el corazón le estallaba de amor por ella. Cada momento a su lado era un regalo y no le pedía más a la vida. Volvió la cabeza hacia los arbustos que la joven y él habían plantado a finales de marzo y vio que los tulipanes crecían fuertes y de todos los colores. Su sonrisa se amplió. Ahora que, gracias a ella, conocía el significado de las flores, entendía por qué Eleanor había querido plantarlos. Reflejaban el amor eterno.

—¿Te has rendido? —preguntó Aiden.

—Hace ya un buen rato. Te habrías dado cuenta si no hubieses estado medio embobado —dijo ella entre risas—. ¿Un penique por tus pensamientos?

—Pensaba en nuestros sueños. *Caballero* y *Duquesa* han tenido ya a su potrillo y *Rosalina* está ahora preñada. Pronto voy a comprar un semental nuevo y un par de yeguas más, así que, para el próximo verano, tendremos un grupo con el que empezar a entrenar. Además, no olvides que el envío de flores exóticas del Real Jardín Botánico de Kew llegará mañana. Tu rincón cada día está más lleno de vida y el sueño de convertirlo en un gran jardín botánico está al alcance de tus manos. ¿No te hace eso feliz?

La joven asintió y se incorporó para sentarse con una gran sonrisa.

—Recuerdo lo que dijiste antes de casarnos, ¿sabes? Dijiste que somos iguales por tener sueños, pero nadie con quien compartirlos. ¿Que si soy feliz? Mientras recorras el camino a mi lado, Aiden, mis sueños estarán cumplidos. Te amo.

—Como te amo yo a ti, Eleanor Wadlington.

No fueron necesarias más palabras. Aiden elevó la cabeza y la besó, y ella devolvió el beso con el corazón galopando y el pecho rebosando de emoción. Como siempre que oía las palabras mágicas salir de sus labios, se sentía flotar. E igual que le acababa de decir hacía un minuto, mientras recorriesen el camino juntos, como uno solo, su felicidad y sus sueños estarían cumplidos para siempre.

«Un ramo de Flores»

Lirio de los Valles — Esperanza y fe en el futuro.

Gardenia blanca — Amor puro, limpio y secreto.

Tulipán negro — Sufrimiento, dolor, pena.

Flor de Caléndula — Creatividad, pasión.

Rosa de los Alpes — Deseo de ser digno.

Dalia blanca — Deseo. Seducción.

Girasoles amarillos — Devoción, entrega. Deseo de hacer feliz.

Flor de la Hiedra — Matrimonio.

Rosas rojas — Pasión, amor puro, intenso, apasionado.

Crisantemos rosas — Amor doliente, frágil, que se extingue.

Margaritas silvestres — Inocencia, pureza.

Lirios rojos — Amor ardiente, lujurioso, deseo.

Orquídea púrpura — Belleza salvaje, indómita.

Lirios amarillos — Felicidad por amar.

Gladiolo arcoíris — Amor demente, fuerte e intenso.

Eléboro rojo — Un escándalo apasionado.

Gladiolo rosa — Citas, amor fructífero.

Rosa silvestre — Cuidar del otro.

Flor de Rododendro blanco — Peligro.

Crisantemos violetas — La insoportable idea de perder el amor.

Malva real — Ambición.

Lilas violetas —Humildad.

Flor de lis — Pasión ardiente, fuego, sentimientos intensos.

Tulipán rojo — Amor eterno.

Agradecimientos

Esa historia es especial en muchos sentidos. Como escritora, siempre trato de poner un pequeñísimo fragmento de mí en mis novelas y, en este caso, es innegable. Si algo tenemos en común Eleanor y yo, es el amor por las flores. Fue mi padre el primero en inculcarme esa pasión al llevarme a plantar un árbol y, por ello, le doy las gracias. No estaría hoy aquí escribiendo estas palabras de no ser por eso.

Sin embargo, que este libro haya visto la luz se lo tengo que agradecer a mucha gente.

En primer lugar, a mi familia, por el apoyo y cariño que siempre me habéis dado. Os quiero más que a nada en el mundo, no habría llegado tan lejos sin vosotros.

En segundo lugar, a Libros de Seda, por seguir confiando en mí y haberme brindado la oportunidad de mostrar la historia de Aiden y Eleanor. A todas y cada una de las personas que han trabajado en este libro y hecho esto posible: lectores, correctores, diseñadores y, en especial, a María Jose, por haber sido la persona más paciente y comprensiva del mundo. No estaría aquí de no ser por todos vosotros.

A Alex, por haber estado junto a mí desde el principio, nunca voy a poder agradecértelo suficiente. Tú has sido testigo de mis quebraderos de cabeza, de tantas ideas, de tantas risas y emociones... y espero que así siga siendo.

A Raquel, porque de ti ¡aprendí tanto! De no ser por tu esfuerzo y todo lo que me enseñaste en el pasado, no estaría aquí. Gracias por haber seguido creyendo en mí.

A Marta, eres la prueba viviente de que se puede trabajar y disfrutar al mismo tiempo. ¡Ah, querida! Qué bien lo pasamos en esas tardes de belleza mientras compartíamos ideas y nuestra pasión por estos temas. Por nuevas tardes de cafés y refrescos a la brisa del mar.

A Brianda, imposible no mencionarte. Eres una de las lectoras más apasionadas que he conocido y me encanta eso, no cambies nunca. Ojalá podamos celebrar nuevas historias muy pronto.

Tampoco puedo dejar de mencionar y agradecer a las fuentes que, sin saberlo, me han ayudado a dar vida a esta obra. Aunque soy escritora de ficción, como amante de la novela histórica, era muy importante para mí ser fiel a la realidad de la época, así que, como siempre, tuve que investigar mucho.

En primer lugar, al *London Picture Archive,* pues gracias a su magnífico catálogo, pude ver cómo era la Inglaterra de la época Victoriana y plasmarlo en mis páginas.

A las webs de *The Gardening* y *A way to Garden*, dos excelentes blogs sobre jardinería y horticultura de los que he aprendido mucho. Igualmente, a la web de *Savia Bruta,* por incrementar mis conocimientos sobre floriografía (lenguaje de las flores).

Y, por último, a vosotros, lectores, por darle una oportunidad a esta historia. Espero que disfrutéis tanto leyendo las andanzas de Aiden y Ellie como yo disfruté escribiéndolas.

Mil gracias a todos por haber hecho que este pequeño sueño mío siga adelante.

Descarga la guía de lectura gratuita
de este libro en:
https://librosdeseda.com/